Lust hat viele Formen, und die 32 Autorinnen und Autoren rücken ihr zu Leibe. Ob sie Erotik nun leidenschaftlich, mit Witz oder scharfem Blick erzählen, lustvoll und verführerisch ist ihre literarische Annäherung an die *Geliebte Lust* von der ersten bis zur letzten Seite.

**Bettina Hesse**, 1952 in Düsseldorf geboren, arbeitet als Autorin und Lektorin in Köln. Als Herausgeberin betreute sie Werkausgaben von de Sade, Sacher-Masoch, Goethe und Dostojewski sowie die erotischen Lesebücher «Heiß und innig» (rororo 22557), «Feuer und Flamme» (rororo 22823), «Von Sinnen» (rororo 23037) und die Anthologie «Kein Herz, das mehr geliebt» (rororo 23159).

Bettina Hesse (Hg.)

# Geliebte Lust

Ein erotisches
Lesebuch

Rowohlt Taschenbuch Verlag

Originalausgabe
Veröffentlicht im Rowohlt Taschenbuch Verlag GmbH,
Reinbek, Mai 2002
Copyright © 2002 by Rowohlt Taschenbuch Verlag GmbH,
Reinbek bei Hamburg
Alle Rechte vorbehalten
Umschlaggestaltung any.way, Kathrin Romer
(Foto: Mauritius-nonstock)
Satz Bembo PostScript, PageOne
bei Dörlemann Satz, Lemförde
Druck + Bindung Clausen & Bosse, Leck
Printed in Germany
ISBN 3 499 23235 9

Die Schreibweise entspricht Regeln
der neuen Rechtschreibung.

# Inhalt

**Vorwort**  *Lust am Fabulieren*  7

**Georg Klein**  *Paris Star*  11

**Sabine Göttel**  *Rückreise*  15

**Carsten Sebastian Henn**  *Pralle Beeren*  22

**Raphael Benning**  *Der rote Mondlichtregen*  29

**Roland Koch**  *Cut & Go*  35

**Katrin Dorn**  *Maries Messer*  44

**Christiane Enkeler**  *'s Cut*  61

**Antje Rávic Strubel**  *Elusive Lover*  69

**Isa Lux**  *Im oberen Frequenzbereich*  83

**Thorsten Krämer**  *Von weitem*  93

**Nika Bertram**  *Making up*  101

**Gabi Hift**  *Thema verfehlt*  107

**Jo Lendle**  *Leergut*  116

**Bärbel Nolden**  *Heidis Bierbar*  120

**Krischan Schöninger**  *Die chronische Morgenlatte*  134

**Herbert Genzmer**  *Die Wand*  137

**Sonja Ruf** *Ein Familienmann robbt ins Licht* 144

**Hermann-Josef Schüren** *Die letzte Stunde* 151

**Nele Grün** *Martha wächst* 160

**Arne Rautenberg** *Traumbuch der erotischen Komplikation* 168

**Katja Meyer zu Heringdorf** *Du und ich* 174

**Traian Danciu** *Verhör* 176

**Barbara Bongartz/Alban Nikolai Herbst** *Wyltte Briefe voll Sauvage* 183

*Mit Domina D. durchs Jahr* 212

**Eva Kaiser** *Resonanz* 216

**Achim Wagner** *amor libre* 223

**Charly Kaiser** *Katzenliebe* 225

**Greta von der Donau** *Punkt sechs* 231

**Ulrike Draesner** *Mails* 239

**Katrin Askan** *Eidechse* 252

**Martina Hefter** *Das neue Zimmer* 268

**Christian Ruzicska** *Onan, der Letzte* 280

**Anhang** 283

Vorwort
# Lust am Fabulieren

Lust hat viele Formen. Klein kann sie sich ankündigen als ein vages Verlangen, als Gelüste nach bekannten Gefühlen oder etwas Neuem, oder am Genuss. Ausgelöst durch ein Bild vielleicht, einen Geruch, eine feine Berührung ... kaum spürbar, und doch gibt man ihr gerne nach, vor allem wenn sie größer ausfällt. Dann ist sie deutlich vernehmbar, hin bis zum Moment, an dem man vor ihr in die Knie geht: Pure Lust. Zitterndes Verlangen, Raserei, Schmerz. Unwiderstehlich. Ihr Gegenstand ist facettenreich.

Lust hat ein gutes Gedächtnis.

Die Autorinnen und Autoren in diesem Lesebuch rücken den Freuden der Lust zu Leibe. Sie erzählen einfach Geschichten und geben sich so einem ihrer hintergründigen Vergnügen hin, nämlich Goethes guter alter «Lust zu Fabulieren». Es ist ein verspieltes Thema und scheint ein Ass im Ärmel zu haben – genau das spielen die Erzähler aus.

Lust hat mit Erinnerung zu tun.

Die Libido als *die* Triebfeder des Menschen, ständig darauf aus, den einmal erfüllten Wunsch wieder herzustellen, bedient sich der Erinnerung. Diesem Drang wird viel nachgesehen, bloß um den Zustand jenes Glücklichseins neu zu erleben. Und davon wird hier erzählt, in Bildern und Erinnerungen, mit Vorstellungen und Imagination.

Einer verführt durch einen wunderbaren Spiegel, der das Gesicht bis zum Entzücken an sich selbst verschönt, wer könnte dem widerstehen.

Sie sitzt im Bus nach Hause, und der junge Mann hinter ihr schickt sie auf eine Reise voll Sehnsüchtiger Erinnerungen.

Liebt man die Lust, dann erlaubt sie Ungewöhnliches. So tritt eine Frau barfuß und vergnügt aus der Gewohnheit, und prompt wird ihre Gier nach dem Fremden erfüllt, an einem sportlichen Ort.

Dreiecksgeschichten beziehen ihren Reiz aus den Vorstellungen darüber, was Frauen bekanntlich mögen. Tango eignet sich gut als symbolisches Parkett für solche Leidenschaft.

Eine Frau versetzt sich in die Wünsche des Mannes, der lieber Frau wäre?

Eine andere entdeckt, dass ihr alter Ego eine lusthungrige Katze ist.

Und die Wiedergänger, wo stillen sie ihre Lust – im Futur II?

Die Sinne fordern in *Geliebte Lust* ihren Tribut. Es gibt sie, die wollüstige Freude am Ficken, am anderen Geschlecht, ob Wirtin, Tourist oder der Mann mit der chronischen Morgenlatte, klar empfunden und kaum zu bändigen.

Wie aufregend kann Berührung sein, eine beruflich notwendige oder ganz privat im Halbdunkel des Kinos.

Den begehrten Körper im Maische-Bottich zu sehen, verführt wohl ebenso wie der Wunsch, irgendwo reinzugreifen.

Grotesk wird die Dimension der Lust für den Mann, der den Seitensprung so diskret wie neurotisch organisiert, um in größter Öffentlichkeit zu landen.

Natürlich kann man ihre Bedeutung auch einfach herunterspielen – fernsehen, Zeitung lesen beim Liebesakt, wer punktet mehr?

Doch Lust enthält auch eine quälende Seite, im Schmerz der unglücklichen Verehrung und eigenen Preisgabe, dem Schnitt durch die Erinnerung. Wider Willen verführt, reagiert ein Mann heftig auf die Demütigung, Resonanz vielleicht auf die lebenslange Last mit der Lust – das Seinen-Mann-Stehen. Die Geschichten der Männer scheinen an dieser Last zu tragen. Die erzählenden Frauen lassen sich anregen von lustvollen Phantasien.

Eine charmante Brücke zwischen erotischer Fiktion und Realem schlägt der Anzeigen-Text von Domina D. Als *found poetry* dokumentiert er den professionellen Umgang mit Lust auf literarischem Niveau. Weit ist das Feld und unendlich die Lust, eine Dynamik, die ihr Wesen ausmacht: «... denn alle Lust will Ewigkeit.»

*Bettina Hesse*

Georg Klein
## Paris Star

Der Spiegel hält, was sein Prospekt verspricht. Jedem, der kalt und schlau behauptet, dass sich das Glück nicht kaufen lässt, könnte mit dem von mir erworbenen Spiegelchen das Gegenteil bewiesen werden. Noch hat es nicht an meiner Tür geläutet. Sibylle S. ist eine Viertelstunde über der abgemachten Zeit; aber diese Verspätung ist dem Gefälle zwischen ihren Reizen und meinem Mittelgrau nur angemessen. Die schöne Sibylle S. soll Opfer meines Spiegels werden. Natürlich ahnt sie nichts. Aber nach Mohnkuchen und Tee wird sie, vom Ansturm der Gefühle übermannt, schmachtend, schmelzend, vor Gier mit ihren makellosen Zähnen klappernd, auf meine kleine schwarze Cordcouch sinken.

Die Spur des Spiegels nahm ich auf dem Flohmarkt, am Stand von Papa Al Halabi auf. Er, der gebürtige Algerier, der seine sieben Söhne in einem kuriosen Mischmasch aus Deutsch, Französisch und Arabisch kommandiert, ist lange schon mein Lieblingströdler. Im Herbst hatte ich mir bei Papa Al Halabi eine Rotlichtlampe zum Wärmen meiner empfindlichen Nasennebenhöhlen gekauft. Außer der Anleitung zum Aufbau und zum Betrieb der Lampe enthielt der ausgeblichene Karton noch ein Faltblatt, in dem für einen Schönheits- und Kosmetikspiegel namens Paris Star geworben wurde.

Aus einer Laune, weil mir der Spiegel auf den Fotos im Prospekt gefiel, fragte ich Papa Al Halabi, ob ihm ein solches Ding gebraucht begegnet sei. Der sonst stets würdig steife Graubart grinste, zwinkerte mit dem linken, etwas größeren Auge, schaute sich mehrmals geheimnistuerisch über die Schultern, um schließlich meine Frage mit einem Nicken und einem leisem Grunzen zu bejahen. Ich zahlte einen kleinen Vorschuss, und schon am nächsten Wochenende hatte mein Trödler ein vierzig Jahre altes, aber tadellos erhaltenes Exemplar des Spiegels für mich aufgetrieben.

Mein Paris Star steht mitten auf dem Couchtisch; Sibylle S. wird ihn nicht übersehen können. Das nur handtellergroße Spiegelglas ist in eine Kugel aus türkisem Plastik eingebaut und schillert in verschiedenen Lila-Tönen. Erst wenn man Paris Star über Stecker und Kabel mit elektrischer Energie versorgt, wenn er sich unter leisem, aber sonorem Brummen langsam erwärmt hat und heiße Abluft aus seinen Seitenschlitzen strömt, lässt sich nach und nach das eigene Bild erkennen. Der kleine Apparat verbraucht bereits im Leerlauf stolze zweitausend Watt und fast das Doppelte, sobald er ein Gesicht in Arbeit hat. Aber ich stellte mir als Mann ein Armutszeugnis aus, würde ich jetzt, wo bald Sibylle S. sich hemmungslos für mich vergeuden wird, die Stromkosten, die mir dabei entstehen, in Rechnung stellen.

Einem gut erwärmten Paris Star genügen zehn bis zwölf Sekunden Blickzeit, um seine volle Wirkung zu entfalten. So steht es im Prospekt, und ich habe inzwischen mehr als hundert Selbstversuche unternommen, um das, was mir stets unwillkürlich widerfährt, kritisch, also beschreibend und vergleichend, zu verstehen. Das erste Hineinschauen zeigt mir mein Konterfei nur trübe und außerdem verzogen, als starrte ich in eine alte Christbaumkugel. Aber binnen weniger Sekunden klärt sich das Bild zu großer Schärfe, und die Verzerrungen verschwinden. Rund um meine Nasenwurzel bildet sich langsam eine auffällig helle Stelle, von diesem Zentrum aus gewinnt die ganze Gesichtslandschaft an Farbe und Strahlkraft, und ihre Auf- und Abschwünge werden fast überplastisch deutlich. Schließlich verliert das prall und lebensfrisch gewordene Abbild in einer Art Cinemascope-Effekt seinen türkisen Rand. Auch willentlich lässt sich die Plastikeinfassung des Spiegels dann nicht mehr ins Blickfeld rücken. Mein rosenfarbenes Antlitz füllt den Sehkreis, der letzte Rest von wissender Distanz verdampft, und ein Entzücken an mir selbst, ein Selbstglück früher nie empfundener Art, findet in einer langen Serie glucksender Seufzer auch akustisch seinen Ausdruck.

Dies alles ist, vermischt mit obsolet gewordenen Kosmetik-Tipps, auch in der Gebrauchsanweisung von Paris Star beschrieben. Was aber unerwähnt bleibt, was mich als Mann zunächst verwirrte und beschämte, will ich den Selbstknutsch nennen. In ihren Spitzen prickelnd, fassen die Finger auf die unrasierten Wangen, die Zunge, wie ein losgelassener junger Hund, schleckt ab, was ihr erreichbar ist vom Kinn bis zu den Nasenlöchern, die Zähne beißen auf die Lippen, bis sie platzen und sich ihr köstlich süßes Blut unter den Speichel mischt – und alles, selbst das so genannte Letzte, lässt sich, vom Spiegel stimuliert, heftig und schnell und, ich gestehe es errötend, auch drei- bis viermal nacheinander auf dem Gesicht empfinden.

Als mir mein Trödler, als mir Papa Al Halabi den Paris-Star-Karton in eine unbedruckte schwarze Plastiktüte zwängte, sah ich hinter dem Stand, im schmalen Durchgang zwischen Al Halabis größerem Haushaltskrempel und einer Würstchen-Bude, eine Gruppe mir unbekannter junger Frauen im Licht der tiefstehenden Wintersonne vorübergehen. In der Gebrauchsanweisung steht: Unser Patent-Kosmetik-Spiegel kann von der modernen Frau auch Wange an Wange mit einer schönheitsbewussten Freundin, also in Doppelschau, ohne Einschränkung der Wirkungskraft, beansprucht werden. – Es läutet! Sibylle S. hat meine Einladung zu Tee und selbst gebackenem Mohnkuchen mit einem spöttischen «Ja! Warum nicht!» quittiert. Die schwarzen Körnchen des Mohns werden so honigschwer an unseren Zähnen kleben, dass sich die Kuchenesserin zu einem Spiegelblick verlocken lassen wird, dann schiebe ich auch mein Gesicht ins Einzugsfeld des Glases, und Paris Star – Es kommt ein kaltes Licht vom Westen her! – soll uns zusammen in die schwarze Süße unserer Schlünde stürzen machen.

Sabine Göttel

# Rückreise

*Mein Gott, stell dich nicht so an. Früher sind wir zum Bahnhof gelaufen!*
Meine Mutter ist ziemlich genervt. Gestern hat sie beim Einparken einen Laternenpfahl gerammt, und ab heute ist der Wagen auf unbestimmte Zeit in der Werkstatt. Das heißt für mich, dass ich mit meinem schweren Gepäck auch noch Bus fahren darf! Okay, okay, stimmt schon: Bis zur einzigen Haltestelle im Ort sind es nicht mal fünf Minuten; von dort bringt mich der Bus die zwanzig Kilometer sicher in die Kreisstadt. Am Bahnhof steige ich aus und falle mehr oder weniger in den ICE hinein. Und dann geht es ohne Umsteigen direkt nach Hause – nach Hause in die Stadt, in der mein Mann arbeitet. *Reiner Fußweg mit deinen beiden Taschen in der Hand: maximal hundert Meter.* Vom vernünftigen Standpunkt meiner Mutter aus gesehen, ist das *noch durchaus im Rahmen*. Ich bin halt zu bequem. Und ein Gewohnheitstier. *Wie dein Vater eben.*

Meine letzte Busfahrt auf dieser Strecke liegt ganz schön lange zurück. Neun Jahre stand ich bei Wind und Wetter um fünf vor sieben an der Haltestelle, um pünktlich um acht in der Penne zum Unterricht anzutreten. Jetzt ist es zwanzig vor drei, es ist Sommer, ich bin fast vierzig, und der Busfahrer ist kein ruppiger, schlecht gelaunter älterer Bundesbahnbeamter mehr, sondern ein junger, gut gebauter Russlanddeutscher, der mir im Rückspiegel belustigt zuschaut, wie ich die schweren Taschen auf die Sitzbank wuchte. Allesamt Machos, diese Andreijs, Alexejs und wie sie alle heißen! Igor da vorne allerdings fährt, zu meiner Überraschung, mächtig gefühlvoll durch das nächste Kaff, das ich noch ziemlich gut kenne, genau wie das übernächste, weil sich dort der von meinen Eltern frequentierte Geldautomat befindet; auch das darauf folgende Dorf ist mir vom Durchfahren noch einigermaßen vertraut. Dann spaltet sich die Route auf in die Schnellstraße, die die Eltern benutzen, wenn sie mich bei meinen Besuchen zweimal jährlich mit dem Wagen vom Zug abholen oder wieder zum Zug bringen, und in die Busstrecke durch die nächsten Orte mit vielen Haltestellen. Letztere schlägt Wladimir gerade mit einer unglaublich sensibel genommenen Linkskurve ein.

Die schönen Alleebäume aus meiner Kinderzeit wurden gefällt; das konnte ich bereits voriges Jahr von der Umgehung aus erkennen. Ohne Bäume wirkt die Straße, die eine Talsohle durchläuft und immer schon zum Beschleunigen reizte, merkwürdig schmal, eng und glatt wie eine endlose Rutschbahn. An der letzten Haltestelle ist eine Frau in meinem Alter ausgestiegen, sodass ich jetzt der einzige Fahrgast bin. Maksim scheint sich im Rückspiegel zu versichern, dass meine Taschen sicher auf ihrem Platz stehen, und grinst zufrieden, als er endlich Gas gibt. Der Bus rast in die Mulde hinein, so schnell, als ziehe er auf der Stelle Fahrgestell und Reifen ein, und dröhnend, weil der Wind sich unerbittlich in das Innere drängt. Mein Kopf dreht sich gierig dem offenen Fenster zu, und ich genieße mit angehaltenem Atem das Glück meiner lahm gelegten Denkmaschine, das mir Michail, der Gott des Windes, der Geschwindigkeit und der Sabotage, da vorne auf seinem Thron so leichthin bereitet.

Seine breite rechte Hand hat indessen den Schaltknüppel erfasst, um den Bus durch eine elegante Motorbremsung am nächsten Wartehäuschen zum Stillstand zu bringen. Ich versuche gerade, ihm einen bewundernden Blick in den Rückspiegel zu senden, da schält sich aus der terra incognita dieses Dorfes die Gestalt eines jungen Mannes, der Sergeijs Wunderkiste zielstrebig ansteuert.

Er hat blonde Locken, trägt einen Norwegerpullover und Schlaghosen und erinnert mich an jemanden.

Der Busfahrer und der Jüngling scheinen sich zu kennen. Als das Fahrgeld ratternd in die metallenen Röhren fällt, reden sie leise. Und ging Sergeijs leichte Kopfbewegung nicht gerade in meine Richtung?

Der Blondgelockte jedenfalls steuert die Bank hinter mir an und lässt sich demonstrativ auf den Kunstledersitz fallen. Während Sergeij wieder losbraust, wälzt sich eine Wolke aus Jungmännerschweiß und Pfefferminz von hinten zu mir herüber, die ich hungrig aufschnappe. Der Blonde hat sich nach vorne gebeugt, beatmet meinen Hals, kaut Kaugummi und knatscht ausdauernd in mein rechtes Ohr. Soll heißen, er hat Zeit und kann warten? Ich höre, wie er schon mal die Ärmel hochkrempelt und sich den Schweiß von der Stirn wischt.

Ein Norwegerpullover im Hochsommer. Der liebe Gott gibt mir Sonne, Wolle und blonde Locken mit auf den Weg!

Ich warte auch. Doch Geduld war noch nie meine Stärke. Miroslav aus Kroatien zum Beispiel, genannt Miro, der seinen Platz im Kunst-Kurs sonst zwei Reihen vor mir hat, tuschelt direkt hinter mir mit seiner Banknachbarin, und sie kichert hysterisch zurück. Wahrscheinlich fühlt sie sich geschmeichelt, dass sich die balkanesische Sportskanone, Schwarm der ganzen Klassenstufe, heute ausgerechnet neben sie gesetzt hat. Soll sich bloß keine Hoffnungen machen. Dieser jugoslawische Macho! Damit seine Muckis unter Wollpullovern und Parka nicht ganz ihre Wirkung verlieren, trägt er, statt seines typischen fein gerippten Muscle-Unterhemds, im Winter ein kurzärmeliges T-Shirt. Diesen Kompromiss hat er dem miesen deutschen Wetter abgetrotzt; und sein Erfolg bei meinen Mitschülerinnen gibt ihm recht, macht ihn noch unempfindlicher gegen Kälte. In der großen Pause lehnt er selbst bei Minusgraden lässig an der Aulatür, raucht und grinst mich an. Vergiss es, Miro! Ich werde den Teufel tun, mich in den Kreis der blinden Hühner einzureihen, die deine nackten Unterarme anbeten!

Von hinten kommt mir jetzt Zigarettenrauch entgegen. Falsch: Was da süß und bitter zugleich über mich hereinbricht, hat nichts mit Tabak zu tun. Es ist eher vergleichbar mit einem in den gasförmigen Zustand übergegangenen Madeleine-Gebäck, dessen Geschmack die Zeit zusammenschmelzen lässt wie nichts. Mein Hintermann im Norwegerpullover weiß das, zieht geräuschvoll an seiner Tüte und bläst mir den Rauch unablässig ins Gehirn.

Sergeij, ist Rauchen während der Fahrt nicht verboten?

Des Blonden breitschultriger Komplize auf dem Fahrersitz, dem ich mich blind anvertraue, schickt als Antwort ein Grinsen in den Rückspiegel. Er fährt jetzt gar keine Haltestellen mehr an, sondern verlässt, den Schaltknüppel fest in der Hand, seine vorgeschriebene Route und lenkt den Bus auf einen schattigen Feldweg. Wir holpern über trockene Grasnarben, und ab und zu schlägt ein Zweig ins offene Fenster, von dem ich drei feste Blätter zurückbehalte. Dicke, fleischige Buchenblätter, die ich zerreibe, bevor ich die Finger mit dem duftenden Saft an die Nase halte. Ich kenne diese Gegend nicht, aber eins ist sicher: Um eine Abkürzung zum Bahnhof kann es sich kaum handeln.

Mir ist das recht, solange der da hinten nicht mit der Beatmung aufhört.

Seit ein paar Tagen sitzt Miro im Kunst-Kurs auch nicht mehr hinter mir; er treibt sich tatsächlich mit seiner Banknachbarin herum. In der großen Pause baut er sich nicht mehr malerisch vor der Aulatür auf, sondern dreht mit der Kleinen Runden um den Schulhof. Auch ich vertrete mir jetzt lieber die Beine in der klaren Winterluft, statt mich, wie sonst, vor der Aula zwischen die fröstelnden Raucher zu klemmen. Wenn ich den Schleichweg durch die Vogelbeerbüsche hinter den Fahrradständern benutze und mich bei der Turnhalle ein bisschen beeile, kann ich es einrichten, dass sich unsere Wege in zwanzig Minuten dreimal kreuzen. Beim ersten Mal treffe ich die beiden in angeregtem Gespräch; das heißt, Miro rudert, eine Zigarette in der Hand, mit seinen blanken Unterarmen, und die Tussi lacht hysterisch. Beim zweiten Mal hat Miro schon den Arm um sie gelegt; wahrscheinlich ist ihm jetzt doch kalt geworden, die Tussi trägt immerhin einen Mantel aus Pelzimitat. In der dritten Runde aber ist der Pelzmantel wieder allein, und ich sehe gerade noch, wie Miro mit festen Schritten auf den Wald hinter der Schule zusteuert. Hey, Miro! Warum sollte ich bei dem schönen Wetter nicht auch mal eine Stunde blaumachen?

Der Feldweg führt in dichteres Gebüsch. Sergeij prüft die Stoßdämpfer jetzt an tieferen, hartgetrockneten Löchern, die ein Traktor vor Wochen im Matsch zurückgelassen hat. Dann schaukeln wir langsam und intensiv auf ein Waldstück zu. Durch das dichte Blätterdach sendet die Sonne kleine Blitze, und der Blondschopf rückt, während der Bus die starken Wurzeln der Bäume besteigt und nach einem Ruck sanft vom Waldboden wieder aufgefangen wird, im Rhythmus des an- und abschwellenden Motors so nahe an meinen Hinterkopf heran, dass sich meine drahtigen Haare und seine Locken für Sekunden mit den Spitzen berühren.

Ich bin Miro in den Wald nachgegangen, in gebührendem Abstand natürlich; er geht schnell und dreht sich nicht um; ich folge seinen nackten Unterarmen und der leuchtenden Atemspur. Ich gehe über Blätter, die von Eiskristallen gerändert sind; sie knacken ein bisschen, hoffentlich verraten sie mich nicht. Da bleibt Miro bei einem Stoß aufgeschichteter Baumstämme stehen; schöne, geschälte, hart gefrorene Hölzer von jungen Bäumen, die er eingehend betrachtet. Ich habe mich bis auf sichere zehn Meter an ihn herangepirscht und verstecke mich mit klopfendem Herzen hinter einer Buche. Derweil hat sich Miro ein besonders stattliches Exemplar ausgesucht, fährt sich noch einmal durch seine Balkan-Frisur, spuckt in die Hände und stemmt das Holz. Er hebt es an, lässt es mit einem Ruck kurz in der Hüftgegend liegen, zieht es mit einem lauten Stöhnen entschlossen über den Kopf, bevor er es schließlich mit einem Aufschrei vor sich auf den Boden fallen lässt. Diese Prozedur wiederholt sich einige Male. Er stemmt und stöhnt, seine Haare fallen ihm in die Stirn, seine Muskeln blähen sich, die Sehnen zeichnen sich dramatisch auf den Unterarmen ab, während ich den Mantel öffne und die schöne Buche umklammere. Ich spüre, wie sich mein Unterleib fest an das kalte Holz presst und sich langsam auf und ab bewegt; auf und ab, ab und auf; so schnell und so langsam, wie Miro es mit seinem Stamm da vorne vorgibt. Diese verdammten nackten Arme, von denen ich den Blick nicht lassen kann, sie dirigieren meinen Körper und jagen meinen Atem tiefer in den Wald, sie schlagen Wurzeln um mich herum und treiben mich unaufhaltsam in den Winterhimmel hinein. Dort verwachse ich mit Miro, meinem natürlichen Feind, zu einem schönen, mannweiblichen Gewächs, das wir jetzt gemeinsam mit einem Schrei begrüßen.

Plötzlich bremst der Bus und bleibt ruckartig stehen; gleich fällt mir der Blondgelockte von hinten in den Schoß! Aber nichts passiert, nicht einmal ein Aufprall gegen meine Rückenlehne. Mein Hintermann muss mir irgendwo abhanden gekommen sein!

Sergeij hat den Bus vor dem Bahnhof abgestellt. Er steigt aus und streckt mir vor der Tür seine sehnigen Arme entgegen. Noch etwas zittrig, aber glücklich wie nach einem langen Ausatmen, stolpere ich die enge Treppe hinunter und lasse mich lachend auffangen. Die Taschen in der rechten, führt mich Sergeij mit der linken Hand sanft ins Bahnhofsgebäude, geleitet mich zum Bahnsteig und hilft mir genauso atemberaubend selbstverständlich beim Einsteigen, wie er auf seinen Fahrten zu Lande, zu Wasser und in der Luft sicher das Ruder übernimmt.

Kommst Du mit, Sergeij, mein Fährmann?

Doch der Zug fährt gerade ab. Ich bin unwiderruflich auf der Rückreise.

### Carsten Sebastian Henn
## Pralle Beeren

**17. September**
21 Grad. Trauben über Nacht gut abgetrocknet. 98 Grad Öchsle beim Spätburgunder. Säure- & Extraktwerte prima. Vatter meint wie 94, nur noch besser. Jetzt noch drei Tage Sonnenschein und es wird richtig groß. Lese läuft gut. Alle Polen eingetroffen. Drei neue dabei. Lernen schnell. Merken: Neue Kelter kaufen. Alte presst zu stark. Fritz Treller wegen Korbpresse fragen!

**5. Oktober**
19 Grad. Kurzer Regen heut morgen. Mist. Lese lieber morgen weiter. Gärungen laufen okay. Hab bei der Scheurebe andere Reinzuchthefe ausprobiert. Reduktiver Ausbau. Sieht gut aus. Endlich Anfrage von Schlumberger (nur telefonisch wg. Treffen)! Maßvolle Preiserhöhung?

**12. Oktober**
20 Grad. Temperatur konstant. Lasse einen Teil vom Riesling hängen. Merken: Folie kaufen zum Drumwickeln! Gute Chancen für Eiswein. Musste bei Lese neue Polin anlernen. Zusätzlich eingetroffen. Spricht besser Englisch als ich. Ist nur viel zu gut für Lese angezogen. Meint aber, das muss so sein. Von mir aus. Vatter meckert wegen langer Maischestandzeit. Muss sich erst noch an die neuen Tech-

niken gewöhnen. Muss dagegenhalten. Farbausbeute hervorragend!

### 28. Oktober
20 Grad. Neue Polin, Christina, krank. Grippe. Hab ihr Hühnersuppe gebracht. Hat von ihrem Jurastudium erzählt. Mein Englisch ist miserabel. Zurzeit Semesterferien. Interessiert sich sehr für deutsche Kultur. Lese läuft problemlos. Alle einfachen Qualitäten jetzt drin. Absolut gesund. Lockerbeerige Sorten haben sich wie gewünscht entwickelt. Merken: Mehr davon bei Neupflanzungen!

### 31. Oktober
15 Grad. Kälteeinbruch! Hab Großteil vom Riesling reingeholt. Christina geht es schon wieder ein wenig besser. Hab ihr ein Panoramabuch über Deutschland gebracht. Sie bekam richtig glänzende Augen. Braune Augen. Große braune Augen. Einer der Polen hat mir erzählt, sie wär früh morgens in der Ahr schwimmen gegangen. Kann ich nicht glauben. Bei den Temperaturen! Hab Praktikant zusammengefaltet. Achtet nicht auf sauberen Sauerstoffabschluss. Noch einmal so was und er fliegt.

### 1. November – Privater Eintrag!!!
War heute mit Christina im Weinberg. Hab ihr gezeigt, wie man richtig liest. Wie man sich richtig hält, damit man keine Rückenschmerzen bekommt. Sie hat ein Hemd mit großem Ausschnitt getragen. Es hat viel gezeigt. Ihre Brüste. Wenn sie sich runterbeugte, konnte ich sogar kurz ihre Brustwarzen sehen. Als ich auf der anderen Seite der Stöcke stand. Hatte den Eindruck, sie wusste es. Wollte es sogar. Krieg sie nicht mehr aus dem Kopf. Andere Polen erzählen über mich

(glaub ich). Christina hat wohl einen Freund. Muss jetzt klaren Kopf bewahren! Darf bei erster Lese unter meiner Regie keinen Fehler machen. Vatter scheint nur darauf zu warten.

## 1. November
17 Grad. Hab jetzt dritte Partie Spätburgunder mit 102 Grad Öchsle gelesen! Hab mir Kohlenförderband von Hans-Jörg geliehen, mit Hochdruckreiniger abgespritzt, und nochmal jede Traube aufgebrochen und die faulen aussortiert. Der wird was für den Rotweinpreis! Werd ihn ein bisschen anreichern. Die neuen Barriques sind angekommen! Hab sie Christina gezeigt. Duften toll.

## 2. November
24 Grad. Ist doch nochmal richtig heiß geworden! Ich lass bis morgen auf jeden Fall noch hängen. Pokern! Wetterbericht sagt, es bleibt trocken. Bin mit Christina was rumgefahren. In Kirchen gewesen. War schön. Hat gesagt, sie hat einen Freund. Kam zu spät für mich. Bin Hals über Kopf weg. Denk ständig an sie. Augen, Lächeln, Gang. Brüste, immer wenn ich Trauben sehe. Und dieses Jahr haben wir so saftige Beeren! Will trotzdem an ihrer Seite sein.

## 3. November
14 Grad. Das Wetter spielt verrückt. Haben alles bis auf die Trauben für den Eiswein reingeholt. Dieses Jahr nichts Edelfaules. Schade. Aber zu riskant.

## 4. November
10 Grad. Kaltwetterfront hat uns eingeschlossen. Gut, dass die Trauben drin sind. Polen fahren am Wochenende wieder. Hab Christina heute nicht gesehen. Vatter tobt wegen

der Zockerei. Haben jetzt den Keller voll. Muss rund um die Uhr arbeiten. Hab Praktikanten trotzdem rausgeworfen. Richtet mehr Schaden an, als dass er hilft. Idiot. Merken: Bei der Auswahl besser aufpassen! Denk immer noch an Christina. Geh ihr aus dem Weg. Anstrengend.

### 5. November
8 Grad! Wetterfritzen sprechen von «kurios»! Maische fängt nicht an zu gären! Hab Heizlüfter aufgestellt, aber es nützt nichts. Reinzuchthefen schlagen auch nicht an. Noch einen Tag länger und ich kann's vergessen! Vatter titscht im Rechteck. Wollte schon wieder alles an sich reißen. Großer Streit. Mutter hat ihn beruhigt. Vorerst. Alles läuft scheiße. Wenn kein Wunder passiert, bin ich dran. Polen sind morgen weg. Hab Christina nur beim Frühstück gesehen. Hat mich angeschaut. Die ganze Zeit. Was soll das?

### 6. November – 5 Uhr früh
Okay. Die Sache gehört eigentlich nicht in ein Tagebuch. Aber ich will das festhalten. Ein Wunder. Aber halt keins aus heiterem Himmel. Keins, von dem ich nicht weiß, woher es kommt. Der ganze Tag lief beschissen. Ich sitz also da bei den Bottichen bis spät in die Nacht. Nichts passiert. Die Heizlüfter hab ich fast reingehangen. Nix. Bin dann wohl eingepennt. Plötzlich weckt mich jemand. Christina. Streicht mir über den Kopf. Küsst mich auf die Stirn. Ich hab gar nicht begriffen, was da ablief. War noch voll schlaftrunken. Dann drückte sie meinen Kopf an ihre Brust. Da wurd ich dann wach. Sie riecht so gut! Verdammt gut! Irgendwie nach Pfirsich, aber auch Zitrus, und ihre Haare nach Apfel. Wie ein Riesling. Nur lebendiger. Und wärmer. Richtig lecker. Ich wollt da nicht mehr weg. Und da hab ich

dann auch endlich mal nicht mehr an die verdammte Maische gedacht! War einfach schön. Aber sie hat mich wieder losgelassen. Ich glaub eher weggedrückt. Weil ich wollt ja nicht. Klar. Und dann ist sie im Kelterhaus rumgegangen. Hat sich alles angeschaut. Sah irgendwie aus, als würd sie sich auskennen. Und dann hat sie was Merkwürdiges gemacht. Hat einen der Heizlüfter gedreht. Weg vom Fass! Sodass er in meine Richtung gezeigt hat. Ich konnte das rote Glühen drin sehen. Wurd aber alles noch merkwürdiger! Und besser. Sie hat sich dann davor gestellt. Stand voll im roten Licht. Und hat sich ausgezogen. Ihren Gürtel. Ihr kariertes Flanellhemd. Ihre blaue abgewetzte Jeans. So'n Unterhemdchen nur mit dünnen Haltern über den Schultern. Hat alles ganz vorsichtig auf die saubere Kelter gelegt. Brustwarzen wie große Portugieser-Trauben. Nur ganz leichtes Rot, aber groß. Und die Brüste prall, wie Beeren nach dem Regen, wenn sie sich vollgesaugt haben. Und dann ihr Höschen. Alles fein säuberlich auf die Kelter. Ich wusst nicht, was ich machen sollte. Aber dann dacht ich, klar, die will dich. Hat sich dann vor dem Heizlüfter gedreht. Ich war so beeindruckt davon. Die rote Silhouette, das langsame Drehen. War mehr wie ein Tanzen. Bin dann auch erst noch mal ne Weile stehen geblieben. Ihre blasse Haut wurd immer roter. Als würd man einer Traube beim Reifen zugucken. Dann bin ich aber zu ihr. Oder wollte. Sie hat ihren Arm ausgestreckt und mir bedeutet, dass ich nicht näher kommen soll. Da war ich natürlich total durcheinander. Und dann, dann geht sie doch wirklich zum Maischebottich! Klettert da die kleine Leiter hoch! Nackt! Und lässt sich reingleiten! In den Maischebottich! Da hielt mich dann nix mehr. Ich auch rauf und mir das angeschaut. Sie ging im Maischebottich rum! Bis zu den Schultern drin! «Much too cold!», hat sie gesagt.

## Pralle Beeren

Sie sah schön aus in dem Bottich. Das viele Rot. Da ist mir das Herz aufgegangen. So richtig das Herz aufgegangen. Das konnt ich fühlen! Diese schöne Frau nackt in meinem Wein! Zuerst wurd mir gar nicht klar, warum sie da drin war. Dachte, das wär ein Spiel. Aber Blödsinn! Wie die alten Franzosen! Statt mit den Füßen mit dem ganzen Körper! Wärme! Das war es! Wärme! Damit die Gärung endlich startet! Genial! Ich hab mich dann auch ausgezogen und bin rein. War wie in dünne Marmelade steigen. Klebrig. Aber halt auch irgendwie scharf. Sie ist dann mit ihren Brüsten immer wieder zum Rand vom Bottich und hat den Tresterhut zerdrückt. Der hat dann ihre Brüste bestrichen. Knallrot. Immer wieder, hat die Traubenhäute immer wieder gepresst. Ein schmatzendes Geräusch. Unbeschreiblich. Ich hab's jetzt noch im Ohr. Ich weiß nicht, warum ich sie nicht angefasst habe … Aber die Stimmung war nicht so. Die Stimmung war: Wir zwei nackt im Bottich machen die Maische warm. Ganz ohne Hintergedanken. Und dann kam das Wunder! Dann fing das Zeug wirklich an zu blubbern! Dann ging's wirklich los! Sie hatte tatsächlich den verdammten Wein zum Leben erweckt! Endlich wollte er! Wir sind hoch und runter gesprungen wie die Kinder! Ich seh es noch so genau vor mir. Also sie. So genau. Mein Gott, warum habe ich nicht!? Meine Güte …

Wir sind dann raus. Sie zuerst. Ich direkt hinterher. Ihren Hintern direkt vor mir. Wie ein Marmeladenbrot bestrichen. Dieser Duft! Jetzt kam auch noch was Beeriges dazu. So Waldbeeren. Dunkle Waldbeeren. Die Maische tropfte zäh an ihr runter. Floss ganz träge langsam über ihre Haut. Bin dann ganz schnell hinter ihr her, sodass ich sie von hinten berührte. Sie hat mich dann nur angeschaut. Und das hieß «Es geht nicht, auch wenn's schön wär». Unmissverständlich. Ich hätt's vorher probieren sollen! Im Überschwang. Diese Traumfrau neben mir im Wein! Ich bin ein solcher Idiot! Und dann war der Zauber weg. Sie hat sich mit dem Schlauch abgespült. Eiskaltes Wasser. Hab ich dann auch. Christina hat sich mit meinen Klamotten abgetrocknet. Sich angezogen. Mich geküsst. Hat noch nach Maische geschmeckt. Lang war's. Und weg. Kein Blick zurück oder so. Weg. Mich allein gelassen mit dem gärenden Wein. Jetzt kann ich nicht schlafen.

### 6. November

9 Grad. Immer noch kalt. Wenn's Thermometer noch weiter runtergeht, haben wir einen traumhaften Eiswein. Das wär doch was! Rotwein gärt. Polen sind heute abgereist. Alle. Auch Christina. Nur normale Verabschiedung. Kurze Umarmung, das war's. Josef hat mir eine Adresse in die Hand gedrückt. Mit ihrem Namen. Weiß der Himmel, woher der die hat. Ich weiß nicht, was ich schreiben soll. Bin nicht so der Schreiber. Hätte auch eh keinen Sinn. Werd ihr eine Flasche Wein schicken. Oder besser noch zwei: eine vom Roten, den sie gestartet hat. Und eine vom Riesling, der so duftet wie sie. Nach frischem Pfirsich, Zitrus, Apfel und vielen Waldbeeren. «Cuvée Christina» soll er heißen. Der wird groß! Ganz groß! Mit dem kann ich mich dann abends hinsetzen. Und ihn genießen. Als würd ich sie trinken. Als wär die Nacht anders gewesen. Als hätt sie sich im Bottich aufgelöst. Als würden meine Lippen wieder ihre berühren. Schluck für Schluck.

Raphael Benning
# Der rote Mondlichtregen

Ich kann es nicht erklären. Nicht das. Sie fragen, drängen, locken, drohen. Immer wieder. Sie hören nicht auf. Und ich? Ich lüge. Natürlich habe ich gelogen. Die Wahrheit würden sie nicht erkennen, also hoffte ich auf ihre Dummheit. Vergeblich. Was blieb mir. Erst hatten sie einen Verdacht, dann gab es Beweise. Beweise! Die Wahrheit.

Es sind erst drei Wochen vergangen, seitdem. Drei kleine Wochen, und die Welt ist neu gemischt. Vor drei Wochen und zwei Tagen, in einer Samstagnacht, schloss ich ihre Haustür auf. Ich wollte den Schlüssel nicht. Mehr als ein halbes Jahr hatte ich vor ihrem Klingelschild gestanden, immer wieder, ihren Namen betrachtet, den Moment hinausgezögert, an dem ich drücken würde, hatte jedes Mal noch einmal für Sekunden gewartet. Länger. Noch länger. Irgendwann hatte ich sogar kehrtgemacht, war für eine Stunde, oder zwei vielleicht, nur durch die Nacht gegangen, unsere Zeit zu kürzen, die Sehnsucht und die Eile zu steigern, dass kein Wimpernschlag mehr zwischen die Momente passt, jede Sekunde explodiert, alles zugleich geschieht, so gierig, dass es uns den Atem nimmt.

Langsam drehte ich jetzt den Schlüssel und drückte gegen das schwere Holz. Im Treppenhaus riecht es nach Camembert, nach einer Pfanne gebratener Champignons, nach Möse Sonntagmorgen. Ein regnerischer Herbst, auf den

Stufen liegt Teppich, man lüftet nicht. Das ist Chemie. Doch der Geruch war ein Versprechen. Bereits im Treppenhaus roch es nach Fressen, nach Fotze und nach Ficken. Heilige Dreifaltigkeit. Ich atme langsam durch die Nase. Mmm. Schon kann ich ihren Spalt erahnen, sein zartes Haar, die sanften Hügel ihrer Lippen. So schmackhaft und so schön. Wie sie sich zeigt und dehnt und mit dem Hintern übers Betttuch rutscht. Ja, zeige dich, das will ich sehen. Schenk mir die Wahrheit, alles, und ich dir.

Auf dem ersten Treppenabsatz setze ich mich, entzünde eine Zigarette. Der Flur ist dunkel und zu dieser späten, beinah wieder frühen Stunde vollends still. Sie schläft, wie alle andern. Von draußen dringt nur schweres Regenfeuer. Gleich werde ich sie sehen, gleich schon, ganz schlafestrunken noch und warm. Die Zigarette schmeckt wie Honig. Und einmal sagte sie *«Ich bin dein Honig»* und ich saugte ihn. Ein andermal, für eine volle, halbe Nacht, war sie mir dann ein Apfel, wie auch ich ihr einer war, so rot und fest, die es zu teilen galt, bis bloß Kerngehäuse blieben. Einmal aßen wir aus unsern Mündern und wurden Speise uns und Trank und beide satt.

Das würden sie nicht glauben, nicht können und nicht wollen. Natürlich habe ich gelogen: *«Nein»*, habe ich gesagt, *«ich kannte sie doch beinah nicht.»* Und dabei kannte ich sie auch, selbst wenn ihr Hals nach andern schmeckte, selbst wenn ich sie kaum spüren konnte. Und als sie sagte *«Lieb mich, Matrose, bitte lieb mich»*. Und ich wusste nicht, wie ein Matrose liebt, und darum zeigte sie es mir, massierte meinen Hosenschritt und zog sich aus. Und ich fasste mein Hemd, wollte es öffnen, aber sie sagte *«Ein Matrose ist nicht nackt, dabei»*. Und tanzte immer nur um mich herum und wurde immer weißer, Stück für Stück, massierte immer wieder immer fester, und als sie vor mir stand, in ihrer weißen Haut, da sagte sie erneut *«Lieb mich, Matrose, du sollst mich lieben».* Ging auf die Knie und zog an meinem Reißverschluss nur mit den Zähnen, und nur mit ihrer Zunge holte sie den Stab heraus, fast dampfend war der, blutig prall und stand in warmem Schweiß. Dann lag sie auf dem Rücken und wieder *«Lieb mich, lieb mich».* Und so liebte ich sie, und sie wollte keinen Kuss und meine Hände nicht und wollte so geliebt werden, so sehr, und fragte mich nach meinen andern Liebchen, und ich spürte ihre warmen Wände und erzählte. Erzählte ihr von Hamburg und Shanghai, von Hongkong und New York und sie wollte wissen, von ihren Namen und ihren Körpern und von ihrem Duft und was sie sagten und wie wir es getrieben. Und ich sagte ihr, sie hätte Kim geheißen, die in Hamburg, und auch die in Shanghai und der in Hongkong, mit den drei Hoden, der hatte auch nur Kim geheißen, und Kim New York, die hatte Leberflecken, noch so viele, und war so schön wie kalte Sonnen nur. So schön wie alle andern, weil alle schön sind.

Und dann sagte sie, als ich sie stieß nach ihrem Willen, sie hieße Kim, sie auch, ich solle es ihr sagen. Aber sie hieß doch Kassiopeia und ich sagte *«Kassiopeia, schau mich an, schau mich an, du heißt mir Kassiopeia».* Und dann sah ich ihre Tränen. Und nur um sie zu trösten, sagte ich *«Du sollst mich anschaun, Kassiopeia, und sieh in meine Augen, ich sage dir, ich lieb dich nicht. Ich lieb dich nicht.»* Da lächelte sie wenig und ich stieß sie, stieß und stieß sie immer tiefer und kam so tief doch nicht, wie wir uns wollten und spürte beinah ihre viermal Lippen an meinem Reißverschluss. Und später, als sie überlaufen wollte, von der Matrosenliebe, da leckte ich ihr alle viermal Wunden. Das schmeckte sehr nach Eisen, ganz so wie eine Reling riecht, nach langem Regen, und dann musst du sie, wenn alles Werk vorüber ist und nur bei gutem

Wetter, streichen, zweimal Grundierung und zwei Schichten Farbe noch, auf hoher See. Und ich streiche mit meiner violetten Eichel über ihre Wunden, und sie sagt, meine Hose sei so schmutzig, von all den Häfen, und darum sollte ich sie säubern, ihre viermal Wunden, so sehr es ginge, mit meinem gelben Saft, und wurde sauber dann in solchem Strahl und wollte, dass ich aufstand und nicht vor ihr hockte, wie ein Matrose stand, mit breiten Beinen, und dass ich sagte «Kim, sieh her, wie ich dich heile». Sie aber hieß doch Kassiopeia und ich war schon ganz leer.

Ich löschte meine Zigarette an einer Teppichstufe. Schnell jetzt den dunklen Flur hinauf, jetzt schnell. Der letzte Treppenabsatz, ausgetreten wie von viel mehr als nur Matrosenfüßen, lässt mich stolpern, immer wieder. Beim ersten Mal bin ich gefallen, und schnell dann lag sie neben mir und nahm in ihre feuchte Mutter auch mein Handgelenk. Das pochte und pulsierte. Heiß vom Sturz, als sie die Schenkel presste, und seither heißt es nur Kompresse. Ja, nimm nur meine Hand, mach die Kompresse, Schönsliebchen, meine Spät- und Frühmätresse.

Ungeduldig drehte ich den Schlüssel in ihrer Wohnungstür, und jetzt schon wieder lag sie vor mir, schnell, weiß kaum wie, und lachte leise tief im ersten Wachen. Geheimnisvolles, dunkles Leben. Ich kann es nicht erklären, wirklich nicht. Kassiopeia, wie sie sich anbot und wie mit fast geheimem Griff sie zeigte *«Ich habe hier für dich ein Mondlicht, pulverfein. Nimm doch, Matrose, nur für die Zauberkraft, mein Ficker.»* Und das war auch für sie. So nahm ich viel und gab davon auf ihre Häute und küsste sie, und dann bekam ich es, als unsere Häute rieben. Alles deines ist jetzt meines und meines ist für dich dazu. Draußen war ein großer Regen und in uns war er auch.

Etwas schien mir anders, in dieser Samstagnacht, und kann kaum sagen, wie. Ein leiser Duft, vielleicht Geruch, ein kurzer Blick, die Farbe ihres Zitterns, ein Schatten nur, mir unvertraut. Vom Mondlicht, so viel ist gewiss, vom Mondlicht kam es nicht. Das steigert ein Begehren und macht die Schmerzen schwinden, doch davon liebst du nicht. Nicht mehr zumindest als zuvor. Und zuvor war sie ein Sternbild, so weit und fern, und ich ein Leichtmatrose, ihrer auch, zu dieser und zu jener Zeit. Am Mondlicht lag es nicht, dass wir bald umeinander waren, und bissen, um uns fest zu halten, damit in dieser Nacht nur nichts entschwand. Wie ihre Zähne meine Wurzel fassten und meine ihre Rosenränder. Und wie wir tobten, fluchten, lachten. Wie ich mit meinem Kopf in ihren Tempel wollte und in alle andern. Wie sanft ihr Haar durch meine nassen Hände glitt. Doch wie sie litt. An ihrer Sehnsucht und an meiner und wir an eindringlichem Willen. Dass ich sie nahm, wo ich sie fasste und sie nicht drei, nicht fünf, nein sieben Frauen für mich war, zu gleicher Zeit. Und ich für sie ein Mann und zwei und drei und eine Frau dazu. *Je t'aime.* Mein Fleisch bist du, mein Auge und mein Ohr, mein Leiden, meine Lust, mein Tanzen auch. Wie sie mich melkte, in ihre Liebestiefen, und ich mich rieb an Rotem. Das strömte ihr wie buntes Zucken und dann auch mir, mit jedem Schlag des Herzens ein feiner Strahl vom Eichelkranz. Wir rieben dort hinein viel mehr vom hellen Mondlicht, und machten unser bloßes Fleisch wohl schöner noch. Und um uns später dann zu waschen das Fenster weit zum Himmel. Regen wie Feuer auf uns nieder. In all dem Regen Schläge, fass mich, meinen Hals, wie es pulsiert, und fick mich fick mich währenddessen und schau mir in die Augen, reib mich auf ich liebe dich. Bis dann die Kehlen schmerzen und wir husten und unser großer Körper schon ganz kalt vom Regenbrennen und vom Wind und nur die Schläge wärmen. Ich liebe sie an ihrem heißen Hals mit nassen, kalten Händen, drück fester noch und lange, und während unsere Hüfte zuckt und unser Schleim wie Regen in den Regen rinnt und wütend rein und raus, vorn unten oben hinten, alles, alles gleich, nur immer weiter, und unser Mund verschlingt und unser vielmal Stab und Höhle noch größer noch und größer, als rohe rote Masse ineinander lärmen, da reißt es in uns und es ist ein lauter Puls, der steht. Schon ihre Augen sind mir kalt. So schliefen wir, ein Körper, ein.

Ich kann es nicht erklären. Nicht die Liebe, nicht mehr das lauteste Geheimnis dieser Nacht. Den Morgen wache ich vom Schmerz und meine Hand auf ihrem Bauch ist kalt. Ein dünner Regen streichelt uns sehr sacht. Ich sage ihren Namen, leise fragend. Sie aber schaut zum Himmel wie in alle Ewigkeit. Und auch die Brust und ihr Gesicht, so nass und kalt. Ich leckte sie, wie sie es liebte, um ihr Leben einzuhauchen. Rief ihren Schoß mit ihrem Namen und weinte dann, und lang, als keine Antwort kam. Ein tiefes Zittern nicht und nicht ein Flehen wie von mir. Kassiopeia, meine Liebe.

Kein Bett blieb mehr zu richten und kein Zimmer. Ich stellte eine Kerze in unser Meer aus rotem Mondlichtregen. Dann habe ich gebetet. Führe uns nicht in Versuchung. So schön war sie, so schön. So schön wie tausend kalte Sterne. Und vergib uns unsere Sünden. Und als ich sie verließ, am Sonntagmorgen mit den Glocken, verließ mich all mein Mut. Ich kann es nicht erklären.

Roland Koch
# Cut & Go

Diese Akademie in Düsseldorf sollte was ganz Besonderes sein. Irgendwelche Techniken, die man sonst nirgends lernen kann. Mein Chef hatte von denen schon mehrere Urkunden. Er meinte immer, ich sollte da auch mal hin, eine Woche oder so, er wollte das alles bezahlen. Bis er sich endlich entschlossen hatte, dauerte es ein paar Monate. Ich war superfroh, dass ich mal wegkonnte. Man hatte ein gutes Hotel am Grafenberger Wald, und da würden jede Menge Kollegen sein, abends ging da bestimmt noch was ab. Oktober war gut, da würde voll was los sein.

Mit Axel das war sowieso vorbei, ich wollte mich einfach nicht mehr anlügen lassen. Er meinte zwar noch, ich soll da nicht hinfahren, aber nur weil er glaubte, dass ich da jemanden kennen lerne, der besser drauf ist als er. Mit seinem Scheiß Z 3 oder wie der heißt. Der sieht aus wie ein hässlicher silberner Schwanz. Wie Axels Schwanz, wenn er einen richtig langen hätte. Sabrina meinte auch, vielleicht lernst du da jemanden kennen aus Düsseldorf, das wär doch klasse. Was ist schon Goch. Die paar Wichser, die es hier gibt, kenne ich mittlerweile. Entweder Geländewagenwichser oder Silbernes-Kabrio-Wichser, die beiden Typen gibt's hier. Die zwei Chefs von der Akademie sahen auf dem Foto richtig süß aus, der eine mit langen dunklen Locken, der andere, der Kleinere, hatte fast ne Glatze, aber sah irgendwie schlau aus damit.

Ich will ja nicht einen für immer, nur dass einer sich mal so richtig Mühe gibt. Richtig zärtlich, richtig lange. Mit Lecken und so. Oder dass er wenigstens meinen Namen sagt, wenn er kommt. Nicht bloß so glotzt. Mein Chef, der hat mir mal die Hand in den Pullover geschoben, am Rücken, das war toll, der hat so weiche, zarte Hände. Aber irgendwie habe ich wohl nicht richtig reagiert oder so, für ihn, er hat dann was mit der Miriam angefangen, die passt sowieso besser zu ihm, mit ihren Silikonschalen. Sie hat mir mal die Narben gezeigt von der Operation. Sieht man so fast nicht, nur wenn man drunterguckt. Er hat mir dann erzählt, er steht eigentlich auf Negerinnen, aber das habe ich ihm nicht geglaubt. Ich dachte, na gut, tue ich einfach verständnisvoll, ich verdiene viel, mehr als die Miriam, ich brauche von dem ein gutes Zeugnis, und der Rest ist abgehakt. Sowieso laufe ich hinter keinem her.

Durch den Sport sehe ich ziemlich trainiert aus, vielleicht finden viele das nicht gut. Mein Busen ist voll stramm, ich bin schlank, hab lange blonde Haare, das ist doch das, was alle schön finden. Die meisten Männer sind eben schon kaputt, die haben Probleme mit sich selbst, die brauchen nur jemanden, der ihnen alles glaubt, wenn sie da mit ihrer Karre rumgeheizt sind, die verstehen gar nicht, was man von denen will. Ich brauche nur ein Fahrrad, sage ich immer. Aber auf die Dauer in dem Apartment hängen, am Wochenende mal zu meiner Mutter, das halte ich nicht mehr aus. Dann kaufe ich mir eben so einen Ka oder wie der heißt, der, den Sabrina hat. Ich hab ja meistens richtig enge Sachen an, die konnte ich auch in Düsseldorf anziehen, und vielleicht auch ausziehen, dachte ich.

Ich stell mir immer vor, einer hört mir mal richtig lange zu, wenn wir nachher daliegen, ich erzähle die Geschichte von meinem Vater und all das, was zum Heulen ist, das werde ich endlich mal los, vielleicht heule ich auch, und er tröstet mich, und dann kriegt er wieder einen Steifen und kommt nochmal in mich rein, aber anders, weil er jetzt so viel von mir weiß, er versteht mich jetzt dabei. Ich spüre das daran, wie er sich bewegt. Aber so was hab ich noch nie erlebt, das ist wohl mehr ein Traum. Irgendwie will keiner diese Geschichten hören, und dass einer noch ein zweites Mal einen hochkriegt, habe ich auch schon lange nicht mehr gesehen.

Dann kam ich also sonntagsabends in Düsseldorf an, nahm die Straßenbahn, suchte das Hotel, es war nicht so, wie ich mir das vorgestellt hatte, es lag doch weit weg von der Innenstadt. Von den anderen war auch keiner zu sehen, und ich ging ziemlich früh ins Bett. Son scheiß Lesben-Film geguckt, bis mir schlecht war.

Beim Frühstück saßen wir alle blöd und steif an mehreren Tischen, immer war einer gerade unterwegs zum Buffet. Ich hatte diesen engen grünen Acrylpullover an, der spannt richtig schön, aber man muss aufpassen, dass man keine Schweißflecken kriegt. Nach ein paar Stunden fängt der an zu stinken, dann kann man den vergessen. Aber ich dachte, die ersten zehn Minuten sind sowieso die wichtigsten. Ich selbst rieche mich gern, wenn ich schwitze, besonders zwischen den Beinen, das riecht richtig süß zuerst, wie ein Kind, und ich mag auch den scharfen Geruch, wenn ich mich nicht gewaschen habe.

Es waren fast nur Frauen in der Gruppe, echt Mist. Zwei Typen aus Bayern, auch vom Land, die sprachen von einer Ochsenbrust, die sie zu Hause noch gegessen hatten. Spießer eben. Wahrscheinlich wohnten die noch bei ihren Müttern. Wir waren ungefähr zwanzig in der Gruppe, und einige von den Frauen sahen echt klasse aus. Zwei gingen mir gleich auf die Nerven, die waren größer als ich, mit langen Beinen, langen Haaren, solche Modelfiguren, richtige Barbies, die sprachen auch mit keinem. Die waren braun, das waren die, an die sich die Chefs wahrscheinlich sofort ranmachen würden.

Ich ging mit den Barbies zur Akademie, die kamen aus Aschaffenburg und hatten sonen komischen Akzent, die verstand man kaum, das war schon mal gut. Wir trafen uns alle in einem großen Saal mit einer Bühne, und die beiden Chefs standen schon da und gaben jedem die Hand. Die duzten uns sofort. Reinhard war der mit den braunen Augen und den schwarzen Locken, ich sah sofort, dass ich bei dem keine Chance hatte. Der war viel zu schön. Ich tippte auf Geländewagen. Aber irgendwie sah er von der Seite aus wie ein Affe, der ließ den Mund immer ein bisschen offen stehen, und das störte mich auch. Der Kleine hieß Bernhard, das waren schon zwei komische Namen, Reinhard und Bernhard, die konnte man auch leicht durcheinander bringen.

Na ja, der Kleinere sah auch noch ganz gut aus, trug aber eine Brille und wirkte irgendwie, als ob er Probleme hätte. Der würde wahrscheinlich auf mich stehen, der wirkte so kompliziert und empfindlich, irgendwie schräg, ich hatte keine Ahnung, was mit dem los war. Reinhard unterhielt sich sofort mit den Barbies, und ich stand da mit einer blöden Frau aus Mannheim, die mir was von ihren Kindern erzählte, was ich überhaupt nicht wissen wollte.

Jeder musste dann auf die Bühne, sich vorstellen, seinen Namen sagen, erzählen, wo er herkam, was er schon so gemacht hatte, das kann ich ziemlich gut, und als ich zurückwackelte, bin ich ganz dicht an dem Kleinen vorbei und hab ihn mit der Spitze vom BH gerieben, da hat der mich ganz verwirrt angeguckt. Das war schon mal ein Anfang. Mein Pulli fing an zu riechen.

Eine ganz nette Frau war da, die kam zwar aus Leipzig und sprach auch so komisch, aber die war echt pfiffig, Cindy hieß die. Die hatte genau beobachtet, wie ich an Bernhard vorbeigegangen war und mir zugelacht. Ich setzte mich neben die, dann begann der Unterricht. Reinhard erklärte da eine Schnitttechnik, die wir heute Nachmittag ausprobieren sollten, er malte auf einer weißen Tafel mit Filzstiften rum, und Bernhard zeigte an einer Puppe, wie wir das machen sollten.

Abteilungslinie ist gleich Schnittlinie, sagte Reinhard so oft, bis es keiner mehr hören konnte.

Wir mussten das auch immer wiederholen.

In der Mittagspause verschwanden die beiden Chefs, und ich ging mit Cindy in ein Restaurant, wo wir beide ein Bier tranken. Cindy war ganz scharf auf Reinhard, weil er so braun und behaart und muskulös war, diese langen Haare, das machte sie ganz verrückt. Aber sie hatte das mit den Barbies auch beobachtet.

Hast du mal die Hände gesehen, von dem Kleinen, sagte ich. Der könnte schon was damit anfangen.

Der sieht so ausgebumst aus, sagte Cindy, und irgendwie stimmte das.

Ich wollte bloß nie mehr nach Goch zurück, das wusste ich auf einmal, das war alles, das andere interessierte mich gar nicht. Aber das sagte ich Cindy ja nicht.

Nach der Pause ignorierte ich den Kleinen voll, reagierte nicht mal, als der mich ansprach, der sprach aber auch zu leise, und ich tat so, als hätte ich nichts gehört. Im Übungssalon saßen schon die Modelle, das waren meistens Studenten hier von der Sporthochschule, hatten die uns gesagt, wir mussten uns aufstellen und dann jemanden aussuchen. Cindy und ich wollten nebeneinander arbeiten, und sie hatte den einzigen Mann, einen dicken mit blonden Locken, der irgendwie verklemmt aussah.

Wir gehörten zur Gruppe von Reinhard, und Bernhard war weit weg, sah aber immer zu mir rüber, wenn er meinte, ich passe nicht auf. Ich hatte eine Frau mit Bop, die wollte alles ganz exakt und mit Farbreflexen, da musste ich mich ziemlich konzentrieren. Nach dem Waschen kam Reinhard vorbei und korrigierte mich die ganze Zeit, nahm mir die Schere aus der Hand, hielt mein Handgelenk fest, einmal stand er so dicht hinter mir, dass ich seinen Schwanz an meinem Hintern spürte. Er legte mir auch mal die Hand auf die Schulter, berührte die Schnalle von meinem BH, aber immer so lehrerhaft. Dann stellte er wieder blöde Fragen, wo ich das gelernt hätte oder so. Aber er machte das ziemlich gut, ich wurde immer besser und ließ mir nichts gefallen, der Schnitt wurde super, und das Mädel war voll begeistert. Jetzt war ich nass geschwitzt unter den Achseln.

Cindy hatte noch nicht mal richtig begonnen zu schneiden, die ganze Zeit fummelte sie an ihrem Modell rum, die unterhielten sich richtig, wo man abends hingehen konnte und so, gleich würden sie sich verabreden. Die hielt ihm die ganze Zeit ihre Titten vor die Nase, der Typ tat mir schon Leid. Reinhard ging endlich zu ihr, sah sich das Ganze an und fragte den Typen, ob denn seine Locken alle Natur wären. Der nickte nur.

Tja, Glück gehabt im Leben, sagte Reinhard und kam wieder zu mir.

Ich war jetzt bei den Strähnchen.

Nachher musst du dein Modell auf der Bühne vorstellen, sagte er.

Später holte mich Bernhard in seine Gruppe, ich musste da noch weiterhelfen, wo eine von den Barbies was verbockt hatte.

Zieh doch deinen Pullover aus, wenn dir zu warm ist, sagte er.

Das mach ich heute Abend, sagte ich.

Schön, sagte er so leise, dass ich es kaum verstand.

Ich muss erst ins Hotel, sagte ich ebenso leise, du kannst mich ja abholen, um acht.

Er grinste.

Was habt ihr da zu tuscheln, rief Reinhard, seht zu, dass ihr fertig werdet.

Irgendwie war Reinhard auch noch der Chef von Bernhard, auch wenn die immer so locker taten. Ich stellte mein Modell vor und bekam viel Applaus, Reinhard lobte mich, einige waren schon neidisch. Als ich meine Scheren einpackte, meinte Reinhard, wir könnten uns doch heute mal treffen! Ich hatte echt Glück! Ich hätte ihn ja auch lieber genommen, aber jetzt hatte ich den Kleinen am Hals. Ich konnte mich einfach nicht entscheiden. Morgen ging nicht bei Reinhard, er musste zu seiner Oma. Fand ich komisch, aber er sagte das ganz ernst. Dann sollten sie doch beide kommen, dann konnte ich mir einen aussuchen.

Ich ging mit Cindy zum Hotel und erzählte ihr, was passiert war. Sie wollte vielleicht auch kommen. Mit ihrem Modell war nichts gelaufen, der hatte irgendwie eine zu feste Freundin. Mir war nicht ganz wohl bei der Vorstellung, die würden jetzt alle in meinem Zimmer stehen, aber wahrscheinlich würde sich Cindy sofort auf Reinhard stürzen. Aber irgendwie wollte ich nie wieder so leben wie früher, jeden Tag in den Salon, immer dieselben Leute, die so langsam sprachen, immer dieselben Abende in dem Apartment.

Ich würde mir in Düsseldorf was suchen, vielleicht brauchten die sogar an der Akademie jemand, die hatten auch eine Kette mit Salons, ziemlich teuer und schick.

Ich stand noch unter der Dusche, um fünf vor acht, da klopfte es schon. Ich machte gleich nackt auf, war doch egal. Bernhard war ziemlich nervös.

Ich dachte, wir wollten was essen gehen, sagte er. Du bist ja schon ausgezogen.

Du kannst mit mir duschen, sagte ich und stellte mich wieder in die Kabine. Er kam dann ohne Brille und knallweiß rein, fasste mich an und küsste mich, aber als ich nach seinem Schwanz griff, war alles schlaff. Ich nahm ihn in die Hand und in den Mund, aber es bewegte sich nichts. Bernhard sah schon richtig unglücklich aus.

Als es nochmal klopfte, machte ich es wieder wie eben. Diesmal war es Reinhard. Bernhard kam mit einem Ständer aus dem Bad.

Bist ja schon da, sagte Reinhard.

Irgendwie fühlte ich mich verarscht, ich wollte nicht mit beiden, aber ich hoffte jetzt auf Cindy. Ich hatte keine Angst vor denen, aber irgendwas stimmte nicht.

Ich geh auch kurz duschen, sagte Reinhard auf diese arrogante Art, die er in der Akademie immer drauf hatte.

Ist das eigentlich Natur?, fragte ich und fasste nach seinen Locken.

Er musste lachen, aber gab mir trotzdem keine Antwort.

Bernhard wollte seine Sachen wieder anziehen.

Was ist? Seid ihr schwul oder was ist mit dir?, fragte ich.

Er war schon wieder ganz schlaff. Reinhard kam mit nassen, glatten Haaren zurück und sah viel älter aus. Er suchte auch schon wieder seine Sachen. Irgendwie roch er komisch, ein bisschen nach Zahnarzt oder so.

Ihr müsst euch entscheiden, sagte ich. Mir ist egal, wer hier bleibt.

Reinhards Schwanz war ziemlich klein, schwarz behaart und bleich, der sah irgendwie verkümmert aus.

Du setzt dich mal dahin, sagte er und zeigte auf den Sessel. Machst die Beine auseinander.

Ich lass mich nicht so kommandieren, sagte ich, tat aber trotzdem, was er sagte.

Er nahm aus der Minibar ein Bier, machte es auf, trank einen Schluck aus der Flasche und gab es an Bernhard weiter.

Du bist süß, sagte Reinhard.

Dann flüsterte er Bernhard etwas zu, ich verstand nur was von zehn Minuten, mehr nicht.

Die beiden begannen zu wichsen, sie kriegten ihn beide ziemlich schnell steif, sie machten's eilig, hektisch, so als wollten sie schnell fertig werden.

Hört auf, was soll das!, rief ich, aber sie glotzten nur.

Ich stand auf.

Habt ihr keine Zeit oder was. Spinnt ihr?

Das sah aus wie ein Wettbewerb, wer am schnellsten kam.

Und was ist mir mir?

Sie spritzten auf den Teppichboden, beinahe gleichzeitig, ohne was zu sagen, nur Reinhard knurrte zweimal dabei. Dann zogen sie sich sofort an. Die hatten nicht mehr vor, mit mir essen zu gehen, das war klar. Als Cindy kam, heulte ich schon, und sie verstand überhaupt nicht, was passiert war.

Katrin Dorn

# Maries Messer

Ein Taschenmesser, natürlich, das war die beste Idee. Sie hätte gleich darauf kommen können. Zum Glück hatte der Laden auch zu Weihnachten auf. Marie trat ein, es war eisig kalt. Die Klimaanlage musste auf höchste Stufe eingestellt sein. Der Verkäufer trug Bermudas mit einem verwaschenen Palmenaufdruck. Seine nackten Beine spiegelten sich in der Vitrine, wo die Taschenmesser lagen, aufgefächert und sortiert nach der Anzahl ihrer Einzelteile. Eins kostete genau 38 Dollar. So alt war Thomas im November geworden. Einen Tag vor Maries Abreise. Sie war zum zweiten Mal nach Buenos Aires geflogen, um für eine neue Reportage zu recherchieren. Sie hatte Archive besucht, Interviews geführt, aber jetzt, wo Thomas da war, sollte der Urlaub beginnen.

Am Morgen war er auf dem Flughafen angekommen, im Apartment hatten sie einen Kaffee zusammen getrunken, dann hatte er sich schlafen gelegt. Marie wollte sich zu ihm legen, aber er wehrte ab. Nach dem langen Flug sei er noch nicht so weit, ihre Nähe auszuhalten. Er müsse erst wieder eins mit seiner Seele werden.

Sie war fortgegangen. Auf der Straße schlugen ihr die Hitze und der Verkehrslärm der Avenida Santa Fé entgegen. In der «Straße des heiligen Glaubens» bot man die letzten Plastikweihnachtsmänner für zwei Dollar an. Aus den Lautsprechern dudelte *Jingle bells*. Inmitten all der Leute, die letzte Besorgungen für den Abend erledigten, bekam Marie Lust, Thomas etwas zu kaufen. Er würde ihr sicher nichts schenken. Seine Ankunft war Geschenk genug. Das Erste, was er ihr erzählt hatte, war das Malheur mit seinem Taschenmesser. Normalerweise trug er es immer bei sich. Ausgerechnet vor seinem ersten Transatlantikflug hatte er es in Berlin auf dem Küchentisch liegen lassen.

Er dürfe gar nicht daran denken, wie er sich an dem Rumpsteak letzte Nacht mit dem Plastikmesser der Fluglinie abgequält hätte. Als Marie das Jagdgeschäft entdeckte, war klar, was sie ihm schenken würde.

Der Junge mit den Bermuda-Shorts zeigte ihr die einzelnen Werkzeuge des 38-Dollar-Modells. Sie entsprachen der Auswahl von Thomas' Messer. Flaschenöffner, Korkenzieher, Nagelschere, aber jetzt, sagte der Junge, käme etwas Besonderes. Er drückte auf einen silbergrauen Knopf an der Seite. Ein Stilett schnellte heraus. Ein Mini-Stilett, aber immerhin fünf Zentimeter scharfer Stahl, sagte der Junge und lachte über Maries Schreck. Natürlich sei es nicht ernst zu nehmen, und außerdem sei die Zeit der Duelle vorbei.

Und die beiden Offiziere, die kürzlich aufeinander geschossen hatten?

«Militärs», der Junge winkte ab. «Die zählen nicht. Aber sieh mal, wegen des albernen Stiletts will kein Mensch dieses Messer kaufen. Dabei ist es fast geschenkt. Es hat mal hundert Dollar gekostet.» Sie solle nur selbst schauen, an den anderen Messern mit vergleichbarem Preis sei fast nichts dran. Thomas musste das Stilett ja nicht benutzen, dachte Marie. Sie bezahlte, ließ das rote Messer in ihre schwarze Samttasche gleiten und verließ das Geschäft. Die Sonne stand grell im Zenit. Thomas würde noch lange schlafen.

Neben dem Jagdgeschäft war ein Locutorio offen. Immer

hatten sie auf und verführten Marie zu tun, was sie eigentlich nicht mehr wollte. Kaum war sie eingetreten, rief ihr die Angestellte zu: «Die Sieben.» Marie setzte sich in die Kabine. In der Spiegelwand konnte sie sehen, wie sie die Nummer in die Tasten tippte.

Nach dem ersten Klingeln nahm Angel ab, eine Sekunde verging, dann rief er: «Marie.»

«Aber ich hab doch noch gar nichts gesagt.»

«Eben daran erkenne ich dich. Du musst auch nichts sagen. Es genügt ja, dass du mich anrufst.»

Sie sah vom Spiegel weg. Ihr Blick fiel auf ihren Rocksaum, wo eine Naht aufgegangen war.

«Ist er schon da?», fragte Angel.

«Ja, er schläft.»

«Natürlich, er muss sich ausruhen. Er ist um die halbe Welt gereist.»

«Ja, er ist ganz erschöpft, der Ärmste.»

«Er – der Ärmste? Was sagst du da, Marie? Ich würde zehnmal um die Erde fliegen, um eine Nacht in deinem Bett zu sein.»

Ein einziger Flug hätte genügt, dachte sie. Vorsichtig zog sie am Faden des Saumes, er schien sich nicht weiter aufzudröseln.

«Und jetzt?», fragte Angel. «Bist du glücklich?»

«Ja», sagte sie.

«Das ist mir das Wichtigste. Dich glücklich zu wissen. Und mich machst du auch glücklich, weil du mich nicht vergisst.»

«Ich muss auflegen», sagte sie leise.

«Ja, natürlich», rief Angel. «Und du weißt ja, montags und freitags bin ich im *Gricel*. Das weißt du doch?»

«Ja, ich weiß es.»

«Gut so. Ich küsse dich.»

«Ich küsse dich auch.»

«Sag es nochmal», bettelte er.

Sie legte auf.

Wieder stand sie auf der Straße. Die Leute liefen mit vollen Einkaufsbeuteln an ihr vorüber. Alles passierte schnell in dieser Stadt. Kaum saß man an einem Tisch, kam ein Kellner, kaum dass die Busse hielten, fuhren sie weiter, es war üblich, sich schnell zu etwas zu entschließen, warum zum Beispiel nicht diesen Bus nehmen und auf einen Sprung zu Angel fahren. Er saß bestimmt noch am Telefon und dachte an Marie, während Thomas schlafend auf die Ankunft seiner Seele wartete. Thomas war ja in Wirklichkeit noch gar nicht da. Der Bus hielt. Marie stieg ein. Nur dieses eine Mal noch und dann nie wieder, sagte sie sich, und ihr war, als wüssten alle Fahrgäste um sie herum, dass sie sich das jedes Mal gesagt hatte.

«Ich wusste, dass du kommst», sagte Angel.

Er zog die Haustür des Conventillos zu und schloss sie in die Arme. Es war seine Umarmung, in die sie sich verliebt hatte, bei ihrem ersten Tango, den sie vor einem Jahr miteinander getanzt hatten. Als der große Argentinier sie aufforderte, hatte sie zuerst gezögert. Aber es war kein Problem, dass sie viel kleiner als er war. Im Gegenteil. Mit seinen Armen öffnete er einen Raum, in dem ihre Schritte und Drehungen so viel Platz hatten, dass Marie sie immer größer werden ließ. Nach dem dritten Tanz zog der Argentinier sie an sich. Plötzlich hatte sie das Gefühl, ein Kind zu sein; aber keins, das sie jemals gewesen war, sondern eins, von dem sie sich schon als Kind gewünscht hatte, es sein zu können. Es war, als habe sie etwas gefunden, wonach zu suchen sie sich nie getraut hatte. Als die Milonga zu Ende war, gingen sie zu ihm, in das kleine alte Haus im Palermo-Viertel. Mit jedem Kleidungsstück, das er von ihr streifte, verlangte ihr Körper stärker nach ihm. Als sie nackt war, sah er sie lange einfach nur an. «Was für eine Frau», sagte er.

Zwei Wochen später hatte er sie zum Flughafen gebracht. Sie hatte gehofft, er würde sie festhalten, während man ihren Namen ausrief, so lange, bis es zu spät war, an Bord zu kommen. Stattdessen hatte er ihr einen kleinen Stoß gegeben, damit sie losging und zugeschaut, wie der Grenzbeamte ihren Pass kontrollierte. Am Ende des Ganges sah sie sich noch einmal um. Aber Angel war schon fort.

Ein paar Wochen später hatte sie Thomas bei einem Tango-Workshop kennen gelernt und die Erinnerungen an Angel kamen ihr immer exotischer vor. Eine unvorstellbare Geschichte, die sich nur in Buenos Aires abspielen konnte, und die nicht fortzusetzen war mit E-Mails, in denen man sich die gegensätzliche Wetterlage beschrieb.

Sie hatten längst aufgehört, sich zu schreiben, als Marie zum zweiten Mal nach Argentinien kam. Es war einer jener Zufälle, die man hier logische Folgen nennt, dass sie sich schon bei der ersten Milonga, die Marie besuchte, wieder sahen. Angel lud sie zum Essen ein.

Sie sagte, sie werde nicht mehr mit ihm schlafen.

Er hatte gelächelt. «Das werden wir ja sehen.»

Sie trafen sich immer wieder. Jedes Mal gelang es Marie, rechtzeitig zu gehen, aber sie konnte auch nicht aufhören, immer wieder zu kommen.

Sie löste sich aus seiner Umarmung. «Ich komme nur, um mich zu verabschieden.»

«Natürlich, Marie, mein Bonbon. Aber heute ist Weihnachten, und du bist mein schönstes Geschenk. Darf ich es auspacken?»

«No Señor! Aber du kannst mir gern was zu trinken anbieten.»

Angel trank keinen Weißwein. Aber für sie stand noch immer eine Flasche kalt. Als er die Flasche öffnen wollte, rief sie: «Lass uns tanzen.»

«Natürlich, Marie. Natürlich tanzen wir.»

Angel legte eine CD mit alten Aufnahmen auf und blieb vor der Stereoanlage stehen. Marie musste auf ihn zugehen, das wenigstens sollte sie selbst tun. Nach den klaren Rhythmen von Tanturis Orquesta Tipica begannen sie zu tanzen. Wie immer richtete Maries Körper sich auf und ihre Schritte wurden fest. Heute würde sie sich frei tanzen, dachte sie. Diese Tangos sollten der Abschied für immer sein, sie machte ihre Schritte noch größer als sonst. Angel drehte sie, hob im Schwung ihre Beine vom Boden und trug sie zum Bett. Seine Hände eroberten ihre nackte Haut, er begleitete seine Berührungen mit Worten, sie sei die einzige Frau, die ihm jemals etwas bedeutet hätte. Ihr halb entblößter Körper streckte sich aus, in seiner uralten Sehnsucht nach der Wahrheit solcher Schwüre.

«Marie?» Es war, als hätte Thomas sie gerufen. Sie setzte sich auf. Sie zündeten sich Zigaretten an. Die Asche knisterte. Angel sagte, Marie solle jetzt entweder mit ihm schlafen oder gehen. Sie stand auf und zog ihr Hemd wieder an.

«Aber warum? Warum können wir nicht ein einziges Mal so glücklich sein wie im letzten Jahr?», fragte er.

«Weil wir in diesem Jahr leben.»

Angel stand auf, legte seine Arme um ihre Schultern.

«Ist ja schon gut, ich will nicht mehr, was ich nicht bekommen kann.»

Wie sehr sie sich nach dieser Umarmung sehnen würde.

«Warum Tränen, Marie? Dann schlaf mit mir, wir würden glücklich sein.»

«Verdammt nochmal, nein.»

Sie stieß ihn von sich. Angel schloss auf. Kaum war Marie auf der Straße, zog er die Tür wieder zu.

Marie umklammerte das Messer in ihrer Tasche. Jetzt bloß nicht die Finger lösen, den Arm heben und auf den Klingelknopf drücken. Sie ging den ersten Schritt, den zweiten, bis zur Haltestelle waren es nur wenige Meter, und zum Glück kam der Bus gleich. Erst als sie auf der zerschabten Lederbank saß, löste ihre Hand sich vom Messer und legte sich ruhig auf den schwarzen Samt ihrer Tasche.

Thomas hatte gelächelt, als sie sich zu ihm legte und ließ ihre Berührungen zu. Sie schmiegte sich an seinen Rücken, umschloss ihn. Von seinem Nabel aus ließ sie ihre Hand nach unten wandern. Er griff nach ihren Fingern und hielt sie fest. Dann drehte er sich zu ihr und schaute ihr in die Augen. Sie musste Geduld haben. Aber ihre Beine wollten nicht still halten, sie zog die Knie an. Thomas hob die Brauen: «Alles in Ordnung?»

«Ja, klar.» Ihr fiel das Messer ein. «Schau mal, ich hab was für dich, zu Weihnachten.»

Sie holte es aus der Tasche und legte es auf das Bett. Rot glänzte der Griff auf dem weißen Leinen. Es war eine unzulässige, gedankenlose und, was das Schlimmste war, unwiderrufliche Geste gewesen.

Thomas zog die Einzelteile hervor. Das Stilett schnellte heraus. Er merkte, wie sie ihn beobachtete. «Danke, Marie», sagte er. «Es ist ein sehr schönes Geschenk.»

Dann kramte er in seinem Koffer und holte fünf Päckchen Zigarettentabak und -papier hervor. «Du hast doch erzählt, dass es die hier nicht gibt. Meinst du, die reichen für uns beide?»

«Ich glaub schon. Toll, dass du daran gedacht hast.» Marie

umarmte ihn. Er hielt noch immer das Messer in der Hand. Sie spürte den harten Druck auf den Rippen.

In der Nacht gingen sie aus. Thomas aß sein erstes Steak, blutig, wie er es liebte.

Um Mitternacht wünschten ihnen die Tischnachbarn alles Gute zu Weihnachten, viel Glück und gesunde Kinder.

Als das Feuerwerk vorbei war, begann an einem der Tische eine Diskussion, die bald das gesamte Restaurant ergriffen hatte. Natürlich sprach man wie überall in der Stadt über die beiden Offiziere, die auf offener Straße aufeinander geschossen hatten. Der Anlass war eine Frau, die zuerst die Geliebte des einen und dann des anderen gewesen war. Aber nicht der alte, sondern der neue Liebhaber hatte das Duell begonnen.

«Er war dumm, seinen Vorgänger zu erschießen», rief ein junger Mann. «Schließlich hat die Frau den anderen verlassen, um mit ihm zusammen zu sein. Da hatte er doch gar keinen Grund zur Eifersucht.»

«Pablito, du verstehst überhaupt nichts. Sobald eine Frau etwas hat, will sie das, was sie nicht hat. Der Mann hatte mehr Ahnung von den Weibern als du.»

«Und, was nützt es ihm? Jetzt, wo er ein Mörder ist, wird sie ihn nicht mehr lieben.»

«Ich sag doch, du hast keine Ahnung. Was denkst du, warum die's immer mit Militärs hatte. Die steht auf Pistolen in der Hose.»

«Da gibt's überhaupt nichts zu lachen», rief eine Frau. «Denkt mal an die Kinder. Ein Vater ist tot, der andere im Knast. Ich frag mich sowieso, warum die Männer nicht einfach dieses Flittchen abgeknallt haben, statt sich zu duellieren.»

«Eh, Dalila, was für schlechte Wellen, *por favor*!»

Thomas lachte. «Worüber regen die sich so auf?»

«Hab ich auch nicht verstanden», sagte Marie. «Aber wenn wir noch Tango tanzen wollen, müssen wir langsam mal losgehen.»

Auf dem Weg zum *Paracultural* umschloss sie Thomas' Hand wie zu einem Gebet.

Der Saal war sehr voll. Ein Orchester spielte *Tango nuevo*. Angel war nicht da. Thomas und Marie tanzten ihren ersten gemeinsamen Tango in Buenos Aires. Es war mühsam, aber das war es immer, wenn sie sich längere Zeit nicht gesehen hatten.

Am nächsten Tag begannen sie mit dem Privatunterricht bei Enrico und Nancy. Das junge Showtanzpaar empfing sie in der Wohnung von Nancys Mutter.

Sie forderten ihre Schüler auf zu tanzen, während sie selbst auf einem Ledersofa sitzen blieben und dabei aussahen wie zwei Naturforscher, die die Bewegungsformen eines vierbeinigen Käfers studierten. Leise tauschten sie Kommentare aus. Als der erste Tango zu Ende war, riefen sie: «Toll, super, wunderbar, tanzt noch einen.»

«Sein Becken», sagte Enrico. «Er hält es von ihr weg.»

«Ja, das ist es», stimmte Nancy zu.

Thomas blieb abrupt stehen. «Meinst du wirklich, dieser Unterricht hier bringt etwas?»

«Sie haben ja noch gar nicht angefangen», versuchte Marie ihn zu beruhigen.

«Eben, wann geht's denn hier mal los?»

Angel würde niemals so unhöflich werden, dachte Marie.

Nancy stand auf. «Entschuldigt, dass wir so lange gebraucht haben. Wir werden jetzt mit den Korrekturen beginnen.»

Enrico ließ Thomas Übungen machen, von denen Marie nichts mitbekam, da sie sich unter Nancys Anleitung auf die Drehung ihrer Hüften konzentrierte. Die junge Frau nahm ihr Becken zwischen die Hände und rief, während Marie ihre Füße abwechselnd aneinander setzte: «*Turn the heep! More, more.*»

Nancy drückte ihre Finger auf Maries Rücken, Schultern und Hinterkopf, Körperteile, die während der Drehungen im Lendenbereich völlig ruhig zu bleiben hatten. Einmal sah Marie zu Thomas hinüber. Er wirkte noch untersetzter, als er ohnehin war. Was wollten sie hier überhaupt? Sie würden nie mehr so tanzen können wie diese jungen Athleten.

«Ich glaube, sie ist so weit», rief Nancy Enrico zu.

«Er auch, glaube ich», erwiderte der.

Nachdem Thomas und Marie ein paar Schritte getanzt hatten, fragte Nancy, ob sie einen Unterschied spürten.

«Sein Messer drückt auf meine Hüfte», sagte Marie. Nancy lächelte verwirrt und verstand erst, als Thomas das Taschenmesser aus seiner Hose zog und neben sie auf das Sofa legte. Er fühlte sich leichter an und auch Marie hatte das Gefühl, leichter als vorher zu sein.

Das läge daran, weil sie ihr Gewicht in ihr Becken verlagert hätten, erklärte Enrico. Das habe ihnen bisher gefehlt. Aber sie sollten sich nichts daraus machen, sagte Nancy, sie habe gehört, dass das ein typischer Fehler von Europäern sei.

Mit verschränkten Armen standen sie voreinander und lächelten.

Plötzlich fragte Nancy, ob sie schon im *Gricel* gewesen wären.

Bevor Marie antworten konnte, verneinte Thomas.

«Oh, ihr müsst hingehen», rief Nancy. «Es ist einer der

ältesten Tangosalons. Man könnte meinen, in den roten Wänden ist das Blut von all diesen Messerstechereien getrocknet.»

Enrico räusperte sich. «Ihr müsst sie entschuldigen. Sie liest viel zu viele Romane.»

Aber Nancy ließ sich nicht beirren. «Montags ist es besonders schön, weil die meisten anderen Salons zuhaben und sich alles dort trifft.»

Es war Montag und Marie hatte keine Ahnung, wie sie Thomas die Sache ausreden sollte.

Im Bus fragte er plötzlich, ob sie den Typen wieder gesehen hätte, mit dem sie letztes Jahr zusammen gewesen sei. Es war klar, dass Thomas diese Frage gerade jetzt einfallen musste. Sie verneinte.

Der alte Kassierer begrüßte Marie wie eine gute Bekannte. Thomas schien daran nichts Seltsames zu finden. Er zahlte den Eintritt, schob den schweren Samtvorhang zur Seite und blieb einen Moment vor dem lang gestreckten Tanzsaal stehen. Die Tanzfläche, die von Säulen begrenzt wurde, war in rotes Licht getaucht. Die Tische an den Seiten verschwanden im Halbdunkel. Sie fanden noch einen freien Tisch im Hintergrund des Saales. Thomas zog seine Schuhe aus dem Rucksack. Er beugte sich vor, um sie anzuziehen. Marie lehnte sich zurück. Angel sah sie an. Seine Lippen schmiegten sich aneinander. Eine feine Linie zog sich von seinen Augen zu ihren, die Thomas zerriss, als er sich wieder aufrichtete.

Marie drehte sich eine Zigarette. Rauchend sah sie den Tanzpaaren zu. Die Damen, üppig oder mager in ihren altmodisch eleganten Kleidern, hatten das Spiel von Verführung und Abweisung schon viele Jahre gespielt. Sie zelebrierten Rituale, lächelnd, wissend. Die Männer gaben ihnen das Gefühl von Schönheit zurück, während ihre starken Parfums den Geruch des Alters für ein paar Stunden fern hielten.

Angel zeichnete Maries Körper mit seinen Blicken nach, so genau, dass ihm nicht einmal die offene Naht am Rocksaum entging. Marie war, als könne sein Begehren zwischen ihre Beine fahren. Sie stand auf und legte sich in Thomas Arme.

Angel forderte eine Frau auf. Wie immer begann er mit einem Rückwärtsschritt. Marie schloss die Augen. Ermutigt von der plötzlichen Leichtigkeit ihrer Bewegungen, wagte Thomas raschere Drehungen, schnellere Wechsel, zu schnell für diesen Salon, wo es eng war und man auf Eleganz größeren Wert legte als auf Sportlichkeit. Sie hatten jemanden angestoßen, Marie sah auf, natürlich war es Angel.

Als Thomas um eine Pause bat, bedankte sich Angel bei seiner Partnerin. Als sie weitertanzten, erschien auch er wieder auf der Tanzfläche. Einmal tanzten sie so nah aneinander vorbei, dass Marie ihre Hand von Thomas Rücken löste, um Angel zu berühren. Beim nächsten Takt stolperte Thomas.

Ihm sei, als habe Enrico ihn auseinander genommen, ohne ihn neu zusammenzusetzen, sagte er, als sie wieder am Tisch saßen.

«Du musst ja auch erst mal hier ankommen», bemerkte Marie.

«Komisch, dass du das sagst», antwortete Thomas, stand vom Tisch auf und ging durch den Saal zur Tür mit der geschwungenen Aufschrift *Caballeros*.

Marie lief hinaus auf die Straße. Angel kam sofort nach.

«Ich wollte nicht hierher, es hat sich so ergeben, ich wollte es vermeiden», redete sie auf ihn ein.

«Aber es ist doch gut, Marie. Es hat sich ergeben, was sich ergeben musste.»

«Nein, es war dumm, hierher zu kommen.»

«Du bist eine kluge Frau. Und deine Gefühle sind die klügsten der Welt.»

«Geh nach Hause, Angel. Bitte.»

«Aber hör mal. Dein Herz führt dich zu mir. Ich kann dir nah sein. Auch wenn es mit einer anderen Frau in meinen Armen ist.»

«Ich halt das nicht aus.»

«Du kannst mich um alles bitten, Marie, aber nicht, dass ich derjenige bin, der geht.»

Sie versuchte sich eine Zigarette zu drehen.

«Du musst wieder hinein, er wird gleich zurück sein», sagte Angel.

«Danke, dass du so besorgt um mich bist, Angelito. Du kannst ja zu Thomas gehen und mich bei ihm entschuldigen.»

«Natürlich kann ich das. Und bei der Gelegenheit kann ich ihm auch gleich sagen, dass du dich in mich verliebt hast. Ich kann auch den Militär spielen und ihn zum Duell auffordern? Ist es das, was du willst?»

Anstelle einer Antwort warf sie die halb gedrehte Zigarette weg. Der lose Tabak verstreute sich auf der Straße.

Thomas fragte nichts. Es schien ihm nicht einmal aufzufallen, dass sie vom Ausgang kam und nicht von den Toiletten. Er sagte, dieser Club fasziniere ihn viel mehr als der Salon von gestern.

Angel blieb. Sobald Marie ihn über Thomas' Schulter hinweg ansehen konnte, sah er ihr in die Augen und schmiegte seine Lippen aneinander. Thomas begann, Marie während des Tanzens zu küssen. In den Pausen zwischen zwei Titeln umschloss er ihre Taille mit seinen Armen und ließ sie nicht mehr los.

Als Angel diese Veränderung bemerkte, hörte er auf zu tanzen und ging an die Bar.

Ein Valse begann und Thomas ließ Marie eine Moulinette nach der anderen drehen. Marie versuchte sich auf die Geradheit ihres Oberkörpers zu konzentrieren, erinnerte sich an Nancys schmale Hände in ihrer Taille, sie drehte ihre Hüften unter Thomas und Angels Blicken zugleich.

«Ich kann nicht mehr», sagte sie, als der Valse zu Ende war.

«Ich wollte sowieso was zu trinken holen.» Thomas ging zur Bar. Angel stellte sein Bierglas ab. Er saß auf einem Barhocker, sein rechtes Bein hing lässig bis zum Boden herunter. Neben ihm war noch ein Stück an der Theke frei. Als Thomas sich neben ihn stellte, war Angel noch immer einen Kopf größer. Thomas behielt seine Hand in der Hosentasche, dort wo er das Taschenmesser hingesteckt hatte, weil es auf der anderen Seite störte. Er sprach Angel an.

Als Angel sich ihm zuwandte, sagte Thomas noch etwas und fing an zu lachen. Es war dasselbe Lachen, in das sich Marie damals beim Workshop verliebt hatte. Ein Lachen, das jeden Verdacht auf böse Absichten im Ansatz zunichte machte und das jeder mit einem ebenso herzlichen Lachen erwiderte. Auch Angel schien nicht anders zu können. Thomas hob seine Hände und versuchte mit ihrer Hilfe irgendetwas zu erklären. Diese Hände mit ihren kurzen breiten Fingern, die Marie noch viel zu wenig berührt hatten, seit er da war. Er wurde vom Barkeeper unterbrochen, der eine Weinflasche über die Theke hielt, auf den Korken zeigte und übertrieben ratlos die Schultern hob. Thomas zog mit ebenso übertriebener Geste das Messer aus seiner Hosentasche. Er deutete auf Marie, und Angel nickte Marie zu, als hätte er sie noch nie im Leben gesehen. Thomas klappte die Spirale aus dem roten Griff und entkorkte die Flasche. Dann ließ er sich drei Gläser geben und zeigte auf ihren Tisch. Angel rutschte vom Barhocker und ging hinter ihm her.

«Marie, das ist Angel. Angel, das ist Marie», sagte Thomas stolz auf seine erste Bekanntschaft.

Als sie sich mit den üblichen Küssen auf beide Wangen begrüßten, strömte der Geruch des gestrigen Nachmittags auf Marie ein. Sie sah das Bett in der Mitte des Zimmers und ihr Trägerhemd, das zwischen die Decken gerutscht war.

«Marie kann Spanisch gut», sagte Thomas. Angels Lippen formten das Wort *bueno*, er sah in ihren Ausschnitt, als suche er dort nach dem Abdruck seiner Hände.

Marie entschuldigte sich und ging zur Toilette. Vor der Tür gab ihr eine alte Frau ein Stück zurechtgeschnittenes Papier und schüttelte den Kopf. Das tat sie immer.

Marie zog die Kabinentür zu, raffte den Rock überm nackten Bauch hoch, und setzte sich, als könne sie das Gefühl zwischen den Beinen auf diese Art loswerden. Es gab keine Klimaanlage. Zwischen ihren Oberschenkeln floss der Schweiß zusammen. Warum konnte Angel nicht in diese Kabine kommen? Er wusste doch genau, wie es ihr gerade ging. Sie ließ das Papier ins Becken fallen und hielt sich die Hände an die Ohren, als könnte sie so alle Empfindungen zum Verstummen bringen.

Im Vorraum wusch sie sich das Gesicht mit kaltem Wasser ab, bis eine Frau, die ihre Lidstriche nachzog, sie darum bat, nicht so herumzuspritzen.

Als Marie zurückkam, lag das Messer auf dem Tisch. Angel versuchte Thomas etwas zu erklären. «Piazolla. Nicht tanzen. Hier Tanzen, da Leidenschaft. *Distinto* ... Ah, Marie, da bist du ja endlich. Komm, übersetz mal!»

Thomas sagte: «Ich hab ihn gefragt, warum sie hier im Salon keinen *Tango nuevo* spielen. Ich glaub, er will mir sagen, dass man nach Piazolla nicht tanzen kann.»

Angel lehnte sich zurück, sodass er Thomas im Blick behielt, während er Marie anschaute.

«Tango ist ein Tanz, der von dem erzählt, was man nicht

hat», begann er. «Mein Bonbon, du bist so schön heute Nacht. Das übersetzt du jetzt natürlich nicht. Also weiter: Nicht die Leidenschaft selbst, sondern die Zügelung der Leidenschaft ist Tango. Und für die, die nicht einmal jemanden haben, in den sie verliebt sind, ist Tango die Sehnsucht nach der Leidenschaft, nach dem Begehren, ohne das es keine Erfüllung gibt. Bei Piazolla ist das nicht so. Der macht aus der Leidenschaft selbst Musik. Danach tanzen zu wollen, das ist, als würde man versuchen, im Anzug mit einer Frau zu schlafen. Aber Tango tanzt ein Mann mit einer Frau, damit sie ihm erlaubt, irgendwann den Anzug auszuziehen. Nicht wahr, Marie? Und sag mal, meine Göttin, meinst du, Thomas erlaubt mir, mit dir zu tanzen?»

Die Frage am Ende ließ Marie beim Übersetzen weg. Bevor Thomas antwortete, presste er seinen Mund eine Weile gegen seine Faust.

Aber mit der Erotik im Tango sei doch nicht die wilde Leidenschaft gemeint, sagte er. Erotik sei doch etwas, womit man spielen könne.

Marie drehte sich eine Zigarette, während er sprach. Beim Übersetzen griff sie nach dem Feuerzeug. Plötzlich hatte sie das Messer in der Hand. Sie merkte es erst, als es schon vor der Zigarette schwebte.

Angel redete auf Thomas ein. «Ich bin überhaupt nicht deiner Meinung. Für mich ist Erotik niemals etwas, womit ich spiele. Aber wenn es für dich nur ein Spiel ist, dann kannst du mich doch mit Marie tanzen lassen.» Er sah Marie an. «Sag ihm das.»

«Was hat das denn mit dir zu tun?», fragte Thomas.

Er würde sie mit Angel tanzen lassen, das wusste Marie. Er wäre sogar stolz darauf.

Sie presste die Beine noch fester aneinander.

Angel wartete darauf, dass sie die Zigarette aus dem Mund nahm. Sie drückte auf den silbergrauen Knopf. Das Stilett machte ein scharfes Geräusch. Am Nebentisch schrie eine Frau auf.

Angel öffnete die Lippen. Er sah aus, als wäre sein Gesicht mitten in einer Bewegung stehen geblieben.

Das Messer in der Hand fühlte sich gut an.

«Jetzt weiß ich, warum hier die Männer den Frauen immer Feuer geben. Es scheint sicherer zu sein», versuchte Thomas zu witzeln. Er gab ihr Feuer, obwohl neben der Zigarette noch immer das Stilett in die Luft ragte.

«Ist irgendetwas?»

Marie machte einen tiefen Zug.

*«Todo bien»*, sagte sie, schob das Stilett in den Griff und legte das Messer auf den Tisch zurück. *«Finalmente.»*

Angel stand auf. Marie rauchte weiter. Angel trank sein Glas im Stehen aus, drehte sich um und ging fort. Als der rote Samtvorhang über seinen Rücken fiel, wurde es vollkommen still in Maries Körper.

Thomas begann sich eine Zigarette zu drehen. Er tat es mit so großer Sorgfalt, als hinge der Rest des Abends davon ab, wie gleichmäßig ihm diese Zigarette gelang.

Es dauerte noch lange, bis er sagte: «Lass uns tanzen.» Sie ließen keine Runde mehr aus. Mit jedem Tanz ging es besser. Als sie den Club verließen, lärmten die Vögel schon in den Bäumen. Und der weißblaue Himmel schien noch höher als sonst zu sein.

Christiane Enkeler
# 's Cut

Schloss er sein Auto ab. Zum zweiten Mal. Sah durch die Fenster, ob die Knöpfe in der Versenkung verschwunden waren. Fühlte mit dem Finger am oberen Rahmen der Scheiben. Die flirrende Luft schmeckt nach Benzin, fand er.

Nein: alles dicht. Von außen besehen: alles dicht.

Die rechte Hand vor der Brust, drückte er die Tür in den Raum, eine kleine Glocke schellte, seine sandige Haut traf ein Ventilatorstrahl, der das verwaschene grüne Body-Shirt aufbauschte. Mit der linken Hand fuhr er zur Arschtasche seiner Jeans, fingerte schweißig nach einem Polaroid, das sich fest in den Stoff geschmiegt hatte. Ein letzter Sonnenreflex auf den Muskeln des Oberarms, bevor er in den Schatten des Ladens trat, stehen blieb und endlich das Foto aus der Tasche ziehen konnte. Es zwischen zwei Fingern gerade zog. Darauf herabsah und versuchte, es nicht zu knicken, als er es hielt.

Das war es! Das war's!

Mit der rechten Hand schirmte er die Augen ab. Es war zu hell.

Er wartete.

Auf der bunt bebilderten Theke lag ein flockiger Siam-Kater, alle Pfoten auf einer Seite, starrte ihn schräg blinzelnd an, schnurrte laut und schlug gleichzeitig unwillig mit dem Schwanz auf die kühle Glasplatte. Dann zuckte er zusammen und drehte den Kopf: Der Perlenvorhang wurde geteilt, und gebückt trat ein sehr großer, sehr dünner, schwarz gekleideter Mann durch die Öffnung und dann hinter den Tisch. Sein Gesicht war wie aus Kautschuk; jetzt rollte sich die Haut um ein breites, junges Lächeln: «Kann ich dir helfen?»

Mark sah ihn an und presste die Lippen aufeinander. Seine Wangen reflektierten wie glattes Wachs. Seine Augen wurden dunkel und schwarz.

Andreas hob die Schultern und zog die Augenbrauen hoch.

«Was möchtest du denn …»

Mark drückte das Foto auf die Glasplatte. Sein Handballen hinterließ einen feinen Kondensstreifen. Aber der verschwand schnell.

Der andere sah ihn an. War sehr ernst jetzt. Nahm vorsichtig das Foto und legte es auf seine Handfläche. Drehte ihm die Hand zu: «Ist das der, von dem ich meine, dass er es ist?», fragte er.

– «Ich will das Bild auf der Haut!»

Mark stand im Schatten. Niemand sah die roten Flecken in seinem Gesicht.

Andreas drehte wieder das Bild zu sich, nahm es zwischen Daumen und Zeigefinger der anderen Hand, hielt es von sich weg und betrachtete es. Er wandte sich zu Mark, sah den Reflex seiner Augen aus dem Schatten flimmern.

«Du willst ein Tattoo …»

– «Nein! Ich will ein Cutting!»

Der Blick gegenüber tastete Marks Gesicht ab, die wächsernen Poren seiner Wangen, die gespannten Lippen, die Krater der Mundwinkel. – Andreas sah den Reflex zweier Augen aus dem Schatten flimmern. Der Kater schnurrte die gesamte Pause entlang, mit halb geschlossenen Augen, ließ sich auf der Glasplatte leicht hin und her schieben, während Andreas durch alle Motive unter dem Glas hindurchsah ... Mit einem abwesenden Griff packte er dem Tier ins Fell.

Ein Kratzen kreischte über die glatte Fläche.

«Dann wird es ganz anders. Ein ganz anderes Gesicht ...»
– «Mach mir ein Cutting ... bitte ...», Marks Fingerspitzen krallten sich in der Glasscheibe fest. Dann richtete er sich auf und flüsterte gegen die Brust:

«Ich will ihn gleichzeitig mit mir ... – Ich will ihn in mir drin und auf mir drauf. Ich will ... mit ihm ... in einem Rhythmus atmen. Ich will, dass ... verstehst du ... das ist ...
– Ich will, dass es wehtut. Es soll bleiben. Für immer.»

Andreas legte das Polaroid zwischen sie beide. Es lächelte ihnen verlegen entgegen. Mark schirmte die Augen ab.

Andreas nickte über dem Bild. Über den hochgezogenen Schultern, dem blassen Kinn und der spitzig dünnen Nase. Über der bläulich schimmernden Haut und den trockenen Lippen. Den wie ausgestanzt wirkenden, verkrampften Grübchen. Dem milchigen Weiß über den rauen Pupillen.

Den müden, dunklen Schatten darunter.

Dem klinischen Hintergrund.

Dann riss er sich durch den hölzernen Perlenvorhang in den Hinterraum. Durch den matten Rhythmus folgte ihm der Kater.

Mark balancierte auf den Außenkanten seiner Sohlen zu dem Glastisch, hakte die Finger in die Gürtelschlaufen der Jeans, legte den Kopf auf die Seite und starrte auf das Foto. Dann wühlte er in seinen Taschen: Es war Zeit für die Tropfen, er sah schon wieder doppelt. Trockene Augen und kein Film aus Salz und Wasser mehr.

Mark ging durch die Glastür, um im Auto zu suchen.

Die Glocke schellte in dem Moment, als Andreas wieder hinter den Ladentisch trat. Die Skizze in der Hand, überlegend, mit einer Hand im Nacken, um sich am Haaransatz zu kratzen: Das würde nicht einfach werden …
Die Tür fiel gebremst ins Schloss. Er sah Marks Rücken mit zurückgezogenen Schultern über den Vorplatz gehen, sah ihn stehen bleiben und frösteln, sah ihn die Hand aus der Tasche nehmen und die Finger an die Stirn legen, sah ihn versinken im Beton, der weich wurde unter seinen Dockers …

Mark saß ihm gegenüber an einem dieser Tische, die sich leicht wieder abwaschen lassen würden, hinterher, in einem dieser Räume, in denen nichts an den Wänden oder an der Decke befestigt war, das mehr hielt als ein hängendes Kindergewicht. Aber es war okay. Es ging gut heute. Er konnte lachen. Er lächelte bei Marks verlegenen Witzen über die Leute, die ihnen beim Umzug halfen, über die Fragen, die er zur ersten gemeinsamen Einrichtung stellte; er schnaufte kopfschüttelnd bei Marks Bericht über die kreischenden Groupies, die es geschafft hatten, große Latten aus dem

Zwischendurch zuckte sein Gesicht kurz

sah ihn in die Knie gehen vor dem Rückspiegel und

die Tür aufschließen, im Handschuhfach wühlen, kein Bein hinausgestreckt, um das Gleichgewicht zu halten, dann kniff er wieder die Augen zusammen vor dem Rückspiegel, tropfte aus einem kleinen Plastikröhrchen zwischen Zeigefinger und Daumen etwas

hohen Zaun herauszubrechen, trotz der Bewachung rund um die Uhr.
Er schüttelte auch den Kopf bei der Frage, ob er sich nicht eingeschlossen fühlte bei den elektronischen Schlössern, die immer punktartig aufleuchteten, sich aber nur auf Knopfdruck aus dem Schwesternzimmer öffneten. Er sagte, er fühle sich sicher. So. Verstehst du? Mark lachte, versuchte, die Mühe dabei nach weit unten in den Brustkorb zu schieben, sah auf das Gesicht gegenüber, das talgig glänzte von den Medikamenten.

– Trotzdem: die Kamera herausholen; ihn sehen, wie er mit den Schultern in der Luft rudert, weil er unter dem Tisch die Handflächen gegeneinander reibt;

zusammen, abwesende Augen, als im Spiegel etwas vorbeihuschte. [(Wirklich?)]

## Christiane Enkeler

denken, es sei gut, ein Vorher-Nachher-Foto zu machen und die Zwischenstadien *festzunageln*, und dabei: Jede Runde im Stadion muss ein Spießrutenlaufen gewesen sein, ein Sich-Ducken unter den aufreißenden Blitzen hindurch;

Da zuckt er wieder zusammen, als hätte er den Blitz vorausgeahnt; aus den Augenwinkeln; lächelt wieder, beruhigt sich kurz unter einem kühlenden Schweißfilm

Mark kneift die Augen zusammen, zielt, durch das Sichtfenster; lehnt sich mit beiden Schultern über den Tisch;

da sieht der kurz leicht an Mark vorbei, lächelt,

«schieß doch, schieß», lächelt in die Kamera, und Mark drückt auf den Auslöser:

spürt die Mündung direkt auf sich gerichtet, scharf abgesetzt gegen das Gesicht dahinter verschwimmt vor dem Gebüsch draußen, bevor das Geschoss die Haut zerfetzt, durch das Glas hindurch

anderes sieht Andreas plötzlich aufblitzen zwischen Zeigefinger und Daumen, ein metallenes Rasiermesserscharfes zischt in Richtung offenes Auge

das Klicken

        Who's

                the Director

's cutting!

Mark drückte sich mit einem verspannten Grinsen gegen die Tür und hatte eine Sonnenbrille aufgesetzt, eine dieser blau verspiegelten Schmeißfliegenbrillen, dachte Andreas, und darunter tränte es hervor.

Mark fuhr sich mit der Zunge über den Lippenrücken, Andreas hielt ihm die skizzenhafte Zeichnung vor die Brille, blickte in drei Gesichter gleichzeitig.

Mark hatte sich gesetzt und grinste. Jetzt nickte er, das Spiegelbild huschte ihm über die Stirn. Er legte den Unterarm auf das vorbereitete Kissen.

Andreas brachte ihm eine Packung Taschentücher, und Mark krallte sich darin fest. Das Knistern schien den Ventilator zu übertönen.

Andreas legte die Instrumente bereit, rückte sich einen Hocker neben Mark, drehte die Lampe auf dessen Oberarm und zitterte leicht, als er das Skalpell desinfizierte. Konzentrierte sich auf seine Hände und auf das, was er gerade tat. Desinfizierte die Haut, übertrug das Motiv. Ihrer beider Hitze dampfte ineinander. Die Härchen ihrer Wangen berührten sich – beinahe. Andreas starrte auf die Haut. Er sah nicht hinter die Brille. Dann setzte er den Stift ab und atmete aus, drehte sich herum, griff nach dem Skalpell und beugte sich tief über seine Zeichnung, zog die Haut glatt und setzte an. Marks Brustkorb hob sich unter seinem Ellbogen. Andreas wartete nicht ab und drückte zu.

Mark zuckte. Mehr. Viel mehr. Riss das Gesicht zur Seite. Andreas sah die Farben hinter der Brille. Nur kurz. Sah an Marks Schulter vorbei. Auf das Auto. Nur kurz, ganz kurz nur – dann explodierte es, schleuderte das Blech in die Auflösung und die Flammen in Wolken gegen den Himmel.

Andreas hielt Mark an den Schultern zusammen und schrie gegen ihn an, wischte ihm das Blut aus der Wunde, drückte ihn mit seinen Knien auf den Stuhl, bis er aufhörte zu zittern.

Drückte ihn an seine Brust, das Skalpell in der abgewandten Faust.

Drückte und hielt, so lange.

Bis der Wagen ausgebrannt war.

Bis sie in einem Rhythmus atmeten.

## Antje Rávic Strubel
## Elusive Lover

Sie besitzt drei Jacketts, vielleicht vier. Sie lehnt an der Säule links neben der Bar. Der Schatten liegt halb auf ihrem Gesicht. Die andere Hälfte scheint wach und aufmerksam zu sein, als müsste sie die schlafende, unsichtbare Hälfte ersetzen. Dort, wo sich etwas abspielt, was niemand zu sehen bekommt. Keine.

Wenn ich vom Tanzen kam, wenn ich an der Bar bestellte, immer stand sie da. Sie geriet nie ins Zentrum eines Gedränges oder zwischen die Tanzenden, denen die Tanzfläche zu eng wurde. Man schien zu spüren, wie sie da stand. Aber niemand starrte sie an. Ich habe nie Tratsch über sie gehört, an der Bar wies keine mit einem kurzen Blick auf sie hin, aber sobald ihr Glas leer war, ging eine der Barfrauen zu ihr hinüber und füllte nach.

Sie war ausgeschnitten aus dem Lärm. Bewegungslos stand sie in einer Dunkelheit am Ende der Dunkelheit.

Wenn sie nicht da war, blieb die Säule leer. Es war ihre Säule. Seit sie einmal dort gestanden hatte, lehnte sich niemand mehr an.

Sie stand aufrecht da, das Haar zurückgekämmt, und bevor sie trank, hob sie die Augenbraue.

Ich bin ihr nie gefolgt. Ich kam und ging, jeden Donnerstag. Sie kam und ging. Dann lehnte ich mich an die Säule ihr gegenüber. Die Musik zog an uns vorbei. Es war helle Musik, Musik zum Aufwachen, mitten in der Nacht. Später ließ sie Raum für die Körper.

Aber kein Rhythmus hat sie je verändert. Es war jedes Mal derselbe Winkel, in dem der Schatten auf ihr lag, derselbe schmale Streifen Hemd, der unter ihrem Jackettärmel hervorsah, wenn sie trank.

Ich hatte jetzt genau so einen Streifen Schatten auf dem Gesicht wie sie, nur seitenverkehrt. Ein Schatten, der zum Mundwinkel lief. Darunter sah ich jedes Ding sehr deutlich. Sobald sich die Augen an die Dunkelheit gewöhnt hatten, unterschied ich die Farben der Haut an den Körpern der Tanzenden. Nur sie, die zur Hälfte ebenfalls im Schatten stand, sah ich nicht.

Sie leerte in einer Nacht mehr Weingläser, als sie je Jacketts besessen haben muss. Ich habe sie nie angesprochen. Es war in diesen Nächten wichtiger zu wissen, wie ihr Haar fiel, wenn sie sich über das Glas beugte, wie ihr Ring aussah. Der Ring war blau, und sie trug ihn am kleinen Finger, als sollte er nicht auffallen.

Sie schien nie zu flirten. Ihre Blicke kamen von zu weit her. Bevor sie ein Gesicht berührten, waren sie schon wieder daraus verschwunden. Als ich von ihr angesehen wurde, war ich nicht gemeint. Und lächelte sie, dann lächelte sie sich zu. Sich oder etwas, das in ihrem Kopf ablief und so verborgen war wie die linke Hälfte ihres Gesichtes.

Ich wusste, sie hatte mich registriert. Das war alles.

Niemand hat sich ihr in der ganzen Zeit, in der ich sie beobachtete, genähert. Sie ging nie mit einer nach Hause.

Bevor sie mit mir nach Hause ging.

An der Garderobe war sie eines Nachts plötzlich hinter mir. Sie half mir in den Mantel.

«Das ist eine von den Durchschnittsgrößen, für die es im Schlussverkauf schon am zweiten Tag keine Klamotten mehr gibt, stimmts? Schätze, da bin ich ausnahmsweise mal im Vorteil.» Sie hatte einen großen, weichen Körper, als sie jetzt so vor mir stand. Ich hörte ihr nicht zu, ich hörte nur auf ihre Stimme. Draußen fuhren schon die Straßenkehrmaschinen, und ich hatte mich die ganze Nacht zu sehr darauf konzentriert herauszufinden, welchen Wein sie trank.

Ich sagte lahm: «Der ist nicht aus dem Schlussverkauf.»

Woraufhin sie die Augenbraue hochzog, sich langsam auf die Unterlippe biss und «Hm» machte.

Dann verlangte sie ihren Mantel, beiläufig, ohne Unterton, so, wie sie mich auch angesprochen hatte. Der Junge an der Garderobe machte einen müden Scherz. «Wir haben doch alle dauernd neue Überraschungen nötig», warf sie ihm hin und drehte sich dann zu mir: «Oder?»

Als ich in ihr Gesicht sah, war da nur dieses leicht entfernte Lächeln, das auch schon wieder über mich hinwegging und in Richtung Tür, sodass ich einen Schritt zur Seite trat und sie vorbeiließ.

Aber ihre Stimme schwamm in meinem Kopf, sie zog alles an, was ich hörte, und alles klang dann wie sie; das Geräusch, mit dem der Computer im Büro hochfuhr, das Knistern von Staub, mit dem das Diskettenlaufwerk die programmierten Daten speicherte. Es war mir leicht gefallen, an der Säule zu stehen und sie anzusehen. Aber jetzt hatte sie mit mir geredet. Ich kannte ihre Satzmelodie. Ich kannte eine ihrer Redewendungen, und es kam mir vor, als striche sie mir mit dem Finger über die Lippen.

Ich ging wieder hin. Ich ging vier Wochen lang jeden Donnerstagabend hin. Aber sie war nicht da. Ich wartete.

Ich begann das Warten mit einem Zustand von Verliebtheit zu verwechseln.

Wochen später tauchte sie wieder auf.

Sie blieb an der Tür stehen. Sie sah sich um. Ich ging an ihrem Blick vorbei. Ich lief auf einer Insel, auf der sie mich nicht sah. Meine Augen waren da, meine Sinne, ihr Geruch, den ich sofort erkannte. Aber mich selbst nahm ich nicht wahr. Für sie war ich gegangen. Erst nach einer Weile begriff ich, dass sie vor mir stand, noch dichter als in der Garderobe, so nah, dass ich trotz der Täuschungen des Stroboskops die Farbe ihres Jacketts erkannte. Es war grün.

«Wie wärs, wenn du mich einfach mal fragst, wie ich heiße», sagte sie mir ins Ohr.

Mit dem Zeigefinger zog sie eine Spur nach, die nur sie sah. Die Spur ging von meinem Ohrläppchen hinunter zum Hals. Die Berührung fühlte sich kleiner an als jeder der Finger, die ich an ihr gesehen hatte.

Sie küsste mich auf der Tanzfläche.

Ich dachte an die Barfrauen, an die Aufregung, die später um uns gemacht werden würde. Jetzt sahen alle über uns hinweg, in die Schatten, die hinter die Boxen übergroße Hände malten.

Sie küsste mich, als würden wir uns kennen.

Ich sah die Lichter, während sie mich küsste, auf der Bar. Ich konnte mich nicht entscheiden, die Augen zuzumachen. Ich wusste, ich würde es mögen. Und ich wusste, die, die sie küsste, war nicht ich.

«Wir gehen zu mir», sagte sie, bevor ich die Bar ins Spiel bringen konnte.

Ihre Schritte waren größer als meine. Ich sah in die Sterne, die im Rauch eines Schornsteins sekundenlang verblassten. Ich hätte gern sagen wollen, wie sich ihre Lippen anfühlten.

Aber ich sagte nichts. Ich lief neben ihr her und versuchte herauszufinden, was dieser Kuss für mich war, was ihre Hände.

Sie hatte Kerzen in der Wohnung, der Boden war bedeckt mit ihnen, Teelichter vor dem Spiegelschrank und auf dem Schreibtisch und neben dem kleinen schwarzen Schränkchen an ihrem Bett. Sie zündete sie an, sie ließ keine aus. Ich weiß nicht, wie lange das gedauert hat. Vor dem Fenster stand ein Baum, dem die Krone gestutzt war, und irgendwann wurde es am Horizont hell.

Ich sah ihr zu. Ich sah, wie sich das Jackett an ihrem Körper bewegte, und mir fiel auf, dass ich schon längst die andere Hälfte ihres Gesichtes gesehen hatte. Die Hälfte, die immer verdeckt gewesen war, und dass sich diese Hälfte in nichts von der anderen unterschied. Sie waren genau wie ein Gesicht sein muss.

Sie hatte meinen Blick bemerkt. «Bist du dabei, mich zu erforschen», sagte sie. «Gib dir keine Mühe. Gib mir lieber den Ascher. Auf dem Schreibtisch. – Nein, links.» Ich gab ihr den Ascher, und sie setzte sich auf den eingerollten Futon am Boden und winkte mich zu sich herunter. «Was, glaubst du, würdest du finden?»

Ich war übermüdet, ich vertrug den Rauch nicht mehr. Auf einmal hätte ich gern geschlafen, an sie gelehnt unter einer gemeinsamen Decke, und ihr Parfüm geatmet. Sie nickte, als ich nicht antwortete und rauchte die Zigarette zu Ende, ohne weiter zu fragen, und da auch ich nichts sagte, waren die einzigen Geräusche das Schlagen einer Standuhr weit unten im Haus und ihr Atmen, mit dem sie den Rauch ausstieß.

Später zog sie mich zu sich heran, nahm meinen Kopf in

den Arm und bog mich zurück. Sie küsste mich. Sie küsste mich, als wäre sie mit dem Kerzenanzünden noch nicht fertig. Das Licht fiel senkrecht über ihren Mund, und sie leitete es weiter in meinen Mund, und ich hatte die Vorstellung, mein Körper müsste jetzt für sie von innen heraus zu lesen sein. Sie schmeckte nach Tabak, und ich dachte daran, wie spät es war, während sie mir das Hemd aufknöpfte. Sie zog mir das Hemd nicht aus. Sie schob ihren Körper unter mich, und das Hemd hing zu beiden Seiten an uns herab. Darunter war ich nackt. Sie hatte ihr Jackett noch an. Die Knöpfe setzten sich in mein Fleisch. Als ich überlegte, ob ich ihr das Jackett zuerst ausziehen sollte oder ob es ausreichte, ihren Nacken zu streicheln, denn auf einmal wollte ich nichts als das, zog sie meinen Oberschenkel zwischen ihre Beine. Sie legte den Kopf zurück, schloss die Augen und fing an, sich zu bewegen.

Ich sah sie vor mir, mit diesem zurückgelegten Kopf, der ihre Halslinie hervortreten ließ.

Ich sah ihre schön geschlossenen Augen.

Ich sah, wie sich ihr Mund zu einem Lächeln und das Lächeln dann zu einer Maske verschob. Ich spürte meinen Oberschenkel.

Sie hatte aufgehört zu küssen, und mein Körper gehörte wieder mir. Übermäßig viele Kerzen warfen meinen Schatten an die Wand, als wären es die Schatten vieler.

Dann schlief sie ein, während die Teelichter ausbrannten. Irgendwann bin ich neben ihr, halb auf dem Boden, auch eingeschlafen.

Am nächsten Morgen war sie lange vor mir wach. In der Anlage lief eine Platte, von der sie ein einziges Lied wieder und wieder spielte. Es war kühl im Raum. Ich blieb auf dem immer noch eingerollten Futon liegen und hörte sie in der

Küche. Ich hörte Wasser, Geschirr und die Standuhr. Ich wollte glauben, die Musik sei ein Zeichen dafür, dass die Nacht schön gewesen war. Ich kannte den Titel. Er war von Suzi Quatro und hieß *Elusive Lover*.

Ich drehte mich auf die Seite, betrachtete mich im Kleiderschrank mit dem riesigen Spiegel und dachte daran, dass es der Kleiderschrank einer Frau war, die ich monatelang beobachtet hatte. Ich dachte, dass ich jetzt in ihrer Wohnung war und mit ihr geschlafen hatte. Ich dachte das mehrere Male. Aber es folgte nichts daraus, und ich stand auf.

«Also wie heißt du?», fragte ich sie beim Frühstück.

«Kommen wir doch noch zur Vorstellungsrunde!» Das Licht vom Fenster fiel auf ihr Gesicht. Es hatte sich verändert. Nach einiger Zeit im Club hatte ich mir eingebildet, mir ihr Gesicht jederzeit vorstellen zu können. Aber ich hatte es mir immer in der gleichen Umgebung vorgestellt.

«Marla», sagte sie.

«Wie die Sängerin?»

«Wie die Sängerin.»

Im Nebenzimmer lief immer noch *Elusive Lover*, und ich glaubte ihr nicht. Ich weiß nicht, wie das kam. Sie hatte sich wieder zurückgelehnt und sah abwechselnd zu mir und zu einem Topf auf dem Gasherd, in dem die Milch kochte. Sie trug ein T-Shirt. Es gab nichts, was mich an der Echtheit ihres Namens hätte zweifeln lassen können.

«Alle fragen immer zuerst nach der Sängerin», sagte sie.

«Das lässt sich leichter merken.»

«Ja», sagte sie. «Weil man es kennt.»

Ich dachte an gestern, daran, wie sie eingeschlafen war. Sie hatte mich nicht mehr berührt. Jetzt traf mich nur ihr Blick, der wie immer knapp vorbeiging. Aber ich hatte die erste Frage gestellt, ich hatte die Insel verlassen, ich war auf dem

Weg zu ihr, ich würde weitere Fragen stellen, und alles, was sie sagte, würde mein Misstrauen verstärken, so lange, bis ich jedes Detail, jede Nebensächlichkeit aus ihr herausgezogen hatte. Ich kannte das vom Programmieren. Man begann eine Sprache und konnte es dann nicht mehr stoppen. Ihr Umriss stand im frühen Licht an der Küchenwand.

*Just one more time*, sang Suzi Quatro aus dem Nebenzimmer, *just one more time.*

Sie hatte die Eier im Topflappen warm gehalten. Ich wickelte sie aus.

«Hörst du immer dasselbe?»

«Nur so lange es mir gefällt.»

«Aber es läuft schon den ganzen Morgen.»

«Ja. Und es gefällt mir immer noch.»

«Es gefällt dir ja auch, jeden Donnerstag da hinzugehen. Dabei tanzt du nicht. Ich habe mich gefragt warum. Mal abgesehen davon, dass sie deswegen alle scharf auf dich sind –»

Sie sah mir zu, wie ich versuchte, das Ei zu pellen, das sich nicht pellen ließ, und stand dann auf, um die Tür zu öffnen, die von der Küche auf den Balkon führte. Nach einer Weile drehte sie sich um. «Komische Frage. Du gehst jeden Donnerstag da hin, nur um zu tanzen.»

«Weil es mir Spaß macht.»

Sie lachte. «Siehst du.»

Auf dem Küchentisch stand eine zerlaufene Kerze, die sie wegen der Sonne draußen nicht angezündet hatte. Ich ließ die Kerze auf der Tischplatte hin und her taumeln.

«Bist du sicher», sagte sie dann, «dass die Welt so abwechslungsreich ist, wie du sie gern möchtest?»

«Kommt drauf an, was man draus macht.»

«Ja?», sagte sie. «Vielleicht steht uns aber nur eine begrenzte Menge von diesem Reichtum zur Verfügung.»

Sie ging ohne eine Antwort abzuwarten hinüber ins Nebenzimmer und stellte das Lied ab.

«Das ist es», sagte sie, als sie wiederkam. «Diese Stille. Je weiter du dich entfernst.» Wir hörten eine Weile, wie still es war. «Ansonsten passiert alles nur hier», sagte sie und tippte an ihre Stirn.

Ich nahm ihre Hand. Ich fühlte mit den Fingern nach ihrem Ring. Als ich ihn gefunden hatte, sagte ich so ironisch wie möglich:

«Um ehrlich zu sein, habe ich mich immer nur gefragt, wie viel er wohl wert ist.»

«Nichts.» Auf die Ironie ging sie nicht ein. «Aber es ist ein Erbstück.»

Dann goss sie Kaffee nach und nahm eine Zeitung vom Fensterbrett.

Als ich ging, vergaß ich nicht, auf das Klingelschild zu gucken. Mich störte nicht, dass sie den Namen einer kurzzeitig berühmten Popsängerin trug. Es passte zu ihr. Ich wollte nur sehen, ob sie die Wahrheit gesagt hatte.

Wenn sie nicht vorher die Klingelschilder ausgetauscht hatte, dann hieß sie tatsächlich Marla. Aber das Klingelschild war grau und ausgeblichen. Es sah aus, als würde es schon lange hinter dem gesprungenen Glasfensterchen stecken. Ich war enttäuscht. Ich war mir sicher, dass sie etwas vor mir verbarg. Es gab etwas an ihr, das nicht echt war, wobei dieses Gefühl durch die Richtigkeit des Klingelschildes noch gesteigert wurde.

Ich begann Sehnsucht nach ihr zu haben. Ich hatte immer Sehnsucht. Ich war so unvorsichtig gewesen, mich auf den Gedanken einzulassen, dass unsere Treffen zu kurz waren. Jetzt suchte ich nach einem Grund.

Manchmal sahen wir uns oft. Manchmal wochenlang gar nicht. Ich will dich jetzt nicht sehen, schrieb sie mit Hand, das Warten darauf ist das Beste. Oder sie schrieb mir Kärtchen mit einer Adresse und einer Uhrzeit darauf. Wir trafen uns in indischen Restaurants, aßen aufgeblähte Brote und tranken Mangomilch. Wir saßen bis morgens in einer Kneipe und hörten Jazz. Wir waren drei, vier Wochen so. Dann wollte ich sie täglich sehen. Dann jede Stunde. Dann kein Wort mehr ohne sie. Ich sagte, ich erwarte nichts. Ich bat sie nur zu reden. Aber wenn sie anfing, dann erzählte sie in einer Ausführlichkeit, die mich am Ende müde werden ließ, und ich vergaß die eigentlichen Fragen. Wenn ich die Fragen nicht vergaß, winkte sie ab. Sie war nachlässig. Nicht die Fragen wären ihr unangenehm, sagte sie, sie wolle nur die ihr bekannten Dinge nicht nochmal wiederholen.

«Nicht einmal für mich?»

«Du weißt sie doch viel besser.» Über uns fuhr eine U-Bahn ein. «Also, sag du's mir. Was würdest du zum Beispiel sagen, wenn ich in einem Kleid ankäme?»

Sie besaß keine Kleider. Das waren ihre Tricks, um mich abzulenken. Sie griff sich meinen Arm. «Die beste Art sich kennen zu lernen ist doch zu wissen, wofür die andere einen hält.»

«Stimmt nicht», sagte ich mit ihrem Mund knapp über meinem. Wenn sie mich küsste, war es einfach. Ich legte den Kopf zurück und schloss die Augen. Ich atmete und liebte sie für das, was sie mir eines Tages preisgeben würde.

Über uns fuhr die U-Bahn ein, und sie küsste mich nicht.

Wenn sie dasaß, in einer Zeitung blätterte und nicht las und ich sie fragte, was das mit uns jetzt sei, sah sie mich nur an mit diesem Blick, den ich schon kannte, der, statt zu mir, nach innen ging. Sie zog die Unterlippe zwischen die

Zähne, sah über meinen Kopf hinweg in die Zweige und machte «Hm».

Es war wegen dieser Pausen in der Unterhaltung, dass ich es bald unterließ, sie darauf anzusprechen. Aber wenn ich nach unseren Treffen nach Hause kam, legte ich mich auf die Dielen. Ich schloss die Augen und vögelte nackt, auf dem Bauch, und stellte mir vor, mein Körper wäre ihrer. Ich vögelte all das hinein, was ich vermisste. Ich vögelte um die andere Hälfte ihres Gesichtes, die immer noch, obwohl ich sie nun schon so oft gesehen hatte, verdeckt war.

Nachts, wenn sie schlief, betrachtete ich sie. Ich stellte mir vor, wie sie im Club ausgesehen hatte. Es war unnötig, sich das vorzustellen, jetzt, wo ich sie vor mir hatte, nur wenige Zentimeter auf dem Kissen entfernt. Aber es beruhigte mich. Ich war dann sicher, meine Geliebte liebte mich nicht.

Schon morgens trug sie eines ihrer Jacketts, auch wenn sie nicht vorhatte, die Wohnung zu verlassen. Ich trödelte in ihrer Küche herum, ging auf den Balkon und dann wieder zurück in die Küche. Es schien sie nicht zu stören, dass ich blieb, während sie schon angefangen hatte zu arbeiten. Ich nahm einen Teller in die Hand, nur um ihn wieder zurückzustellen, las auf dem Kopf einen alten Einkaufszettel. Ich glaubte, die Details ihrer Wohnung erzählten Details über sie. Meist fand ich nichts Aufregenderes als doppelseitig gestempelte Fahrkarten.

Eines Morgens stand sie vor mir, groß und weich, mit ihrem Körper, der den Türrahmen ausfüllte, und trotzdem streckte sie beide Arme aus, vom rechten Rahmen zum linken.

«Geh nicht», sagte sie.

«Was?»

«Ich habe gesagt: Geh nicht.» Ihr Jackett hob ihr die Schultern an. Sie war atemlos. «Willst du noch einen Kaffee? Ich mach dir noch einen Kaffee. Pass auf, setz dich da hin, und ich mach dir einen Kaffee. Aber geh nicht.»

Ich setzte mich da hin, und sie machte einen Kaffee. Auf dem Balkon gegenüber drehte sich ein Windrad in rasender Geschwindigkeit.

Es war nicht das Windrad. Das Windrad stand still. Es war eine Geschwindigkeit in meinem Kopf, während Marla Kaffeepulver in die italienische Glaskanne löffelte und ich sie noch an der Tür stehen sah, atemlos, die Arme ausgebreitet. Ich hätte sie niederringen müssen, hätte ich vorbeigewollt. Ich dachte daran, wie sie mich angesehen hatte. Sie war größer als ich, aber sie hatte mich angesehen, als wäre sie kleiner.

Die Gasflamme zuckte und reagierte auf das winzige Feuerzeug meiner Geliebten erst beim dritten Mal. Sie besaß nicht mehr als drei oder vier Jacketts. Sie hörte ein einziges Lied immer wieder. Sie hieß wie eine Popsängerin. Die Art, wie sie mit mir hatte Sex haben wollen, war nicht echt. Wie sie an der Säule gestanden hatte, war nicht echt. Ihre Antworten waren nicht echt. Ihr Name mochte echt sein, aber dieser Name sagte nichts über meine Geliebte.

*Vergiss nicht, wovor du Angst hast.* Die ihr das sagte, wäre gern ich gewesen, aber da stand sie schon in der Tür, und wir waren kurz vor der Offenbarung.

Meine Tasse wurde randvoll, und sie verschwand, und ich hörte, wie sie nebenan den Computer hochfuhr und trank meinen Kaffee. Ich hatte gelernt, auf sie zu warten.

Als sie zurück in die Küche kam, zögerte sie nur eine Sekunde. Dann flüsterte sie mir ins Ohr: «Wir sind ganz scharf darauf, immer aufs Neue überrascht zu werden, stimmts?»

Sie biss mir in den Hals. «Was gibst du dir bloß für eine Mühe!»

Ich wusste nichts damit anzufangen. Ich hörte nur, wie leer ihre Stimme klang und bemerkte den Blick, mit dem sie mich ansah.

«Ich wollte dich fragen, mit welchem Programm man Musik runterladen kann. Ich dachte, du willst los, und allein krieg ich's nicht hin. – Tut mir Leid, dass ich dich enttäuscht habe.» Es war ein Blick, von dem ich mich am klarsten wahrgenommen fühlte. Es war der falsche.

Ich wollte in derselben Nacht, dass sie sich für mich auszog. Aber sie nahm nur mit ihrem Finger die Spur in meinem Gesicht wieder auf, die ich selber nie entdecken konnte.

«Wartest du immer noch darauf, dass sich dir ein Wunder präsentiert.» Sie öffnete den Kleiderschrank, zog ein weißes T-Shirt heraus und ging ins Bad. Ihre Kerzen brannten. Sie brannten auf dem Boden und im Spiegel und rings um ihr schwarzes Nachtschränkchen am Bett. Sie gaben zu viel Licht. Als sie in ihrem weißen T-Shirt im Türrahmen stand, hatte ich die merkwürdige Vorstellung, blind zu sein. Licht zu haben, aber nichts sehen zu können. Ihr T-Shirt verschmolz übergangslos mit dem Zimmer.

*Elusive Lover.*

Es dauerte Wochen, ehe ich das begriff. Ehe ich aufhörte, mir verschiedene Dinge einzureden. Aber dann geschah es fast nebenbei, in einer der Seitenstraßen, nicht weit von ihrer Wohnung entfernt. Ich war auf dem Weg, Brötchen zu kaufen und kaufte keine und ging auch nicht wieder zu ihr zurück, wo ich sie verlassen hatte, als sie gerade aufstand. Ich sah meine Geliebte vom Bad in die Küche gehen, um Kaffee zu machen, und wie dann der Kaffee langsam kalt wurde und sie feststellte, dass sie die Zeitung durchgelesen hatte und ich nicht zurückgekehrt war.

Ich begriff, dass keine Nacht je anders werden würde, als die erste es gewesen war.

Sie stand an der Säule. Sie kam und ging. Sie lebte abwesend und kühl in allem, was sie tat. Selbst wenn sie liebte.

Das Geheimnis bestand darin, dass es nichts herauszufinden gab. Aber das war nicht ihr Geheimnis. Das war etwas, das mit jeder Frau wieder neu in sie hineingelesen wurde.

Ich war nicht traurig, als es so endete. Nur meine Hände waren stumpf.

Inzwischen steht sie wieder da.

Sie lehnt in ihrem grünen Jackett an der Säule. Sie streicht eine Haarsträhne zurück. Die Barfrauen füllen unaufgefordert ihr Glas nach, sobald sie ausgetrunken hat. Alles ist unverändert.

Und vielleicht ist das mein Glück.

Zu wissen, wie sie da steht.

Isa Lux
# Im oberen Frequenzbereich

Sie lag auf dem Sofa, weißer Kimono über die glatten Beine nach hinten in die Sofatiefe verrutschtend, als sie nach der Fernbedienung griff und die grüne Lautstärkeanzeige auf dem Bildschirm um mehrere Einheiten nach oben preschen ließ wie einen winzigen grünen Vulkan. Das schnelle, basslastige Liedchen, das die Mannequins eines französischen Designers auf dem Weg über den Laufsteg begleitete, fuhr in ihren Körper, in den Beinen und im Becken pulsierend, ließ sie es im Kopf Bilderserien abflackern wie Technogewitter, sodass sie auf dem Laufsteg mittänzelte und stolzierte, die Schönste und Letzte, die, die das Brautkleid vorführte und Hand in Hand mit dem Couturier dem Applaus entgegenlächelte. Als die Stimme der Moderatorin aus dem grünen Volumenvulkan geschossen kam, drückte sie hektisch die Stumm-Taste, nahm eine andere Fernbedienung und klickte ihren CD-Spieler an. Das zweite Lied. Wieder ließ sie eine grün flimmernde Lautstärkeanzeige nach oben preschen, schloss die Augen, schob zwei schlanke Finger unter den Wäschebund und war die müde Schöne, die sich nach der Schau räkelte und erschreckt hochfuhr, als das Telefon neben dem Sofa schellte. Reflexartig und ungewollt nahm sie den Hörer ab.

*Willi Zottmann. ... Etwas später? Ja, natürlich, ja, nein, kein Problem.*

Willi Zottmann knotete den Kimonogürtel zusammen, erschrak, dass *etwas später* ihm gerade noch reichte, die Sofazeit wettzumachen und verstaute das Modenschauvideo hinter der Die-Vogelwelt-Südamerikas-Kassette. Im Schlafzimmer ließ er mit einigem Bedauern den Kimono von seinen Schultern gleiten, ein kurzer Blick über das Spiegelbild, das neue Seidenhemd über den Kopf gestreift, die passenden French-Knickers über den unpassenden Wölbungen zurechtgezogen, die Beine in die Jeans, zugeknöpft, zarte Wäsche verhüllend und zerknitternd, ein weißes Hemd in die Hose gesteckt, die Füße ohne Schuhe und im Bad etwas Bulgari pour homme auf den Hals. Er spürte die Wäsche an seiner Haut so deutlich, dass er, unsicher, kleinen Spiegel in der Hand, vor dem großen Spiegel stand, etwaige Abmalungen zu überprüfen. Nichts. Gar nichts. Weiterspüren.

Wie immer leicht außer Atem eilte Josefa Flaskamp die Lindemannstraße hinunter. Eine Flasche Champagner, kühlend in den ungelesenen Sportteil des heutigen Express eingewickelt, schlug gelegentlich durch die Tasche an ihre Hüfte. Sie hatte das große Bedürfnis, diese Flasche viel zu schnell zu trinken, in großen schönen Schlucken, um diesem verlogenen Tag eine Chance auf Wahrheit zu geben. Sie hatte Willi heimlich beobachtet, unbeabsichtigt eigentlich, und wusste nun etwas über ihn, das sie maßlos irritiert zurückließ: Sie hatte gesehen, wie er Dessous kaufte. Den ganzen Tag hatte sie dieses Wäsche-Wissen mit sich rumgeschleppt, hatte gegrübelt, verdrängt und keine Erklärung gefunden.

Gläser, eine Schale grüner Oliven, eine mit schwarzen, getrockneten Tomaten und Brot in einer silbernen Schale, schon fast zu viel für den kleinen Tisch vor der Hollywood-Schaukel, die er nach dem Tod seiner Mutter nicht weggegeben hatte, so oft hatte er darin gehangen, geschaukelt, gehollywooded. Er hatte den Samstagabend im Club abgesagt, bedauerte es schon, nun musste er warten, eine ganze Woche lang. Nicht mal geputzt hatte er heute, selbst auf dieses kleine Vergnügen hatte er verzichten müssen, sollte er morgen? Diese schöne Routine, er als seine eigene Putzfrau im Zoohandel Zottmann, die ordentliche türkische Putzfrau, die nach Geschäftsschluss den Laden wienerte. Ungestört, die Tür verschlossen, keine Gefahr und Geld sparte es ihm auch. Sonst nie machen können, wonach die Seele ruft, nie Frau sein dürfen. Nur im Club und beim Putzen. Als es schellte, hörte er auf zu schaukeln, drückte auf und redete sich ein, dass es ihm nichts ausmachte, Josefa weiterhin Eindeutigkeit vorzumachen. Würde sie sich vor ihm ekeln? Pervers? Dass er Mann war und als Frau fühlte? Er wollte sie so gerne entdecken, überall, von ihr gefasst werden, überall, auch an der inneren Frau.

Sie nahm zwei Stufen auf einmal, atemlos und strahlend. Vergessen waren Tageslügen, später war früh genug. Schon drei Monate und er hatte noch keine Bemerkung über die Wogen ihrer Weiblichkeit gemacht, die nicht zu glätten waren, die höchsten mal tiefer sinken würden, irgendwann einmal. Sonst immer: Männer reden mit ihren Brüsten, Namen hatte sie ihnen gegeben – Castor und Pollux – hatte sie nie verraten. Willi, der so männlich war, aber auch noch anders, mit schönen Händen und ihr manchmal gepflegter vorkam als sie selbst mit ihren wirren Haaren und dem glänzenden Gesicht. Willi, begehrenswert, hatte sie ihm nie gesagt, aus Angst, alles könnte so trübe werden wie sonst: klare Rollen, klare Penetration, klare Langeweile. Dann hatte sie sich mit Donatus angefreundet, einem schwarzen Vibrator mit allen

Schikanen, es war gar nicht schlecht, und er redete nicht mit ihren Brüsten. Er brummte nur.

Küsse rechts und links. Keine Lügen offenbaren. Champagner trinken. Schnell. Schnell. Warte doch. Na gut.

«Hast du das neu?»
«Nur umgestellt, stand vorher im Schlafzimmer.»
«Sieht besser aus als vorher. Hollywood?»

Willi nickte. Er liebte kleine Vertrautheiten, nur zwischen ihnen, wären es doch mehr. Josefa, nicht erschrecken, ich bin ein heterosexueller Transvestit. Ich sehe aus wie ein Mann und ich fühle als Frau. Manchmal trage ich heimlich Dessous und am liebsten trage ich Frauenkleider. Aber sonst bin ich normal. Könntest du nicht eine lesbische Seite in dir entdecken und aufregenden Sex mit mir machen? «Möchtest du einen Kir?»

Josefa nickte. Sie liebte es, dass er so oft wusste, was sie gerade gerne trinken wollte. Könnte er nicht noch mehr von ihr wissen wollen? Welche Stellen ihres Körpers besonders empfindlich auf seine Finger reagieren würden? Wie sie aussah, wenn sie kam? Wo sie es am liebsten tat? «Getrocknete Tomaten – von unserem Italiener?»

«Natürlich. Nach so einem Tag gerade gut genug.» Nach so einem Tag sollte man die neue Wäsche richtig einweihen, nicht in Trockenübungen vor dem Fernseher erstarren. Man sollte zu viel Champagner trinken und sich gegenseitig die Kleider vom Leib zerren. Kir gemixt und auf den Balkon gebracht, Josefa strahlend in einem braungoldenen Kleid, ob es ihm auch stünde?

## Im oberen Frequenzbereich

Willi mit Josefa auf der Schaukel, Letztere plötzlich quietschend und schnarrend, beide quietschend und schnarrend schaukelnd, bis Willi aufspringt, nervös und Fahrradöl suchen geht. Josefa allein, schaukelnd, jetzt ohne Ton, trinkt Kir, guckt Hinterhof, hört Nachbarn, Musik, sieht Wäsche auf der Leine, etwas Rotes vor weißer Wand. Das Weihnachtsfest, als sie sieben war, schon damals alles wissen, nichts verpassen, sie im so genannten Weihnachtszimmer, hinter dem schweren Vorhang auf der Fensterbank hockend und mit angehaltenem Atem die Scheibe beschlagend. Auf der Lauer liegend sah sie ihn dann, den Weihnachtsmann, er kam aus einem Pappkarton, Stück für Stück, und war ihr Vater. Mit stockendem Atem die Mutter beobachtet, wie diese den Vater anzog, wie sie kicherten, sich küssten und aneinander rieben und hinterher, mit komischem siebenjährigem Gefühl trotzdem so getan. Der Weihnachtsmann existierte nicht mehr und sie war festen Glaubens, dass alle Eltern sich im Weihnachtskostüm kichernd aneinander rieben. Ganze vier Jahre überzeugt davon, bis eine Freundin diese und andere Sachen sehr anschaulich aufklärte. Ihre Wirklichkeit hatte ihr besser gefallen.

«So, jetzt dürfte sie nicht mehr quietschen.» Willi mit Ölkännchen und zufriedenem Ausdruck im Gesicht. Prosten sich zu, plaudern und schaukeln, schauen, Willi sieht Hinterhof, sieht Wäsche, rot vor weißem Hintergrund, denkt an den letzten Samstag, er im Club in dunkelroter Robe, eine Freundin feierte Geburtstag, zu Gloria Gaynor getanzt und zu rauchigen Liedern aus den Zwanzigern. Alles gegeben, Kater gehabt. «Ich schenk uns nach.» Trink, Josefa, ich will dir etwas sagen.

Josefa nippt nur noch am Glas, guckt in den Abendhimmel, ganz schön mit Sternen, zerbröselt ein Brot zwischen den unruhigen Fingern. Das größte anzunehmende Unglück: er hat die Wäsche für sich gekauft. Was dann? Mag er Männer mehr als Frauen? Solche, die sich auch Dessous anziehen? Trägt er auch Frauenkleider? Ist er ein Transvestit? Die treten in Cabarets auf. Willi ist kein Transvestit. Er hat eine Zoo-Handlung und verkauft Kanarienvögel. Sie begehrt ihn doch, das kann nicht sein. Sie weiß gar nicht, was er will. Oder hat sie sich vertan? Er kann ja auch eine Geliebte haben, Herzaussetzer beim bloßen Gedanken, natürlich. Die neue Samstagsaushilfe aus dem Laden. Nein. Nein. Starrt weiter in den Himmel. Das Brot ist klebrig zwischen ihren Fingern, sie hört Willi etwas über einen Kunden erzählen, einen, der mit seinen Kanaren Preise gewinnt. Kanaren, die im oberen Frequenzbereich besonders schön tremulieren. Josefa ist so von ihrer Frage gefesselt, dass sie gar nicht anders kann, und einen ungelenken Befreiungsschlag mitten in eine Erzähllücke hineinschießt. «Wenn Männer Frauenkleider tragen, stehen sie dann auf Männer oder auf Frauen?»

Die Hollywood-Schaukel setzt aus, Willis Fuß ist auf den Boden gestemmt, eine Sekunde nur. Alarmsirenen, verwirrendes Hell und Dunkel, Chaos, jemand tastet sich an das Staatsgeheimnis heran. Wenn Männer Frauenkleider tragen, sind sie so unterschiedlich wie Frauen, die Frauenkleider tragen. Manche stehen auf Männer und manche auf Frauen. Einige wollen nur noch die innere Frau leben und lassen sich operieren, viele schmerzhafte Male, einige lassen ihren Schwanz Vagina sein und nennen ihn auch so, einige würden sich liebend gerne operieren lassen, haben aber kein Geld oder keine Möglichkeiten. Einige haben Familie, sind

## Im oberen Frequenzbereich

Väter und Ehemänner, einige sind so wie ich und können aus ihrer Männerhaut nicht mehr heraus und wollen trotzdem als Frau geliebt werden. Wir sind die Rosen im Tulpenbeet. Nein, eigentlich sind wir die Rosen in der Tulpenzwiebel. Als Tulpe gepflanzt, als Rose erblüht. Wir leiden darunter und wir haben nicht HIER gebrüllt, als diese botanische Besonderheit vergeben wurde ... Josefa. Es ist Josefa. Ausatmen. Aber nicht ganz. Weiterschaukeln. Diplomatische Abwehrstrategie einschalten. «Ha, ha, wie kommst du denn darauf? Warum sollte ich das wissen?»

Sie hat gespürt, wie Hollywood aussetzte, ganz deutlich. Es ist was dran, an ihrer Vermutung. Seltsamerweise ist es auch ein schönes Gefühl, noch mehr zu ahnen, wie er ist. Sei doch wie du willst, aber sei es mit mir, möchte sie gerne sagen, aber der Mut sitzt zu Hause und trinkt Tee. Sie nimmt noch einen Schluck aus dem leeren Glas. Willi sieht die Neige, verschwindet erleichtert in die Küche, kommt zurück mit mehr Champagner. «Ich hab nur gedacht, als Mann wüsste man so was eher.» Lahm, ganz lahm. Auch Willi denkt das, das sieht sie, sogar von der Seite. Jetzt. Jetzt. Los. «Ich ... äh ... ich ... war heute ... äh ... ich habe ... ich habe leider gesehen, wie du Wäsche gekauft hast, und wenn sie für dich war, wollte ich dir nur sagen, dass es o.k. ist. Ich meine, es stört mich nicht, ich meine ...» Verbaselt, total. Völlig. Alles in den Sand gesetzt. Sie sieht ihn an wie ein Kind, das seiner Mutter eine Fünf in der Mathearbeit beichtet und von ihr erwartet, dass sie das Beste draus macht. Mach was draus, ich kann es nicht. Willi, kreideweiß unter Champagner-Wangen, sieht Josefa an und will nach ihr greifen, es stört sie nicht, es ist o.k., weiß sie denn überhaupt, auf was sie sich da einlässt? Rückt ein bisschen näher an sie,

Hollywood wackelt seitwärts, sein Knie berührt ihres. «Josefa, meine Liebe, ich hätte nie gedacht … wann hast du mich denn gesehen … heute? … ich meine …» Lächelt sie an, schüchtern, nimmt Josefas Hand und hält sie ganz fest. «Ich habe nicht gewusst, wie du reagieren würdest, ich hatte solche Angst, dass du, dass du …» Sie schüttelt den Kopf, energisch. «Nie. Seit wann, ich meine, wie lange …» Windet sich, weiß nicht weiter, strahlt aber. Willi. Hält ihre Hand. Und Willi, als hätte er nur drauf gewartet, was ja auch stimmt, sprudelt über, erzählt und ist ganz scheu und zart immer noch mit ihrer Hand beschäftigt. Von den heimlichen Jahren, der Verzweiflung, der Lust, der größeren Freude an seinem seltsamen Sein, das ist, wie sich keiner denken kann. Penetrieren und sich als Frau fühlen – Josefa blickt interessiert auf, fast neidisch – das können die wenigsten begreifen. Der große Feiertag, sein ganz persönlicher, der schönste Tag im Jahr: Altweiber. Alles machen können, frei, als Frau, sonst immer nur in geschlossener Gesellschaft, im Club – ja, Freunde dürfen mitkommen. Josefa strahlt weiter, mach, was du willst, aber nimm mich mit, lass meine Hand nicht mehr los. Weiter erzählt Willi, fast ohne Punkt und Komma, Hollywood steht still, Musik aus dem Hinterhof, eine Party, viel Gelächter und Gläsergeklirre. Josefas kriminalistische Ader, die auch bei ihm schlägt, vor allem das Verkleiden und Verfolgen – Josefa nickt wieder – ihre Liebe für englische Krimis, kleine Miss Marple, ich bin schon so lange in dich verliebt, Josefa kriegt einen roten Kopf, trinkt Champagner, Willi lächelt, hier ist eine, die die großen Sachen leichter verkraftet als die kleinen, auch dafür hält er ihre Hand ganz fest. «Könntest du mich als Frau lieben?», flüstert er ihr ins Ohr. «Kannst du mich Carina nennen und mich in den Arm nehmen?» – «Noch was?», flüstert

Josefa zurück. Willi schüttelt den Kopf und reibt seine Nase an ihrem weichen Hals. Wir können Freundinnen sein. Und Freunde. Und Liebhaber? Großes Wort, schnell ausgesprochen. Aber Willi hat schon längst seinen Mund auf ihren Hals gelegt und küsst sich herum. Überall. Landet im Nacken, schickt warmen Atem und kleine Schauer unter das braungoldene Kleid. Josefas Hand auf Willis Bein, ganz fest und schlank und muskulös, greift ein bisschen zu und hört Willi an ihrem Hals lauter atmen. So geht das. Wird mutiger, vermisst die üblichen und harten Wendungen des Geschehens, den direkten Griff auf Castor und Pollux, vermisst sie aber nur ein bisschen, wie eine schlechte Gewohnheit, Männer drücken platt und wollen erobern. Willi will erobert werden – wie geht das? Sie lernt es schnell.

Noch bevor auf der Party, deren Musik den Hinterhof erfüllt, das Altbier ausgehen und sich eine Delegation zur nächsten Tankstelle aufmachen würde, sollten sich Josefa und Willi den ersten Kuss geben. Feucht und warm würden ihre Zungen sich umschlängeln und umgarnen, gierig und satt einander nach vorne lockend, nach hinten drängend wie ein ungesehener Schlangentanz. Josefa macht nie Dagewesenes, sie nimmt; erstaunt, dass es geht, berauscht, was es auslöst. Während die Altbier-Delegation an der Tankstelle an der Grafenberger Allee zwei Kästen Bier und zwei Flaschen Wasser ersteht, biegt Josefa mit warmen Fingern die Arme von Carina nach hinten, um mit ihrem Gesicht an ihrer haarlosen Brust zu versinken, flüstert *Carina, Carina* und ist Willi endlich nahe. Willi ganz glatt, fast ohne Haare, das ist aufregender als alles, was sie bisher erfühlen konnte. Wie Mädchen vergleichen sie ihre Wäsche im Schlafzimmer, Carina führt vor, Josefa räkelt sich und trinkt, fühlt sich anders als sonst, schaut auch anders, da macht sich jemand schön für sie und will ihre Bewunderung und ihr Begehren. Sonst immer: Männer wollen bewundert werden, Frauen begehrt. Zwischendurch kleine Stimmen im Ohr: das ist pervers, das hält nicht, irgendwann will er nur noch als Frau herumlaufen; perfekt, er nimmt und will genommen werden, besser geht's nicht. Was plötzlich mit ihr passiert, weil einer sagt: Nimm mich. Josefa greift zu, erstaunlich, sie fühlt sich stärker als sonst, ist es auch, weil der andere Schwäche zeigt. Genießt neues Gefühl, es ist berauschend, ertappt sich, wie sie Willi nimmt und ihm sagt, was er machen soll. Wird davongetragen vom Nehmen, von dem sie vor zwei Stunden noch nichts ahnte. Jetzt weiß sie, wie es geht: Vagina haben und nehmen. Das geht gut, sie liegt oben und lässt ihr Becken kerlig nach vorne pulsieren, Castor und Pollux wiegen sich im Takt, sie denkt, das ist wie ein Spiel, es macht Spaß. Später sitzt sie auf ihm und nimmt ihn sich, als gehöre er zu ihr, bewegt sich wild, dass Castor und Pollux vor Freude auf und ab hüpfen. Und dann, als hätte Carina genug und würde Willi zum Zug kommen lassen wollen, dreht sich das Nehmen um, jetzt ist Willi dran und Josefa denkt, wir sind zu viert im Bett. Die Übergänge von Mann zu Frau, fließend, weich und nicht zu greifen. Und dann nach dem großen Gestöhne, dem Gewälze, dem Hautgeklatsche und Gekeuche ist es still im Schlafzimmer von Willi Carina Zottmann. Gedämpft hören sie die Hinterhof-Party anschwellen, als wären neue Gäste im Anmarsch, tatsächlich erscheint die Altbierfraktion. Alles ganz still, schöne, fast regelmäßige Atemzüge, bis josefisches Gekicher und Gelächter ansetzt, sich höher und höher schraubt bis in die oberen Frequenzen, dann fällt, leise gluckst; und irgendwann erstickt ihr Lachen, durch Kissen oder Küssen, das kann man von draußen nicht ausmachen.

### Thorsten Krämer
# Von weitem

Andreas zeigt sich einfühlsamer, als sie gedacht hat.

«Nimm dir Zeit, Anke», sagt er und legt ihr dazu kurz die Hand aufs Knie.

Sie schluckt und vermeidet den Blick in seine Augen.

«Ich habe das noch niemandem erzählt,» versucht sie einen Anfang, «aber ich habe da diese Vorstellung, so eine Art Fantasie.»

«Eine sexuelle Fantasie?»

«Ja, genau. Also ich denke da nicht die ganze Zeit dran oder so, aber es gibt da etwas, das ich gerne einmal ausprobieren würde, und dann male ich mir das eben so aus.»

«Und worum geht es bei dieser Fantasie?»

«Ich würde gerne einmal, also ich hätte gerne einmal Sex mit einem Blinden.»

«Einem Blinden. Einem Mann, der nicht sehen kann.»

«Ja, genau.»

Andreas lächelt verständnisvoll, als habe er nichts anderes erwartet. Sie nimmt einen Schluck Wasser aus dem Glas neben ihrem Platz. Es ist ganz warm von den Scheinwerfern.

«Was genau fasziniert dich an dieser Vorstellung?»

«Na ja, du weißt ja, was man über Blinde sagt. Dass die zwar nichts sehen können, aber dafür die anderen Sinne umso ausgeprägter sind. Ich stelle mir das dann eben sehr aufregend vor, wie so ein Mann, der mich gar nicht sehen kann, dann nur mit seinen Händen meinen Körper erforscht, die können ja auch diese Blindenschrift lesen, mit diesen Punkten, die sich für mich alle gleich anfühlen, und so jemand muss doch total sensible Hände haben, also die Vorstellung, dass der mich dann so streichelt, also das finde ich schon sehr aufregend – o Gott ist das peinlich.»

Sie lacht verlegen und hält sich die Hand vor den Mund.

«Das muss dir überhaupt nicht peinlich sein, Anke. Danke für deine Offenheit.»

Andreas wirft einen Blick auf seine Notizen und wendet sich dann an das Studiopublikum.

«Anke hätte gerne einmal Sex mit einem Blinden. Ist das diskriminierend? Nach der Pause begrüße ich hier Helmut. Er hat bei einem Unfall vor zwei Jahren sein Augenlicht verloren. Was Helmut zu Ankes Fantasien sagt, erfahren Sie in wenigen Minuten. Bleiben Sie dran.»

Die Kamera fährt noch einmal auf ihr Gesicht, und gerade im Moment des Schnittes erscheint dort ein kurzes, wie heimliches Lächeln.

Im Hotel bemüht sie sich um Abstand zu den anderen Gästen der Sendung. Deren Mitteilungsbedürfnis ist mit der Aufzeichnung noch lange nicht erschöpft. Während sie am Abend noch bis in die Nacht in der Hotelbar sitzen und ihr ohnehin nicht sehr hohes Honorar auf den Kopf hauen, ist sie schon längst auf ihrem Zimmer und schläft. Am nächsten Morgen sitzt sie zu früher Stunde allein beim Frühstück, als plötzlich Helmut an ihren Tisch tritt.

«Guten Morgen, Anke. Kann ich mich zu Ihnen setzen?», fragt er sie, die als Einzige in dem Frühstücksraum sitzt.

«Wie machen Sie das?», fragt sie entgeistert zurück.

«Ihr Parfüm», erklärt der Blinde, und fast ist sie von der Einfachheit seiner Antwort schon etwas enttäuscht. Keine Magie, kein siebter Sinn also.

«Es tut mir Leid wegen der Sendung gestern», entschuldigt sich Helmut, «Sie wissen ja, wie das läuft, einer muss ja der Böse sein.»

«Schon in Ordnung.»

«Ich wollte Ihnen nur sagen, dass ich privat überhaupt nichts Anstößiges an Ihrer Fantasie finde.»

«Das dachte ich mir schon. Aber danke trotzdem.»

Nach einer langen Pause räuspert sich Helmut.

«Sogar ganz im Gegenteil. Deswegen wollte ich auch mit Ihnen sprechen.»

Bevor er weiterreden kann, fasst sie seine Hand, die vor ihm auf dem Tisch liegt.

«Reden Sie nicht weiter, ich weiß schon, was Sie sagen wollen. Lassen Sie mich dazu nur sagen: Eine Fantasie ist eine Fantasie, die Realität ist etwas anderes. Bitte sehen Sie das nicht als Korb. Sie sind ein sehr attraktiver Mann, und ich fühle mich wirklich geschmeichelt. Aber mir ist einfach lieber, alles bleibt so, wie es ist. Können Sie das verstehen?»

Helmut nickt, ein einzelner Nerv zuckt in seinem Gesicht, aber ansonsten hat er sich gut im Griff. Schweigend nehmen sie beide ihr Frühstück ein.

Einige Tage nach Ausstrahlung der Sendung erhält sie neue Instruktionen. Sie liest die E-Mail und speichert sie dann in dem Ordner, den sie nach dem Namen des Absenders benannt hat. Er sendet ihr stets sehr präzise Anweisungen, die sich aus einem Insiderwissen speisen, das sie sich nicht erklären kann. Die Themen aller Sendungen kennt er lange im

Voraus und auch die genauen Castingtermine teilt er ihr mit, sie hat so eine Planungssicherheit, die sie nicht einmal in ihrem Beruf hatte.

Mit Stefan hat sie zuletzt vor einem Jahr geredet, und natürlich erinnert er sich längst nicht mehr an sie.

«Also, was ist dein Problem?»

Er hat noch immer diese direkte Art, die sie so an ihm mag. Sie rutscht auf dem Stuhl in eine bequemere Position, ehe sie antwortet.

«Mein Freund kann mich nicht befriedigen.»

«Du meinst, er ist impotent?»

«Nein, das nicht. Das klappt alles ganz normal. Aber ich habe da diese Wünsche, und da kann er einfach nicht mitmachen.»

Jetzt ist Stefan doch neugierig geworden. Er lehnt sich näher zu ihr, sein Rasierwasser steigt ihr unangenehm in die Nase.

«Was sind das denn für Wünsche. Willst du darüber reden, Bettina?»

Klar will sie das, warum ist sie sonst hier?

«Ich mag es, wenn ein Mann mich beim Sex so fest an sich drückt, dass ich gar keine Luft mehr bekomme.»

«Und wo ist da das Problem mit deinem Freund?»

«Er ist einfach nicht stark genug. Wir haben es ein paar Mal probiert, und er hat sich wirklich ganz viel Mühe gegeben, aber er hat einfach zu wenig Kraft.»

Stefan kann ein Grinsen nur schwer verbergen.

«Aber da gibt es doch Möglichkeiten. Hat er es denn schon mal mit Bodybuilding probiert?»

«Das hat er auch gesagt, ich will aber gar nicht, dass er nachher so aussieht wie Arnold Schwarzenegger oder so. Ich mag seinen Körper ja, ich will gar nicht, dass er den jetzt groß trainiert.»

Im Publikum gibt es einzelne Lacher. Sie schaut von Stefan weg in die vorderen Stuhlreihen.

«Sie haben gut lachen. Aber ich habe schon seit einem Jahr keinen Orgasmus mehr gehabt.»

Auch Stefan kann jetzt kaum noch an sich halten. Von oben ertönt die Stimme des Regisseurs:

«Stefan, wir machen das nochmal. Und Bettina, könnten Sie sich vielleicht auf das Gespräch mit Stefan beschränken? Danke.»

Eine Maskenbildnerin kommt kurz auf die Bühne und tupft ihnen beiden den Schweiß von der Stirn.

Sie schreibt ihm, was er nicht sehen wird, ausführlich und auch mit einem Bedauern darüber, dass die ausgestrahlte Version gegen die erste deutlich abfallen wird, dass er das, was ihm wichtig war, dort nicht finden wird. Es ist nicht das erste Mal, dass so etwas passiert, und sie weist ihn darauf hin, dass er in seinen Wünschen Rücksicht nehmen muss auf gewisse Unwägbarkeiten, geistlose Redakteure und genervte Regisseure. Sie schreibt ihm, dass ihr das alles nichts ausmacht, sie ist das gewohnt, aber es wäre doch schade um all den Aufwand, wenn sie am Ende noch ganz aus einer Sendung geschnitten würde.

Eine Stunde vor der Aufzeichnung bittet Bärbel sie um ein Vorgespräch. Sie treffen sich in der Garderobe der Moderatorin, die vor dem Spiegel gerade ihre Gesichtsmuskeln trainiert, als sie eintritt. Bärbel dreht sich zu ihr um und macht noch während der ersten Sätze ihrer Unterhaltung mit ihren Grimassen weiter.

«Schön, dass du gekommen bist, ich darf doch du sagen? Also für die Sendung ist ja eigentlich alles geklärt, aber ich wollte gerne auch persönlich kurz mit dir reden – möchtest du was zu trinken? Setz dich doch ruhig hin.»

Bärbel wirkt nervöser, als sie sie je im Fernsehen gesehen hat. Sie öffnet ihr eine Flasche Wasser und stellt sie auf den Schminktisch.

«Ich finde es echt mutig von dir, mit uns über dieses Thema zu sprechen, und da wollte ich dir sagen – also ich finde, du solltest wissen, dass mir das nicht fremd ist, was du zu sagen hast.»

Es klopft, Bärbel geht zur Tür und öffnet sie nur so weit, dass das Innere der Garderobe nicht zu sehen ist. Mit dem Regisseur bespricht sie irgendein Detail des Bühnenbildes, dann schließt sie die Tür wieder.

«Du weißt ja, was für ein Image ich in der Öffentlichkeit habe, deswegen sage ich dir das jetzt auch einfach nur von Frau zu Frau, ich hoffe, du verstehst, was ich meine. Ich weiß selbst nicht, warum ich dir das erzähle, aber irgendwie merke ich, dass du eine ehrliche Haut bist, und ich wollte einfach, dass du weißt, dass ich da ganz hinter dir stehe – also ganz abgesehen davon, was ich dann nachher während der Sendung sage, du verstehst?»

Und Bärbel erzählt ihr eine wilde Geschichte mit einem kleinwüchsigen Albino, die sie sich auch nicht besser hätte ausdenken können, und irgendwann wird ihr klar, dass sie vermutlich für ihr Leben ausgesorgt hätte, wenn sie sich damit an die richtige Zeitung wenden würde. Sie bittet Bärbel um ein Glas Sekt, das diese ihr fast schon devot serviert.

Sie war für ihn schon Bigamistin und Sadistin, nymphoman und masochistisch, mal stand sie auf Glatzen, mal auf

Männer mit Kastratenstimme, sie träumte schon davon, in einem Harem zu leben, und wollte auch gerne die letzte Frau auf der Welt sein, als Exhibitionistin trug sie schwarze Locken, als Lesbe war sie kurzsichtig, zu Illona ging sie in einer durchsichtigen Bluse, bei Vera trug sie Make-up wie für eine Wasserleiche, für Oliver kaufte sie sich falsche Zähne, die sich während des Gesprächs dann plötzlich lösten, sodass sie einen Heulkrampf vortäuschen musste, den das Studiopublikum mit spontanem Beifall bedachte. Gäbe es eine Kategorie für diese Schauspielkunst, der Oscar wäre ihr sicher.

Einer der Kameramänner hat sie schon seit einer halben Stunde angestarrt, schließlich kommt er auf sie zu und traut sich, sie anzusprechen.
«Kennen wir uns nicht?»
«Nein, ich denke nicht.»
«Warst du nicht schon mal hier? Dein Gesicht kommt mir so bekannt vor.»
«Soll das eine Anmache sein?»
Der Mann nimmt die rechte Hand hoch, an dessen Ringfinger ein Ehering glänzt. Sie lächelt.
«Du bist einfach nur neugierig, was?»
«Ich könnte schwören, du warst schon mal hier, als wir dieses Fetischismusthema hatten.»
«Da habe ich wohl eine Doppelgängerin.»
«Tja, sieht ganz so aus.»
Auch wenn er alles andere als überzeugt wirkt, entschuldigt sich der Kameramann und geht zurück an seine Arbeit. Solange das Casting dauert, wirft er immer wieder Blicke zu ihr herüber. Sie lässt sich nicht beirren und hält an ihrer Rolle fest. Die Produktionsfirmen haben eine hohe Fluk-

tuation, beim nächsten Mal wird sicher schon ein anderer hinter der Kamera stehen.

Vor jeder Sendung zieht sie die Vorhänge zu und stöpselt das Telefon aus. Sie schaltet Fernseher und Rechner ein und macht es sich auf dem Sofa bequem, am Anfang hat sie auch schon einmal eine Kerze angezündet, aber das wurde ihr bald zu kitschig. Sobald sie dann auf dem Bildschirm erscheint, schickt er ihr eine E-Mail, die sie gar nicht erst zu öffnen braucht. Es gibt keinen Text, nur die einzelne Betreffzeile: «Ich sehe dich.» Sie weiß nicht einmal, ob er wirklich ein Mann ist.

Nika Bertram

## Making up

Nun war er an der Reihe. Die anderen hatten es schon hinter sich, den *Sea Change*, mehr oder weniger spektakulär, alles auf Band, und immer wieder auf Anfang. Sie waren nur Warm-ups gewesen. Ein bisschen Small Talk, Chit-chat, zum Bierchen, eine Lockerungsübung, im Kampf gegen das Lampenfieber. Einer nach dem anderen, Lehrlinge in Mikos Händen, unsicher, ob sie auch alles richtig machten. Das war wichtig. Bloß keine Langeweile.

Dabei durften sie ihm nicht die Show stehlen. Er war der Boss und hatte sie so gut im Griff, dass er seinen Alphamännchen-Status nicht verbal einfordern musste, sondern er von vorneherein akzeptiert wurde. Und auch Miko hielt sich an dieses Gesetz, war freundlich und nett zu den anderen gewesen, eine gute Spielerin, Gesellschafterin, hatte sich jedoch ihre besten Stichworte für den Haupt-Act aufgehoben, den großen Meister, der während ihres Vorspiels ruhig und beobachtend in der Ecke gesessen hatte, voll Zuversicht, dass er als Sieger dieses Spiels hervorgehen, die besten Lines erhalten würde. Die Sache war so sicher, dass sie dazu gar kein Drehbuch brauchten.

Still und unscheinbar verknüpften sich die Fäden im Hintergrund. Er brauchte ihnen nicht einmal ein Zeichen zu geben. So groß war sein Charisma. In diesem Raum, dieser Kabine. Er, der Erfahrene, würde warten, im Hintergrund, so lange, bis er dran war, um den Jungspunden zu zeigen, wie so etwas geht und richtig gemacht wird. Er hatte die Anspannung nicht nötig. Für ihn war es nicht das erste Mal. Auch nicht mit dieser Frau.

Er wartete also, ruhig und entspannt, auf seinen Einsatz, bis er an der Reihe war, und sah sich die anderen an, nacheinander, sah, wie sich jeder von ihnen voller Hoffnung in seine Sitzung, in Mikos Hände, begab, fallen ließ, und fiel, verhaspelte, Unsinn redete, geblendet von ihrer Schönheit. Oder seiner Macht. Dabei wussten sie, dass sie nur Staffage waren, Randfiguren, Nebenbuhler, ohne jede wirkliche Chance. Und vielleicht war er auch ein wenig enttäuscht von seinen Lehrlingen. Natürlich sollten sie nicht den Grad ihres Meisters erreichen, aber dass sie so weit Abstand hielten … Sie sollten das Vorglühen sein zu seinem großen Auftritt, so der Plan, nicht zu strahlend, nicht zu groß – nicht aber die Kerzen auspusten. Sie kicherten und alberten herum wie ein Haufen Schuljungen beim ersten Besuch einer Tabledance-Bar, nachdem Miko mit ihnen fertig war und sie ihren Stuhl verlassen konnten. Es war vorbei, überstanden, und erleichtert verließen sie den Raum, den Focus der Kamera, diese Station. Selbst Mikos sanfte Hände hatten sie nicht erlösen können von ihrer Nervosität.

Er hingegen hatte keine Angst, weder vor ihr noch vor der Kamera. Er mochte sie. Sie und die Kunst ihrer Hände, Töpfe und Tinkturen. Es war ein besonderer Abend, und sie seine letzte Station auf dem Weg nach draußen, vertraut, ein letztes Heimspiel. Sie würde ihn vorbereiten, einsalben und pudern, schützen vor dem grellen Licht der Bühnen.

Gelassen nahm er Platz vor dem Spiegel, blinzelte ein paar Mal hinein, lichtempfindlich, zweifelnd, als wolle er schnell noch ein Bild auslösen, ein Foto, das diesen Augenblick festhalten würde, zur Erinnerung, für später. Vorher, nachher. Er liebte es, Zeuge dieser Verwandlungen zu sein, sie Schritt für Schritt zu dokumentieren. Ihm schien es wichtig, einen Beweis zu haben. Um es selbst glauben zu können. Wie sehr Miko ihn verändern konnte. Nun war es so weit und er dazu bereit, sich ihr hinzugeben. Mit Leib und Karma. Er machte es sich in dem Stuhl bequem und rutschte sogar etwas tiefer hinein.

– Was hast du denn so gemacht, in letzter Zeit?, fragte er, um sie aufzuwärmen.

– Ich war bei Gianna Nannini.

Sein Erstaunen darüber teilte er nur dem Spiegel mit. Er wollte sie nicht bremsen, spürte ihren Drang, weiter zu erzählen, den Faden der soeben begonnenen Geschichte weiter zu spinnen, um ihn herum, ihn einzuwickeln, in einen aus Erzählungen gesponnenen Kokon, immer weiter. Es geschah selten genug, und er liebte es, diese besondere Kraft zu spüren, war aufnahmebereit, wollte sich nichts entgehen lassen.

Und er sah sie an, ihre schwarzen, langen Haare, glatt und glänzend, während sie sprach, melodisch und asiatisch gefärbt. Es waren so viele, ein ganzes Netz, das ihr Gesicht verbarg, wenn sie sich vorbeugte, zu ihm hinunter, und er bemühte sich, zu ihr aufzuschauen, sie direkt anzusehen, diese dunklen Augen, während sie die seinen weich umrandete, einrahmte, schwarz um blau, und den Strich leicht verwischte, mit einem kleinen Schwamm, er zuckte etwas zusammen, empfand ein wohliges Kitzeln bei ihrer Berührung an dieser empfindsamen Stelle. Er musste sie dabei ansehen, während ihre rechte Hand zart die Falten seiner Augen umfuhr, hielt sie mit der linken sein Kinn hoch, ihr entgegengestreckt. Er musste sie ansehen, während sie seinem Blick ein wenig auswich, ihm stets entkam. Knapp. Und sehr professionell. Sie sprach immer weiter, und er hörte ihr zu, wehrlos, ihr ausgeliefert, als habe ihn jemand auf dem Stuhl fixiert, eine Krankheit, Behinderung, oder seltsame Leidenschaft. Er konnte sich nicht mehr bewegen. Wollte es auch gar nicht mehr. Glücklich strahlte er sie an. Fasziniert von der Magie ihrer Worte. Geblendet. Betäubt. Von Sinnen. Wie ein Kind bei einer richtig spannenden Gruselgeschichte.

– … Er hat seinen Arm verloren, sagte sie, mit dem asiatisch-unerschrockenen Lächeln einer Martial-Arts-Kriegerin, und beendete damit brutal seinen Tagtraum. – Ein Unfall. Es war ein Unfall. Ein Hubschrauber hatte ihm den Arm abgerissen … und alle haben danach gesucht. Aber niemand hat ihn gefunden … Es war furchtbar …

Aufmerksam verfolgte er die Geschichte, ihr Kichern, versuchte, sich einen Reim darauf zu machen, die Einzelteile zusammenzuflicken, schaute dabei etwas hilflos drein und doch amüsiert, und immer wieder auf zu ihr, zu ihrem Mund, ihren Lippen, wie ein Ertrinkender, wartend auf das eine magische Wort, das ihn erlösen, wieder an das sichere Ufer führen würde. Doch die Geschichte verzweigte sich weiter. Kein Hafen in Sicht. Oder ein Halt für seinen Rettungsanker.

– … Ich hatte ja keine Ahnung …

– Nein, das hattest du nicht, wiederholte er, zustimmend, wie ein Part in einem Kanon, die Melodie aufgreifend und den Song weiterführend.

Und wieder ein Blick nach vorne, knips, und ein zufriedenes Lächeln, während sie den Puder vorbereitete, in ihrer Handfläche, flink und routiniert, mit handwerklichem Geschick. Kein Partikel wurde dabei verschwendet.

Er mag diesen Teil besonders. Wenn sie mit Schwamm oder Pinsel so über seine Haut fährt, ihn damit leicht streift, berührt, streichelt, wie das Fell eines Katers. Wenn sie seine

Konturen nachzeichnet, überdeckt, weicher macht, ihn schützend zudeckt mit einer neuen, zweiten Haut, ein zweites Ich, weiblicher, zarter nun, das seinen dunklen Bartansatz versteckt hält, schlummernd unter der gefälligen Oberfläche wie ein Wolf in großmütterlichem Gewand.
– Ein Papagei hat ihn schließlich gefunden.
– Was?
– Na, den Arm.
– … Aber …
– Ja, wirklich! lachte sie. – Ein Papagei hat den Arm schließlich wieder gefunden, und dann konnte er endlich wieder angenäht werden.

Sein zweifelnder Blick im Spiegel gefiel ihm nun besser als vorhin, vor der Verwandlung. Aber er zweifelte immer noch, nichtsdestotrotz, und Mikos Lachen trug nicht gerade dazu bei, die Glaubwürdigkeit ihrer Geschichte zu erhöhen. Er besaß ein gewisses Faible für Urban Legends, und jeder wusste es. Diese kannte er allerdings noch nicht. Schnell, so schien es, checkte er sie auf ihren Realitätsgehalt ab, kam wohl zu dem Schluss, dass dieser nicht groß sein konnte, und lächelte zurück, mit dem entwaffnendsten Lächeln aus seinem Repertoire. Er hatte sich wieder die Oberhand zurückerobert, Mikos Verführungskünsten widerstanden. So glaubte er.

– Und, fragte er noch einmal nach, sicherheitshalber. – … Er lebt jetzt wieder ganz normal damit? So, als ob nichts passiert wäre?
– Ja. Alles wieder in Ordnung.

Und wieder sah er sie an, charmant und zweifelnd. Es war schon häufiger vorgekommen, dass ihm Leute verrückte Geschichten erzählt hatten. Manchmal glaubte er sogar, dass er, seine Person, der Auslöser dafür war, sie erst dazu ermutigen, ihre Zungen lösen würde, irgendwie. Er konnte es sich nicht erklären, hatte sich aber auch schon damit abgefunden und in letzter Zeit sogar Gefallen daran.

– Sorry, aber ich glaube, ich habe den Faden verloren … irgendwo …

– Nun: er hat seinen Arm verloren, ein Papagei hat ihn gefunden, und … –

– Ja, ja, aber … wie hängt all das zusammen? Ich meine, was ist der *Punkt* der ganzen Geschichte?

Mikos kurzes Zögern auf diese Frage deutete auf eine Irritation ihrerseits hin. Was ihn erleichterte, denn offensichtlich hatte er diesen Punkt der Geschichte nicht durch Unachtsamkeit verpasst. Gleichzeitig brachte es ihn dazu, sein besonderes Talent und die Wirkung, die er auf andere auszuüben schien, zu verfluchen. Es war verdammt schwer, jemanden zu finden, der sich normal ihm gegenüber verhalten konnte. Er war ein Star. Zu seiner Ungeduld mischten sich Wut und Enttäuschung. Er hatte so sehr gehofft, Miko wäre anders, ihm ebenbürtig, eine Hohepriesterin der Masken. Er hatte sich ihr schon in Gedanken ganz hingegeben, seiner Göttin, und war jetzt traurig zu sehen, wie sterblich sie war. Wie gewöhnlich.

Doch sie erwischte den Faden noch.

– Ach so, also: ich war mit Gianna Nannini auf Tour, und da haben sie diese Geschichte erzählt, von ihrem Bruder, dem Formel-1-Fahrer, und dem schrecklichen Unfall …

– Ah, das war also Gianna Nanninis Bruder?

– Ja.

Es war also geschehen, wieder einmal. Fast dankbar sah er sie noch ein letztes Mal an, zu ihr hinauf. Sie hatte getan, was sie konnte, wirklich gute Arbeit geleistet. Der Rest war sein Problem.

Tief einatmend stand er auf, bedankte sich bei ihr und ging auf die Bühne.

Gabi Hift

# Thema verfehlt

Ob mich einer mal gefragt hat? Na ja, ich denke Charly hat mich mal gefragt, an diesem Nachmittag im Café Ritter, ich hab ihn aber nicht richtig verstanden. Es regnete ziemlich stark, direkt vor dem Kaffeehausfenster brüllten die Pressluftbohrer, und es war komisch, Charly in einem Anzug zu sehen. Der Anzug passte nicht richtig und er trug auch keine Krawatte, insofern ging das schon in Ordnung, aber ich hatte Charly bis dahin überhaupt nur ein einziges Mal angezogen gesehen, und zwar als wir uns kennen lernten, und da hat er diese Trainingsklamotten getragen, nehm ich jedenfalls an, das war es, was wir alle trugen, außer ein paar von den Mädels, die es schaffen, sogar den neonbeleuchteten Entspannungskurs in der 407 zu einer Demonstration ihrer Hipness umzufunktionieren. Jedenfalls war ich abgelenkt von Charlys Anzug und dem Lärm, der sogar den Löffel auf der Untertasse zum Scheppern brachte, sodass ich dachte, Charly macht einen Witz, hat er aber wohl gar nicht, er fragte aber auch so blödsinnig hintenrum, so eine «Waswärewenn-Frage», das kann ich ohnehin nicht leiden.

Ich hasse es, wenn von mir verlangt wird, dass ich was Offensichtliches erkennen und dabei so tun soll, als wärs ne tolle Antwort auf eine noch tollere Frage. Meine Deutschlehrerin war so, ich bekam jede Menge «Thema verfehlt» von ihr, sie war klein und zäh mit einer schrundigen Hakennase und hieß Adler. Das Wort «Gummiadler» hab ich erst viel später gehört, als sie schon tot war, aber genauso sah sie aus, wie ein verdammter Gummiadler. Sie trug ein goldenes Kreuz um den Hals, schmutzfarbene Twinsets und sie war Kommunistin. «Die Menschen dort beschäftigen sich mit ECHTEN Problemen» sagte sie über die DDR. Das war 89 und sie war vermutlich die allerletzte Person im Westen, die noch an den Staatskommunismus glaubte, bestimmt wäre sie noch lieber Stalinistin gewesen, wenn das noch möglich gewesen wäre. Wir trauten uns nie zu fragen, wie das mit dem Kreuz um ihren Hals zusammenpasste, wir hatten Angst vor ihrer verächtlichen Art, und wenn sie sagte «diese Leute haben echte Probleme» machte sie uns klar, was sie von unseren Problemen hielt, Problemen mit Sex und Pickeln und Eltern: unsere Probleme waren Müll, oberflächlicher Müll, den unsere kleinen oberflächlichen Müll produzierenden Gemüter absonderten. Sie rauschte in die Klasse, ihre ledrige Haut dünstete Verachtung aus, und versuchte uns Solidarität mit jeglicher geknechteten Kreatur einzubläuen, während sie gleichzeitig über die Hoffnungslosigkeit dieses Unterfangens schwadronierte. Sie gab uns immer Aufsatzthemen, die vom Klassenkampf handelten, sie verabscheute das Private, und als mal auf die Tafel gesprayt war «Das Private ist politisch», das hatte einer in einem alten Film gesehen, drehte sie völlig durch und zerrte die ganze Klasse zum Direktor, der immer nur von den Reinigungskosten sprach und nicht verstand, dass sie die Aussage selbst bestraft sehen wollte.

Danach haben wir für sie ein paar Gegenstände aus dem Beate-Uhse-Versand per Nachnahme bestellt. Muster für ihre Unterschrift hatte ich ja genügend auf den Briefen, die sie mir für meine Mutter mitgegeben hat. Und weil das so gut klappte, haben wir ihr noch eine neue Wohnzimmereinrichtung liefern lassen, mit zwei Dreiercouchen aus grünem Leder. Sie ist mit dreiundvierzig gestorben, klar, das ist ziemlich jung, um zu sterben, aber ich war da schon aus der Schule raus und es hat mir nicht Leid getan. Ich kanns eben nicht leiden, wenn man mich in eine Richtung schubsen will und wenn alles von tiefer Bedeutung nur so wabert. Das wars ja gerade, was ich an Charly mochte: er nahms nicht so ernst. Deshalb bin ich immer wieder hin zu ihm, hab mir im Flur schon alles ausgezogen und bin rauf auf sein Hochbett. Ich habs gleich beim ersten Mal so gemacht, die Wohnungstür war offen und von Charly war nichts zu hören. Keine Ahnung, warum ich mich im Flur nackt ausgezogen hab, es war so eine Art Eingebung. Ich hatte nur die Adresse, keine Telefonnummer, das hat mir gefallen, dass er mir nur diesen Zettel gegeben hat, keine Verabredung, nur dieses «Zweibrückenstraße 28». Und dass er Filmstar war natürlich. Als er sich in der 407 im Entspannungskurs mir gegenübersetzte, wusste ich gleich, dass ich das Gesicht von irgendwo kenne. Als er dann auf dem Boden lag und ich mich über ihn beugte, um seinen Nacken zu lockern, stellte ich ihn mir blutverschmiert vor. Das mache ich immer, um den Kurs durchzuhalten: ich stelle mir Dinge vor. Zum Beispiel, dass mein Partner ein schleimverkrustetes, klebriges Alien mit drei Köpfen ist und ich die einzige Wissenschaftlerin an der ganzen Uni bin, die mutig genug ist, dieses Ding zu untersuchen. Bei Charly stellte ich mir vor, er sei ein grausam verstümmeltes Unfallopfer und die Art, wie ich an ihm rumfummelte, eine neue Methode zur barmherzigen Sterbehilfe, aber als ich das Blut auf sein Gesicht draufdachte, wusste ich, dass ichs dort schon mal gesehen hatte. Und gleich drauf fiels mir ein, «Tankstelle», DER Kultfilm! Er war der, der immer grinst und von dem man nie weiß, was er denkt, der, der am Ende von den Bullen erschossen wird. Ich ließ mir nicht anmerken, dass ich ihn erkannt hatte, es war ja auch nicht so, als hätte ich Brad Pitt in den Fingern oder so! Charly ist ziemlich fett, allerdings auf ne angenehme Art, und sein Gesicht ist voller Pockennarben. Nur sein Grinsen ist süß, und das wars ja auch, was er in dem Film gezeigt hatte, er wusste jedenfalls, was gut kam. Die Trainigsleiterin sagte «wechseln», und dann hat er mich reingelegt. Ich hatte mal wieder eine Matte erwischt, die nach uraltem Schweiß roch und sie knirschte auf eine üble Art, wenn man auf ihr rumrutschte. Ich machte die Augen zu und war gespannt, wie sich Charly aus der Affäre ziehen würde. Wir machten diese blödsinnige Entspannungsmassage, bei der man fest und beruhigend den ganzen Körper entlangstreichen soll. Dabei ist man ständig damit beschäftigt, sämtlichen Geschlechtsorganen auszuweichen, den primären und den sekundären, und dabei so zu tun, als zöge man in aller Ruhe schnurgerade Linien und hätte keinerlei Angst, an eine der verfänglichen Wölbungen zu stoßen. Charly setzte oben in der Mitte an – klar, dachte ich, um die Brüste zu vermeiden, Anfängerfehler, denn auf dieser Linie liegt fett der Mösenhügel und du musst im letzten Moment eine scharfe und gänzlich uncoole Kurve ziehen. Aber Charly legte seine Hand fest auf wie so ein verdammter Guru, zog sie ganz langsam und völlig grade nach unten, bis sie direkt auf meiner Möse landete, und ließ sie dort liegen. Ich kriegte es gerade noch so hin, dass sich mein Atem nicht beschleunigte. Unter der Hand entwickelte sich eine beträchtliche Wärme. Ich linste zwischen den Wimpern durch und sah Charly grinsen, auf diese nette Art. So hat das Spiel begonnen. Danach sollten wir über die Erfahrungen sprechen, die wir gemacht hatten, und Charly erzählte was von einer Platte, die er sich gerade besorgt hatte. Dann schrieb er seine Adresse auf einen Zettel, gab ihn mir und ging raus.

Als ich am nächsten Tag nackt um die Ecke von seinem Flur bog, hatte ich ganz schön Herzklopfen, ich meine, es war zwar eine Eingebung, aber Eingebungen können auch mal völlig falsch sein. Charly lag auf einem Hochbett, drehte sich gar nicht rum und sagte «Hallo. Komm rauf.» Später hat er mich dann nie mehr begrüßt. Ohne uns zu verabreden, begannen wir mit dem Spiel. Wir haben niemals drüber gesprochen, deswegen ist es schwer zu erklären, was eigentlich das Thema von dem Spiel war, ich weiß inzwischen nicht mal mehr, ob Charly es genauso aufgefaßt hat wie ich. Na ja egal. Im Prinzip gings darum zu vögeln und es nicht so wichtig zu nehmen. Also nicht so zu tun, als täte mans gar nicht, sondern so zu tun, als fiele es einem leicht, die Erregung im Zaum zu halten. Wir machten die ganze Zeit über währenddessen was anderes. Charly hatte praktisch alles oben auf seinem Hochbett, und bis zu diesem Nachmittag im Café Ritter habe ich ihn auch nie woanders gesehen. Obwohl ich zu ganz verschiedenen Zeiten kam, war Charly immer genau da: in seinem Bett. Er hatte eine Menge Drehbücher rumliegen, die man ihm nach dem Erfolg von «Tankstelle» zugesandt hatte, und manchmal las er auch drin. Er las außerdem Sciencefictionromane, Shakespeare, die Biographie von Marlon Brando und er machte die Psychotests aus alten Frauenzeitschriften. Außerdem hatte er einen Fernseher, einen Videorecorder, Musik und einen kleinen roten Autokühlschrank auf dem Bett, ein Schachspiel und eine Blockflöte. Meist war er gerade beim Fernsehen, wenn ich kam. Ich legte mich zu ihm, er schob mir seinen Schwanz rein, machte mir eine Büchse Bier auf und wir sahen uns einen Film an. Charlys Vorbild war Marlon Brando.

«Sieh ihn dir an», sagte er. «Er guckt ständig nach links oben und du fragst dich, was mit ihm los ist. Er liest dort oben seine Texte ab, hat sie nie auswendig gelernt. Aber dort IST was Besonderes, verstehst du? Es ist die Stelle, zu der Marlon Brando hinsieht, also ist sie was Besonderes.»

Während er das sagte, legte er mir die Hand auf den Bauch und machte mit seinem Schwanz ein kleines bisschen in mir rum. Wenn einer von uns den andren dazu brachte, dass er unregelmäßig atmen musste, grinste er: so machte man die unausgesprochenen Punkte in unserem Spiel. Es war aber nicht so, dass wir gar nicht dran dachten, was wir da taten, so wie wenn man keine Lust mehr hat und dabei überlegt, was man am nächsten Tag einkaufen soll. Nein, eher im Gegenteil. Ich war eigentlich meistens knapp davor, auf die ganze Zurückhaltung zu pfeifen und mich an Charly zu pressen, bis uns die Luft wegbliebe, und manchmal hatte ich ein bisschen Lust zu weinen. Aber ich habs nicht gemacht, hab den Sex immer schön in der Mitte gehalten, als wär er genauso weit weg oder so nah wie alles andre. Die Indianer haben da so ihre Tricks, das kann man bei Castaneda nachlesen, «laterales Sehen» heißt das glaub ich, wenn man auf was, das in der Nähe liegt, genau draufschaut und die Sehschärfe dabei auf unendlich stellt, dann kann man alles im Umkreis von 200 Grad gleich gut sehen, «Panoramablick» nennen die das. Und so haben wir es mit dem inneren Auge gemacht – also auf den Sex genau draufgeschaut und die Distanz auf unendlich gestellt. Mit der Zeit kommt man da in einen ganz komischen Zustand, weiß nicht, wie ichs erklären soll. Die Inder haben ja auch so was, mit ihrem Tantra, die Erregung immer auf der gleichen Stufe halten und so, aber für die ist das was Religiöses. Die Art, wie Charly und ich versuchten, uns gegenseitig zum Stöhnen zu bringen und Punkte einzuheimsen, hätte den Indern wahrscheinlich nicht gefallen. Das mit den Indern kannst du vergleichen mit einem ganz glatten Meer, nur so glitzernde Flächen bis zum Horizont, wunderschön und – na ja – erhaben, aber Wellen, die dir Muscheln und Krebse und paar schleimige Algen um die Beine spülen und dich auch mal fast umhauen, die hast du dann nicht. Na und mit «heilig» hatte Charly sowieso nichts am Hut. Dazu war er viel zu faul. Er war bestimmt der faulste Mensch, den ich kenne. Er hatte sogar die Badewanne unter seinem Hochbett montiert, damit er direkt runterpinkeln konnte, wenn er keine Lust hatte aufzustehen. Er wälzte sich einfach an den Rand und ließ es laufen.

«Das ist ungerecht», sagte ich.

Also setzte er sich an die Kante, nahm mich auf den Schoß, ich legte meine Arme um seinen Hals, er streckte seine Beine in die Luft, sodass ich mich draufsetzen konnte, und hielt mich mit seinen großen, warmen Händen im Rücken.

«Na los» sagte er, aber obwohl ich ein ganz komisches, weiches Gefühl hatte und trotz der Wärme seiner Hände, war ich zu angespannt, um zu pinkeln, und Charly grinste und kassierte einen unausgesprochenen Punkt.

«Sich dir das an», sagte er. Wir spielten das Marlon-Brando-Spiel. Er verdeckte die Fernbedienung mit der Hand und ich musste raten, ob der Film in slow motion, normal oder im Schnellvorlauf lief. Wenn Marlon allein zu sehen war, war das fast unmöglich zu sagen, so ruhig war er. Auch seine Augen bewegten sich kaum.

Manchmal ertappte ich Charly dabei, wie er mich ansah, wenn ich Marlon ansah, und ich wusste nicht, ob ich mir dafür einen stummen Punkt gutschreiben sollte.

Das Größte wars natürlich, einen Orgasmus zu haben,

ohne dass der andere was bemerkte. Ich konnte meinen Atem ganz ruhig halten dabei, aber meistens zuckte irgendwas. Charly war ziemlich gut. Manchmal bemerkte ich, dass er sich in mir auf einmal anfühlte wie zarte Nierchen in Butter angebraten – so weich und warm und feucht, ohne dass vorher was gewesen wäre. Am liebsten las er mir währenddessen laut aus den alten Frauenzeitschriften vor. Ich schätze, er war stolz, dass seine Stimme in keinem Moment zitterte.

Ich fands komisch, dass mich Charly im Café Ritter treffen wollte. Es war unsere erste Verabredung, und mir war es ein bisschen peinlich, ihm auf einmal angezogen gegenüberzusitzen. Wenn er nackt war, mochte ich seinen Bauch, die heiße Falte, die sich im Liegen bildete, aber hier auf der samtenen Caféhausbank sah er fett aus. Charly brachte mich dann doch zum Lachen: er kam von einer Galavorstellung – «Tankstelle» war nach England verkauft worden – und sagte «Ich hab dir was mitgebracht». Zuerst zog er ein zermanschtes Krabbensandwich aus der einen Jacketttasche und dann eine Handvoll Kaviar aus der anderen. Ich griff rein: die Tasche war völlig verklebt und ich lachte, und weil ich lachte und der Pressluftbohrer brüllte, konnte ich ihn nicht verstehen und schrie «Was?» und Charly musste die Frage nochmal wiederholen und dann dachte ich, er macht bestimmt einen Witz und wollte keine Punkte verlieren und grinste und legte ihm meine kaviarverschmierte Hand zwischen die Beine und zwickte ihn ein bisschen.

Ich bin am nächsten Tag trotzdem zu ihm hingegangen, obwohl er mich einfach im Caféhaus hat sitzen lassen, hab mich im Flur ausgezogen und bin zu ihm rauf aufs Hochbett. Der Fernseher lief nicht und er hat mir ins Gesicht gesehen und tief in mich reingestoßen, immer wieder. Ich konnte genau spüren, was er dachte: dass es irgendwo in mir drin etwas gab, was er erreichen wollte, etwas Fremdes und Wahnsinniges, und dass es in meiner Macht stünde, ihn dort hineinzulassen, wenn ich nur wollte. Ich verstand, weil das ein Ort war, an den ich auch wollte, aber wenn ich irgendwas über diesen Ort wusste, dann, dass er nicht in mir drin war. Er war, verdammt nochmal, nicht in meinem Inneren, aber Charly das zu sagen wäre gewesen, wie einem Kind zu erzählen, dass der Weihnachtsmann bloß eine Erfindung ist. Ich brachte es nicht übers Herz, und als er etwas ruhiger wurde, spannte ich meine Muskeln an, um ihm den Schwanz ein bisschen zu drücken, wie man die Hand von jemandem nimmt und drückt, mit dem man einen Kummer teilt, und da kam Charly und stöhnte dabei, laut und verloren, es klang wie ein einsames Kind, das Schmerzen hat, und ich dachte: das wird er mir nie verzeihen.

Ich denke also, dass mich schon mal einer gefragt hat. Dass mich Charly an diesem Nachmittag im Café Ritter gefragt hat. Aber ich habe ihn nicht richtig verstanden, und selbst wenn – was hätte ich schon groß machen können?

Jo Lendle
## Leergut

Fällt eigentlich jemandem auf, wie viele Leute sich im Supermarkt Weintrauben pflücken? Eine Menge, gerade an den heißen Tagen. Sie sehen aus wie in Gedanken, greifen verträumt nach zwei, drei Trauben, stecken sie in den Mund und bummeln weiter. Für Momente drängt sich Mitleid mit dem Ladenbesitzer auf. Bis einem einfällt, was er an den Bananenschalen und Avokadokernen verdient, die man jeden Tag mitbezahlt.

Erdbeeren sind da ehrlicher, fast ohne Verschnitt. Bei Nüssen oder Mangos dagegen kauft man den Abfall gleich mit. Ganz zu schweigen von Artischocken. Daran musste ich beim Weiterschieben denken.

Ich hatte Pfandflaschen dabei, aber am Leergutautomaten stand eine Frau. Ich stellte mich erst an der Käsetheke an. Als ich dort alles hatte, war die Frau noch immer da. Rotblonde Haare, leuchtend wie Multivitaminsaft, fruchtig. Ein helles, enges Kleid, als wollte sie nicht nur einkaufen gehen.

Ich stand ziemlich lange hinter ihr, bevor mir auffiel, was nicht stimmte. Sie nahm zwei Mineralwasserflaschen aus ihrem Einkaufswagen, steckte sie in die Öffnungen des Pfandautomaten, eine oben, eine unten, und wartete, bis die Maschine mit einem Rumpeln ihre Fächer leerte, die Pfandanzeige auf den neuen Betrag umsprang und die Türen sich wieder öffneten. Sie hielt schon die nächsten beiden Flaschen in der Hand.

Sie waren voll. Diese Frau stand vor mir und steckte volle Mineralwasserflaschen in den Automaten. Die Anzeige sprang auf neun Euro.

«Woher sind denn die Flaschen?»

«Das Wasser? Das steht da hinten im letzten Gang. Ist aber nicht mehr viel da. Willst du eine?»

«Nein. Ich wollte eigentlich meine alten loswerden.»

«Moment. Ich bin gleich fertig.»

Ich machte einen Schritt auf sie zu. Mein Leergut klirrte. Ich schaute an mir herunter. Meine leeren Flaschen steckten zusammen mit dem abgewogenen Obst in einem bedruckten Stoffbeutel.

Ich flüsterte: «Sag mal, machst du das immer so?»

«Nö. Ich hab mein Geld vergessen und wollte nicht noch mal zurück.»

«Und sagt hier keiner was?»

«Weiß nicht. Bisher noch nicht. Ich glaube, die haben da nicht so den Blick dafür.»

Sie nahm zwei weitere Flaschen, die Türen glitten zur Seite, als öffneten sich die Tore zu einer anderen Welt. Sie stellte die Flaschen hinein, die Türen schnurrten zu, ich malte mir aus, wie die Maschine ihre Beute erfasste, prüfte und endlich erkannte. Es rappelte, womöglich ein wenig dunkler als gewöhnlich. Die Frau stellte das letzte Flaschenpaar hinein.

Ich sagte: «Hier, nimm mal meine. Ich hole neue.»

Sie nickte.

Ich sah die Dinge in den Regalen mit anderen Augen. Natürlich bot sich Wasser an, weil sich von außen nicht auf Anhieb erkennen ließ, dass die Flaschen noch voll waren. Aber man hätte genauso gut Joghurtgläser nehmen können oder Saft. Ich kam mit zwei Armen voll Sprite zurück.

«Für die Plastikflaschen kriegt man mehr.»

«Gut, ich mach mir nämlich langsam Sorgen, wie viel noch reingeht.»

«Ach, der ist ziemlich geräumig», sagte ich. «Was machst du denn da?»

Sie zog zwei Birnen aus meiner Tasche, und ich wollte gerade anfangen, ihr zu erklären, was für eine ehrliche Frucht die Birne ist, weil man sie mitsamt dem Kerngehäuse essen kann, sodass nur der Stiel übrig bleibt, aber sie hatte sie schon in den Automaten gesteckt und drückte die Taste zum Schließen der Türen. Der Automat gluckste, einen Moment lang war es still, dann sprang die Anzeige dreißig Cent weiter.

«Gewonnen!», sagte sie und drehte sich zu mir um. Ich musste mich an ihr festhalten.

Wir gingen mit ihrem Wagen zwischen den Regalen hindurch und wählten aus, was uns passend erschien. Draußen wurde es schon dunkel, es waren nicht mehr viele Leute im Laden. Wir nickten einem einzelnen Verkäufer zu, der Kirschengläser auszeichnete. Wir fanden heraus, dass das obere Fach des Leergutautomaten so gut wie alles akzeptierte, während das untere ohne erkennbare Regel einige der Lebensmittel zurückwies, die wir hineinlegten.

Ich drückte eine Tüte Haferflocken in das Gerät und sagte: «Wir müssen aufpassen, dass hier noch was übrig bleibt.»

«Warum?»

«Sonst kriegen wir nichts mehr für die Pfandgutschrift.»

«Ich hab sowieso keinen Hunger mehr.» Sie schaute einer Ananas hinterher. «Es wäre schön, jetzt mit da drin zu sein.»

«Ja. Wir hätten ziemlich ausgesorgt.»
«Traust du dich, reinzufassen?»
«Da? Geht das?»
«Weiß nicht. Wenn du die Hand hinein kriegst?»

Als sich die Türen das nächste Mal öffneten, sah ich mir den Mechanismus an. Das Leergut wurde von einem metallenen Drehkreuz ins Innere geschoben. Ich drückte vorsichtig gegen den Flügel. Der Widerstand des leer laufenden Treibriemens war stark, aber es ließ sich einen Spaltbreit öffnen.

Sie schaute mir zu, und ich sah sie an, als ich mit den Fingern in den offenen Raum dahinter tastete. Es war kühl, ich glaubte, einen Luftzug zu spüren. Ich stieß gegen etwas Weiches und zuckte zurück. Als ich die Finger langsam wieder ausstreckte, meinte ich, die Rolle Küchenkrepp zu erkennen, die der Automat gerade geschluckt hatte.

Sie lachte. «Und?»

«Unheimlich. Willst du auch mal?»

Sie legte ihren Kopf an das Gehäuse, schloss die Augen und schob ihre Hand in die Öffnung. Ich lehnte mich an sie und hörte auf ihren Atem. Es war still. Manchmal, wenn sie gegen etwas stieß, zog sie die Luft ein. Ich hätte alles nennen können, was sie entdeckte.

Ich hatte eine Haarsträhne von ihr im Mund und traute mich nicht, sie auszuspucken. Es schmeckte herb und erstaunlich, mit einer Spur von Süße, die auch von meinem Speichel hätte herrühren können. Ein wenig nach Banane, dachte ich. Oder Bananenschale.

Bärbel Nolden
# Heidis Bierbar

Jetzt mal ganz ehrlich:

Wenn sich ne Mitt-Fuffzigerin liften lässt, sieht sie ja nicht aus wie ne Vierzigjährige, sondern eben wie ne geliftete Mitt-Fuffzigerin. Silikon in die Titten? Diese Frage stellt sich bei mir weiß Gott nicht. Mit meinen beiden Süßen bin ich auch so hervorragend gesegnet. Ja natürlich hab ich Fältchen am Hals und am Dekolleté. Trotzdem häng ich mir keine Gardine drüber. Die Dinger passen zu denen in meinem Gesicht. Und ich stell mich ja auch nicht mit ner Tüte übern Kopf hinter die Theke. Wers nicht mag, soll halt weggucken. Ich werde mich doch nicht verhüllen. Hab immer schon gerne gezeigt, was ich habe, da werde ich in meinem Alter auch nichts mehr dran ändern.

Ich bin ja nicht blöd: Die so genannten «inneren Werte», die gehen den Kerlen am Arsch vorbei. Wenn eine sonst nichts Reizvolles zu bieten hat, wird eben so was ins Feld geführt. Solche Weiber werden gerade mal geheiratet. Und können sich dann für Gatte, Kinder, Haushalt blöd malochen. Und der Spaß geht woanders ab. Klar hab auch ich innere Werte. Sonst würden die Schwänze, die mal in meiner Muschi gesteckt haben, wohl kaum immer wieder dorthin zurückwollen.

Aber jetzt im Ernst: Von außen betrachtet bin ich ja vielleicht mittlerweile schon so weit, dass mir die Männer nicht mehr unbedingt deshalb näher kommen, weil sie mich anbaggern oder angrabschen wollen, sondern um mir meine Handtasche zu entreißen.

Aber Vorsicht! Ich hab noch ganz schön viel Saft und Kraft! Und wenn ich Lust dazu habe, dann krieg ich noch ganz schön viel angeschoben. Also damit will ich sagen: Wenn mal einer Probleme hat – Leute: Ich bin die, die weiß, wies geht. Jahrelange, ach, was sage ich, jahrzehntelange Routine.

Und ich mach schon auch noch immer was her. Das sagen alle. Immer proper, selbst kurz vor Feierabend, nachts um zwei. Als Nachtschattengewächs will ich mich nun wirklich nicht präsentieren. Deshalb: kein kaltes Licht überm Tresen, sondern nach innen, also zu mir hin, Strahler in Apricot. Apricot kommt gut bei mir. Ein frischer Teint ist damit garantiert. Ich verhunz mir doch nicht meine Haut im Sonnenstudio oder mit ner Schicht Make-up. Da baue ich doch eher auf den Kontrast zum Fußvolk vor der Theke. Darum hab ich zu den Barhockern hin stimmungsvolle bunte Glühbirnen installiert. Grün, Blau und Violett. Sieht nett aus, aber wenn man in so nem Licht steht, kommt man fast ein bisschen krank rüber. Konkurrenz sozusagen strahlend ausgeschaltet.

Nicht dass unter meinen Gästen viele Damen wären. Ich hab immer schon eher auf die Tradition gesetzt: Flotte Wirtin, um ein nettes Ambiente zu schaffen, und ne gute Runde Kerle, die sich zu Hause langweilen mit ihrer Alten und dem ewigen Fernsehen, und hier bei nem gepflegten Bierchen mit ihresgleichen zusammenkommen und entspannen können. Ganz ab und zu bringt mal einer seine Frau mit. Wohl um ihr die Harmlosigkeit seines Freizeitvergnügens vorzuführen. Mit der solidarisiere ich mich dann auch gleich, so von Frau zu Frau: «Ach ja, die Männer.» Und «Am vernünftigsten ist immer die lange Leine» oder «Besser hier, als dass sie sonstwo hinrennen». Mach also richtig auf nett, damit der Gatte keinen Stress kriegt. Ich kenn doch die Sprüche. So in dem Tenor: Wie kannst du in so eine Spelunke gehen? Mit so einem Schrapnell als Wirtin?

Ist ja nun auch keine Spelunke. Ich würde keiner ihren Tünnes auspannen wollen. Wenn sie ihre Kerle auch nur einmal mit klarem Blick betrachten würden, kämen sie gar nicht auf so ne Idee.

Was die Gattinnen nicht wissen ist: Ich weiß ja, dass sich das eh nicht unbedingt lohnt. Denn es ist doch so: Wenn er eigentlich will, aber noch zu nüchtern ist, ist er verklemmt. Und wenn er dann genug drin hat, um sich als wilder Stier zu fühlen, dauert es ewig, bis er so weit ist. Auch wenn ich schon dreimal genug habe. Aber ich, mit meinem weichen Herzen, mach dann halt noch weiter. Mir ist schon daran gelegen, dass ers noch hinkriegt, er soll die Nummer ja in guter Erinnerung behalten und auf mehr hoffen.

So bleibt dann immer noch ein ganzes Rudel da, wenn ich die Rollläden runtergelassen habe. Sie drehen dann noch mal richtig auf, schmeißen Runden, schließen Wetten ab und so. Kommt dann noch ganz schön was an Umsatz rum. Und damit das so bleibt, ist es nur recht und billig, dass ich das ab und zu durchziehe. Und immer schön darauf achte, dass keiner aufgibt.

Irgendwann ist Zapfenstreich und ich schmeiß sie alle raus. Bis auf einen, der mir dann noch helfen darf mit den Getränkekästen.

Ja, mein Gott, das sind eben Typen, die bei was Jungem, Knackigem auch nicht den Hauch von einer Chance haben. Und ne Affäre mit ner Frau, die ihnen gefährlich werden könnte, also von wegen Liebe oder so, ist ihnen einfach zu heikel. Sie sind ja so gut wie alle verheiratet. Und weil ich fast so was wie ne Trophäe bin, wollen sie alle mal ran, das ist schon so ne Art Gruppenzwang. Sie quasseln sich untereinander heiß und reden sich ein, das Spielchen geil zu finden. Für mich ist es völlig okay. Solange diese Subjekte mir was bieten können, mache ich ihnen gerne das Objekt der Begierde.

Klar werde ich älter, aber die Kerle ja auch. Und ich hab im Gegensatz zu ihnen nicht das Gefühl, noch was nachholen zu müssen. Ich kann mit alldem ganz fröhlich und frei umgehen, und so lange ich noch was davon habe, so lange hol ich mir halt, was ich brauche.

«Was ich brauche», das habe ich jetzt ganz bewusst gesagt. Ich hab da schon auch meine Träume von der aufregenden Nummer, der glühheißen Affäre, so mit Herzklopfen und allem Drum und Dran. Nur sind für so was meine guten alten Bekannten nicht die richtigen Partner. Dafür bräuchte es schon frisches Blut.

Das heißt jetzt nicht, dass meine Stammgäste nur alte Säcke sind. Der jüngste ist immerhin satte zwanzig Jahre jünger als ich. «Ach, Heidi», seufzt er immer, «noch nicht mal wegen meines zarten Alters hab ich nen Bonus bei dir.» Wo er recht hat, hat er recht. Nen Bonus hätte höchstens ein Neuzugang. Aber meine Kunden riechen das. Bringen nie mal nen Nachbarn oder Kollegen mit. Hier und da mal die Gattin, wie gesagt, und dann bin ich nett, wie gesagt.

Sonst bin ich ja eher nicht nett. Aber nicht nett läuft genauso gut wie nett. Warum sollte ich mir also einen abwürgen? Berühmt bin ich nun mal für meine Bissigkeiten, nicht für Sanftmut. Und ich hab mir meine Klientel im Laufe der Jahre ganz schön zur Schlagfertigkeit erzogen. Ein bisschen was für den Geist möchte ich ja auch haben am Tresen.

Neue haben es wirklich schwer in unserer Runde, ganz bestimmt. Aber wer ein Mimöschen ist, der hat in meinem Laden sowieso nix zu suchen. Zumindest nicht an der Theke. Der sollte sich besser an den Tisch setzen und sich von meiner Kellnerin bedienen lassen.

Die Käthe ist ne gute Kraft. Flink, wenn auch nicht gerade hübsch. Über zehn Jahre jünger als ich. Da kann man mal sehen, dass es nicht das Alter oder vielmehr die Jugend ist, dies bringt.

Ich hab mir schon die Richtige ausgesucht, da hab ich ein Händchen für. Sie ist allerdings nicht groß gefragt, hier in der Kneipe. Es zieht ihr zwar ab und zu mal einer die Schleife der Schürze auf, aber bei dem katholischen Blick, den sie dann immer auflegt, kann sich wirklich gar nichts daraus ergeben. Irgendwie wirkt sie eben genauso wie die altbekannten Ehefrauen. Und wer auf Abenteuer aus ist, der will ja nicht die herkömmliche Hausmannskost: Personal zwar ausgewechselt, aber im Grunde derselbe Typ Frau.

Manchmal spüre ich, wie Käthe mich aus den Augenwinkeln beobachtet. Das ist dann aber ein ganz und gar unkatholischer Blick, so wie sie da rüberschielt. Sie weiß offenbar immer noch nicht so genau, was sie von mir und dem Ganzen hier halten soll, dabei ist sie schon fast ein Jahr hier. Ich merke es doch: Sie schwankt nach wie vor zwischen Bewunderung und Verachtung. Kriegt es einfach nicht für sich entschieden. Ganz komisch ist es geworden, nachdem sie mal nächtens ins Hinterzimmer reingeschneit ist.

Sie hat ja immer schon um ein Uhr Feierabend, also ne Stunde bevor offiziell Schluss ist. Und einmal hat sie anstatt ihres Hausschlüssels den Kneipenschlüssel mitgenommen.

Dachte wohl, es wäre keiner mehr da, war dann aber beunruhigt wegen der seltsamen Geräusche aus dem Nebenraum. Hat sie zumindest später behauptet. Gottchen, was soll denn seltsam gewesen sein an den Geräuschen? Ich denke nicht, dass sie an Eindeutigkeit hätten überboten werden können.

Wie lange sie da im Türrahmen gestanden hat, weiß ich nicht. Ich habe die blöde Angewohnheit, die Augen zuzumachen beim Ficken, um mir dabei meine Vorstellungen zu genehmigen. Als ich sie entdeckte, glotzte sie sich die Augen aus dem Kopf und sah alles andere als katholisch aus. Sie kriegte wohl nicht gleich mit, dass ich sie gesehen hatte.

Eine Zeugin des Geschehens, aha. Also gut. Die kauf ich mir jetzt, das stand von einer Sekunde zur anderen fest. Erst mal kramte ich einen Vorrat zotiger Ausdrücke raus, posaunte sie aus, was Günter – er wars in dieser Nacht – schwer zu gefallen schien. Und dann hab ich nochmal richtig einen draufgesetzt. Ich bugsierte Günter in eine Lage, in der ich durch Augenaufschlag einen Frontalzusammenprall mit Käthes Kälber-Blick hinkriegen würde. Ihr verschlug es auch gleich den Atem. Ein kurzer Wink mit dem Kinn: «Da ist die Tür!», und sie schlich weg wie ein geprügelter Hund.

Klar hab ich die Käthe den nächsten Tag drauf angesprochen. Ihr war das alles hochnotpeinlich. «Der Schlüssel, die seltsamen Geräusche» stammelte sie, bekam ne rote Birne, polierte wie besessen die Gläser. Und bat mich tausendmal um Entschuldigung. «Höchstens eine Sekunde war ich drin gewesen, im Zimmer.» Ja, Kindchen, erzähl mir einen. Hab ich aber nichts zu gesagt. «Was solls, Käthe, Schwamm drüber.» Als die ersten Gäste kamen, konnte man förmlich hören, wie ihr ein Stein vom Herzen fiel.

Dass Günter abends, als die Stammkunden versammelt

waren, ne Thekenrunde schmiss, hat sie, glaub ich, gar nicht mitgekriegt. Wurde dann nochmal knallrot, als sie gehen wollte und ich sie fragte, welchen Schlüssel sie denn diesmal eingesteckt hätte.

Am nächsten Tag kam sie nicht – samstags hat sie frei, da kellnert Kurt bei mir, der Sohn vom alten Hubert, von dem ich den Laden übernommen habe. Am Samstag mach ich schon vormittags auf, und abends nochmal ab sechs. Und Sonntagmorgen ist Frühschoppen, auch mit Kurt. Die Spätschicht fährt die Käthe mit Kurt zusammen, da hab ich dann frei. Und der Montag ist Ruhetag, da mach ich die Buchhaltung und die Bestellungen.

Am Dienstag hatte die Käthe sich wieder so einigermaßen gefangen, aber trotzdem wars mir nach Feierabend komisch, als ich den Karl-Heinz dabehalten hab. Ich meinte die ganze Zeit das spezielle Quietschen von Käthes Kellnerschuhen im Hof zu hören. Reingucken kann da niemand, das Fenster hat Ribbelglas, aber irgendwie konnte ich mich nicht so richtig gehen lassen.

Wie sehr mich Käthe mit ihren scheelen Seitenblicken die ganze Woche genervt hatte, wurde mir erst am Samstagmorgen klar, als ich wieder mit Kurt gearbeitet hab. Vormittags ist irgendwie ne andere Stimmung im Lokal, und um eins gehen alle brav zu Muttern, Mittagessen. Und da stand ich blöd da.

Von Kurt wollte ichs mir eigentlich nicht machen lassen, der immer mit seinem «Chefin hier» und «Chefin da». Und schließlich ist er ja mein Angestellter. Ewiger Junggeselle. Er wohnt mit seinem Vater im ersten Stock über der Kneipe. Unter der Woche arbeitet er auf irgendeinem Amt, und ich hab ihn mal in der Videothek gesehen, wie er mit ner ganzen Tüte voll Pornos da rausgeschlichen ist.

Ja, und dann fiel mir sein Ding ein. Es ist allerdings schon zwanzig Jahre her, dass ich das gesehen hatte. Da hab ich noch für seinen Vater hier gekellnert. Der hatte übrigens überhaupt keine Schwierigkeiten, seine Angestellte herzunehmen. Na, jedenfalls hab ich den Jungen erwischt, wie er sich zwischen den Getränkekästen einen runterholte. Ich hab ihn nur gefragt, ob ich mit anfassen soll, da spritzte er gleich los, alles über meine Schürze, und ich hab ihm eine geknallt.

Diese Story hab ich ihm am Samstagmittag beim Aufräumen erzählt, von wegen «weißt du noch?» und so, und ob sein Schwanz heute noch so stattlich wäre, wie damals, mit siebzehn.

War er. Und er kam sofort, wie damals. Kein Problem, meinte er, er könnte gleich nochmal. Und ich hätte vergessen, ihm eine zu knallen. «Gibts nicht. Erst will ich Leistung sehen.» Zeigte er dann auch zügig. Wir fickten uns quer durchs Lokal, im Sitzen, im Stehen, im Liegen, bis es endlich genug war. Dann forderte er seine Ohrfeige ein. Schlagartig – im wahrsten Sinne des Wortes – wurde mir klar, dass ich mit der Sache ne große Scheiße gebaut hatte, dass ich den Kurt jetzt womöglich am Schürzenbändel hab, aber es war nun mal nicht mehr rückgängig zu machen.

Und tatsächlich, die ganze Abendschicht lang hat er mich belästigt, flüsterte mir ständig was zu. Er könnte fünfmal hintereinander. Mit so nem geilen Weib wie mir würde er es sicher sogar siebenmal schaffen. Meine Muschi wäre die heißeste Möse weit und breit. Und so was alles. Hab ihm gesagt, er solle sich bloß geschlossen halten. Wollte ihm schon androhen, ihm eine zu scheuern, aber das wäre wohl das Allerfalscheste gewesen.

Für Sonntag hatte ich mir vorgenommen, gleich von Anfang an die gestrenge Chefin rauszukehren, aber das schien

Kurt richtig scharf zu machen. Er hörte erst auf mit seinen Sprüchen, als ich ihm in Aussicht stellte, beim nächsten Wort flöge er auf der Stelle raus.

Ja, und dann hab ich ihm, als alle weg waren, ne Geschichte aufgetischt, hab ganz auf vernünftig gemacht und auf total zerknirscht: Die Sache am Samstag wäre ein Ausrutscher gewesen und müsste auch eine einmalige Angelegenheit bleiben, weil ich nämlich auf keinen Fall meiner Freundin und Angestellten Käthe wehtun wollte. Die wäre nämlich heimlich, aber nichtsdestoweniger heftig in ihn verknallt.

Kurt fiel erst mal die Kinnlade runter. Ich nahm ihm das Versprechen ab, ihr mit keinem Sterbenswörtchen zu sagen, dass ich ihm das verraten habe. «Die Käthe, die Käthe», stammelte er, «und zeigt mir immer nur die kalte Schulter.» – «Sie ist doch schon zweimal geschieden. Und hat Angst vor noch einer Enttäuschung. Darum spielt sie die Kühle. Aber du glaubst ja nicht, wie oft sie sich schon bei mir ausgeheult hat wegen dir. Und ich hab ihr immer gesagt: Die Zeit wird kommen. Du musst ihm aber ab und zu ein kleines Zeichen geben. Nur traut sie sich das nicht. Wenn ich aber jetzt sehe, wie grob du bist und wie obszön, sollte ich ihr das besser ausreden. Denn so was würde sie verletzen, das würde sie nicht verkraften. Sie ist eben eine Romantikerin.»

«Die Käthe, die Käthe», fing er wieder an, «wer hätte das gedacht. Aber ich würde bei ihr doch nie … das sieht man doch, dass sie ein zartes Pflänzchen ist.» – «Das sind wir Frauen alle. Sogar deine Huren drüben im Puff.» Das war nur so ins Blaue hinein gesagt, aber Kurt kriegte nen Riesenschreck. Woher ich das denn wüsste, und er ginge doch nur ein-, zweimal die Woche hin, und ob ich der Käthe was davon gesagt hätte. «Keine Angst, hab ich nicht. Werde ich auch nicht tun. Aber die Käthe, die behandelst du mir anständig, wie eine Dame, sonst kriegst dus mit mir zu tun.» – «Schlägst du mich dann wieder?» – «Dann schneid ich dir die Eier ab.»

Und was immer mich da geritten hat, dabei hab ich ihm kräftig zwischen die Beine gegriffen. Er stand schon wieder wie ne Eins, und in zwei Sekunden waren wir aus den Klamotten raus. Jetzt wollte ich wirklich wissen, ob er fünfmal hintereinander kann, aber ich hab vergessen mitzuzählen. Mich hats dermaßen gefuchst, dass er ihn immer rauszog, wenn er kam, und «ach Käthe, Käthe» stöhnte, dass ich ihm jedes Mal eine runtergehauen habe. Am Anfang sprang sein Ding dabei gleich wieder auf «Hab Acht!». Später musste ich ihm drohen, sein Teil abzubeißen, wenn ers mir nicht sofort wieder anständig besorgt.

Irgendwann haben wir abgebrochen. Es hätte sich wohl ausgekäthet, wenn sie plötzlich in der Tür gestanden hätte zur Abendschicht.

Ich hab den Kurt dann losgeschickt, was essen, dass er den restlichen Abend übersteht. Und kaum war er raus, traf Käthe ein. Für den nächsten Tag hab ich sie zu mir zum Kaffee eingeladen, damit wir mal in Ruhe reden könnten.

Unser Kaffeeklatsch, da hätte jemand mitschreiben sollen, da hätte man nen Groschenroman draus machen können.

Erst mal war die Käthe ganz verhuscht, hatte befürchtet, dass ich sie rausschmeißen will. Zu dem Zeitpunkt hab ich nun wirklich nicht an so was gedacht. Worüber ich mit ihr reden wolle, fragte sie. «Nur so mal quatschen, unter uns Frauen. Wir arbeiten ja nun schon ein Jahr zusammen und kennen uns gar nicht richtig.» Hab ihr erst mal ein dickes Likörchen kredenzt, damit sie lockerer wird. Sie trinkt ja sonst keinen Schluck, da würden zwei, drei Gläschen schon was bringen. «Prost, und runter damit.»

So, und dann: Es wäre mir wichtig, dass sie mich nach der Sache von neulich nicht für ganz und gar liederlich hält. So, wie sie mich anschaut seitdem – ich hätte das Gefühl, dass sie mich zutiefst verachtet. «Nein, nein, bestimmt nicht», rief sie, «ich würde mir doch niemals ein Urteil über dich erlauben.» Na sagen wir mal, sie würde sich nicht trauen, es auszusprechen.

Dann hab ich ihr unter dem Siegel der Verschwiegenheit einen tollen Schwulst aufgetischt: Dass Günter und ich eine Teenager-Liebe hatten, dass ich ihm dann aber, als ich das Angebot bekam, in einem Hotel in Baden-Baden eine Ausbildung zu machen, den Laufpass gegeben habe. Schweren Herzens, das ganz bestimmt, aber ich hatte große Angst, dass er nach den zwei Jahren nicht mehr zu mir steht. Damit habe ich ihn fürchterlich enttäuscht, er wollte sich das Leben nehmen, was zum Glück daneben gegangen ist. Eine Krankenschwester hat sich seiner angenommen, er war ja ein süßes Kerlchen damals, und die hat ihn dann auch geheiratet. Als ich wieder hierher zurückkam, sind wir uns über den Weg gelaufen. Wir waren immer noch füreinander entbrannt, aber er war ja jetzt gebunden, da mussten wir aufeinander verzichten. Er ist immer meine große Liebe geblieben, darum habe ich auch nie einen anderen gewollt. Seine Frau wurde immer gemeiner zu ihm, schikanierte ihn, wo sie nur konnte, und als ihre Kinder groß waren, da wollte er sich scheiden lassen. Nur ist sie schwer krank geworden, und da brachte er's nicht übers Herz. Er kümmert sich rührend um sie, obwohl sie ihm selbst aus ihrem Krankenbett heraus noch übel zusetzt. Dass wir da jetzt was miteinander angefangen haben, nach all den Jahren, das haben wir beide nicht gewollt, aber was kann der Mensch schon gegen die wahre und tiefe Liebe ausrichten …

Mein Märchen hatte gewirkt, Käthe war in Tränen aufgelöst und reif für den nächsten Likör. Ich war natürlich längst noch nicht fertig, hatte mich gerade mal in Stimmung geredet. Denn jetzt war sie dran. Erst mal hab ich mich bei ihr bedankt, dass ich ihr mein Herz ausschütten durfte. Sonst wäre ich ja immer diejenige, die anderer leuts Sorgen zu hören bekommt. Am Sonntag noch, von Kurt. «Käthe», hab ich gesagt, «da habe ich ein langes Gespräch mit Kurt gehabt. Er hat mir anvertraut, dass er nach Strich und Faden in dich verliebt ist.» Und dann hab ich ihr den Kurt so richtig bunt gemalt. Wie er pflichtbewusst und fleißig ist, für seinen alten Vater sorgt, sogar am Wochenende arbeitet, um ihm einen schönen Lebensabend zu bieten. Dass er seine Mutter so früh verloren hat, die er so liebte, obwohl sie ihn ständig verdroschen hat. Sie ist mit irgend nem windigen Kerl durchgebrannt und hat ihn und den Vater knallhart im Stich gelassen. Dann eine böse Erfahrung in jungen Jahren, daraufhin ist er so schüchtern geworden, Frauen gegenüber. Wollte sich lieber aufsparen für die Richtige. Jetzt ist ihm die Richtige begegnet, aber er traut sich nicht, weil die ihn links liegen lässt.

«Aber das hab ich doch nicht mal geahnt.» Und Käthe griff jetzt zu ihrem Glas, das ich ihr wieder voll geschenkt hatte.

Sie kam erst mal mit ihrem Alter. Dass er doch ein ganzes Stück jünger wäre. Ich dann: Es wäre doch ein gutes Zeichen, dass er nicht auf junge Hühnchen abfährt, sondern auf eine ernsthafte, gestandene Frau. Außerdem hätt sie sich doch prima gehalten. Den Altersunterschied würde man gar nicht sehen.

Aber sie wäre ja schon zweimal verheiratet gewesen, sie hätte sich nicht aufgespart, wie er. Gut, ihre erste Ehe, die war durch einen Fehltritt zustande gekommen – sie hat tatsächlich den Ausdruck «Fehltritt» gebraucht. Sie hätte alles getan, ihrem Gatten eine gute Frau zu sein, aber totzdem hätte er sie im Stich gelassen, als das Kind noch klein war. Und auch ihr zweiter Mann hat sie verlassen, dabei hat sie sich wirklich bemüht, es ihm recht zu machen.

Das ist wahrscheinlich der Fehler gewesen, ich mir. Andererseits, wenn sie so eine ist: Beim Kurt muss sies nur hinkriegen, ihn son bisschen zu prügeln, um ihn bei der Stange zu halten.

Komisch fand ich es schon, wie schnell sie auf die Paarung mit Kurt eingestiegen war. Aber als sie mir gestand, dass sie schon diverse Heiratsannoncen aufgegeben hat – was ich dem Kurt gegenüber um Gottes willen nicht verlauten lassen sollte –, da war mir klar: Diese Frau hat einen irrwitzigen Bedarf. Scheinbar hat sie seit ihrer zweiten Scheidung keinen einzigen Kerl zwischen gehabt.

Was soll ich sagen, die beiden wurden ruck-zuck ein Paar. Der Kurt hat die Käthe in der nächsten Woche täglich von der Arbeit heimgebracht. Freitag kam er nicht wie sonst bald wieder zurück. Und Samstag war er ganz verklärt, wenn auch völlig übermüdet. In der Mittagspause hab ich mir zeigen lassen, was sie da nächtens miteinander getrieben hatten.

Noch zwei Wochen, und Käthe zog oben bei Kurt ein, bei ihr Zuhause hatte sie Stress mit den Nachbarn bekommen. Ruhestörender Lärm. Ja, und das konnte ich dann gut nachvollziehen. Kurts Schlafzimmer lag genau über dem Schankraum, und ich musste darauf bestehen, dass das ganze Spiel ins Hinterhaus verlegt wurde. Das Geschrei, Gejuchze und Gepoltere, sobald die Käthe zum Feierabend nach oben entschwunden war, konnte wirklich kein Mensch aushalten. Natürlich gönn ichs ihnen, die beiden scheinen sich ja wirklich bestens zu verstehen. Neulich hat sie ihm sogar ein blaues Auge gehauen.

Am Samstag in der Mittagspause bleibt der Kurt übrigens schon noch für mich reserviert, wenn auch nur für zwei, drei Nummern, gerade mal so lang, wie wir normalerweise fürs Aufräumen und Saubermachen brauchen. Die Käthe soll ja nichts merken. Darum muss ich die Arbeit danach alleine machen. Aber das ist mir die Sache wert.

Da ist jetzt nur ein kleines Problem aufgetaucht. Die Käthe hat sich nämlich ziemlich verändert in letzter Zeit. Wird nicht mehr gleich ganz streng und verschlossen, wenn jemand ne anzügliche Bemerkung macht, sondern schießt zurück. Und trägt seit neuestem Ausschnitt, zeigt ihre Möpse her. Haut jedem auf die Pfoten, der ihr zu nahe kommt und lacht dabei. Lacht! Die Käthe!

Die Stammkunden glotzen ihr schon hinterher und unterhalten sich über sie. So von wegen, dass man stille Wasser nicht unterschätzen darf. Dass sie sicher schon ne Stunde vor Feierabend ein nasses Höschen hätte vor lauter Vorfreude. Dass sie bestimmt mehrere Kerle auf einmal klein kriegen würde … Die wissen ja auch, von wem das Fick-Getöse aus dem ersten Stock gekommen ist. Auf dem Klo konnte mans noch hören, nachdem sie umgezogen waren, und ich hab mal den Hartmut dabei erwischt, wie er sich verzückt lauschend einen runtergeholt hat. Inzwischen hab ich alte Kissen und Plumeaus auf die Zwischendecke gepackt, jetzt gehts.

Alles was recht ist, nur sehe ich es nicht ein, dass sie mir hier den Laden durcheinander bringt. So Leid es mir tut, aber ich glaube, ich muss mich nach ner neuen Kellnerin umschauen.

Krischan Schöninger
# Die chronische Morgenlatte

Jeden Morgen um halb sieben in Deutschland rüttelt die chronische Morgenlatte jeden sexuell unausgelasteten Mann mit einem dreifachen «Hallo, ich bin geil, ich bin geil, ich bin geil» aus dem Schlaf. Gähnen, Körper strecken und mit ein paar geübten ruckhaften Handbewegungen die Morgenlatte melken, welche ungeniert gegen die Bettdecke klopft.

Nun gut, für ein paar Stunden gibt sie Ruhe. Doch spätestens auf Arbeit, wenn die kurzberockte Praktikantin mit der Oberweite XXL durch den Flur tänzelt, ist es damit vorbei. In der viel zu engen Hose schreit eine hungrige Mittagslatte: «Mahlzeit. Ich will Fleisch. Ich bin geil auf frisches junges Praktikantinnenfleisch mit großen Brüsten und einem großen Lutschmund.» Spätestens an dieser Stelle wird jedermann klar, so kann es nicht weitergehen. Reale Weiber müssen her. Und zwar möglichst schnell, willig, preiswert und ohne nervende Verpflichtungen.

Die Kolleginnen scheiden genauso aus wie die Nachbarin. Eine After-Work-Party wäre eine Möglichkeit, doch im Moment ist keine geplant und die gut aussehenden Frauen kommen sowieso mit ihrem Freund. Hoppla, was bleibt da noch übrig? Die Mittagslatte aller notgeilen Junggesellen reibt sich an der Jeans und verlangt eine Lösung.

Und in zahllosen deutschen Kantinen kommen frustrierte Männerseelen gleichzeitig auf den rettenden Gedanken. «Annoncen! Warum nicht!» Nur Sekunden später jedoch neigt das Gesicht sich schamrot dem Erdboden entgegen. «Puuh, Annoncen, das ist doch was für Loser.» Doch das Kleinhirn funkt zurück: «Hat nicht andererseits, die schicke! Manuela ihren Mann auf diese Weise gefunden? Nur rein informativ und so zum Spaß, wäre es doch durchaus denkbar, auf diese Methode zurückzugreifen. Es ist zweifelsohne eine vollkommen unverbindliche Art, neue Bekanntschaften zu schließen. Wenn sie einem nicht gefällt, kann man aufstehen, gehen und sieht sie nie wieder. Toll. Jawohl.»

Wie im Endspurt stürmen nun diese hormonell ausgehungerten Gestalten zum nächsten Zeitungsladen, kaufen ein Exemplar der einschlägigen Fachpresse und schlagen die Seite mit der Rubrik Bekanntschaften auf.

Doch alles was sie mit ihrem Penisblick zu lesen bekommen, ist mehr als dürftig und fordert nur zu frustrierten Kommentaren heraus: «Rubensfigur sucht ...» – zu fett, weiter – «zärtliche Schmusekatze ...» – ich will Sex und kein Fell kraulen, weiter – «Nichtraucherin ...» – ich brauche meine Zigarette danach, weiter – «attraktive, gestandene Frau mit Durchblick ...» – trägt eine Brille und muss sich zehn Jahre jünger schminken und so geht es noch eine ganze Weile weiter ...

Die chronische Mittagslatte droht in der Hose zu explodieren. Was tun? Gibt es in Deutschland keine einzige Frau, die annonciert: «Ich heiße Gabi, bin 22 Jahre alt und will nur ficken. Komme bitte jeden Tag nach 20 Uhr vorbei und besorg es mir bitte eine halbe Stunde lang. Bitte nur ernst gemeinte Besuche.»???

Doch gibt es. Nutten!!! Und gierig wandert der Blick über die Lockrufe der Professionellen. Und welchen Mann lässt so eine leckere Thai oder ein tabuloses polnisches Strapsmodell kalt, wenn der Samen in den Hoden köchelt. «Jasmin, unbehaart und schüchtern, verwöhnt gerne den solventen Herrn.» Auf dieses Stichwort zücken zittrig tausend Hände tausend Portemonnaies und zählen das Bargeld ab. Die nächste Annonce, schwört sich ein jeder, wird es sein. Die nächste Anzeige oder keine.

> Gitti und Erika, das ist ein Duett!
> Nicht mehr so frisch, aber fit und adrett
> und das Gebiss ist noch komplett.
> Zwischendurch ein heißer Kuss,
> Falten sind ein Hochgenuss
> Die Augen schon trübe und zitternd der Gang,
> 2 rüstige Rentnermodelle
> bitten sehr zum Empfang

O mein Gott, Rentnersex! Dafür auch noch Geld ausgeben? Niemals. Alle Mittagslatten fallen bei der berechtigten Frage, ob diese Damen bei einem Blow-Job ihre Prothese im Mund behalten oder nicht, empört in sich zusammen. Ein jeder beschließt, sich wie jeden Tag um zehn nach drei auf dem Herrenklo einzuschließen, an Latetia Casta zu denken – denn gestern war sie einsame Spitze gewesen – und seine Eier selbst zu melken. Und die ganze Rubbelei wiederholt sich nachts, weil es so schön war, im heimischen Bett. Denn wie heißt es so schön: Hilf dir selbst, dann hilft dir Gott. Das ist billiger, man muss nicht in der Kälte nach Hause gehen und fängt sich keine Krankheiten ein.

Herbert Genzmer
# Die Wand

Sie stand mit einer Gruppe von Freunden an der Bar im Café de la Opera in Barcelona und lachte selbstsicher. Sie wusste, welche Wirkung sie auf Männer hatte. Ein Mann hielt sie besitzergreifend im Arm und blickte sich herausfordernd um, aber sie war unabhängig, das merkte man sofort. Das sah man an ihren Gesten, an ihrer Art zu reden, daran, wie sie sich umschaute.

Er saß mit seiner Freundin und einigen anderen Leuten an einem Tisch nicht weit entfernt von der Bar und beobachtete die Gäste. Die Beziehung zu seiner Freundin langweilte ihn, *sie* langweilte ihn, aber er blieb mit ihr zusammen. Er schaute sich um und beteiligte sich kaum am Gespräch, sah sich andere Frauen an, verfolgte ihre Bewegungen, suchte ihre Augen. Auf seinen optischen Streifzügen durch das Café traf er den Blick der blonden Frau am Tresen, ihre Augen hielten einander den Bruchteil einer Sekunde fest, bis sie wieder abschweiften. Dieser kurze Augenblick reichte aus, ein Funke war übergesprungen, und ihre Blicke kehrten immer wieder zueinander zurück. Unbemerkt von den anderen in beiden Gruppen und vor allem von den beiden Begleitern entspann sich zwischen ihnen ein Blickkontakt, bis beide nervös wurden und begannen, fahrig und unkonzentriert mit den anderen in ihrer jeweiligen Gruppe umzugehen.

Schließlich hob er die Augenbrauen, deutete kaum merklich auf die Frau neben sich und zuckte angedeutet mit den Achseln, was zum Ausdruck bringen sollte, dass er gern wollte, aber nicht konnte. Sie öffnete die Augen weit und deutete mit leichtem Kopfnicken auf ihren Partner zum Zeichen, dass sie ihn verstanden hatte und in der gleichen Situation war.

Eine Stunde verging, in der er viel trank und gedankenverloren in lüsternen Tagträumen mit dieser Frau zusammenkam, sie küsste, ihren Körper berührte. Ihre blauen Augen saugten sich an seinem Blick fest, und sie lächelte verstohlen. Die Zeichen wurden deutlicher, und wie zufällig fuhr sie sich über den Busen, strich über ihren Bauch, bis sie so tat, als glättete sie sich über gespanntem Oberschenkel den Rock. Allen Mut und alle Lust zusammennehmend streckte er sich, hob die rechte Augenbraue, deutete mit dem Kopf in Richtung Toiletten und gab ihr so zu verstehen, sie solle nachkommen.

Die beiden Toiletten in dem alten Café lagen nebeneinander und waren nur durch eine dünne Wand voneinander getrennt, in der unter der Decke in einem Schlitz eine Lampe angebracht war. Mit dieser einen Lichtquelle wurden beide Toiletten beleuchtet. Durch das Loch oben in der Wand, so ging sein Plan, wollte er mit ihr sprechen, sich mit ihr verabreden, ihre Telefonnummer erfragen, sie mit Worten abtasten.

Mit kaum merklicher Geste blickte sie zustimmend. Er stand auf, murmelte eine Entschuldigung zu seiner Begleitung am Tisch und ging auf die Herrentoilette. Das Herz schlug ihm vor Erregung im Hals, als er einige Minuten, die ihm wie Stunden vorkamen, dort wartete, bis er hörte, wie die Tür auf der anderen Seite der Wand geöffnet, geschlossen und verriegelt wurde. Er zog die Luft durch den offenen Mund ein und hörte sie im Nachbarraum hantieren, sich bewegen, atmen.

Nichts geschah, und weitere Sekunden verstrichen wirbelnd.

«Sitzt du oder stehst du?», fragte er schließlich leise und ergriff die Initiative – umgehend war er sich der Absurdität seiner Frage bewusst.

Stille.

Er hörte jetzt schnelles, unregelmäßiges Atmen auf der anderen Seite der Wand. Musste seinen vor Erregung fliegenden Atem kontrollieren, ihn unterdrücken, um nicht das Gehör zu verlieren und nur noch sich wahrzunehmen mit rauschendem Blut in seinen Ohren vor aufwallender Lust.

«Ich stehe.» Ihre Stimme klang rauer als erwartet, denn in seiner Vorstellung war sie weich und schmeichelnd.

«Und du?», fragte sie, und es lag eine Bestimmtheit in ihren Worten, die die anfänglich fragende Unsicherheit verdrängte.

«Ich auch», antwortete er.

«Gut!»

«Zieh dir den Slip aus», sagte er atemlos vor Erregung und schlug sich die Hand vor den offenen Mund – wie hatte ihm das entfahren können?

Stille, bis er Bewegungen hinter der Wand hörte: Kleiderstoff raschelte, ein Körper bewegte sich, ein Bein wurde angehoben, Schuhsohlen schabten über Fliesen, Stoff berührte Haut, ein zweites Bein hob sich, die Atmung veränderte sich mit der Verlagerung des Körpers.

«Fertig! Jetzt du! Mach die Hose auf und nimm deinen Schwanz in die Hand!» Es klang wie ein Befehl, hätte sich ihre Stimme nicht vor Erregung fast zu überschlagen gedroht.

Er nickte und zog mit rasendem Herzen seinen Reißverschluss auf.

«Fertig?», sagte sie. «Ich höre nichts!»

«Ja», sagte er und schluckte, dass es in seinem Kopf dröhnte.

«Gut! Nimm ihn in die Hand, mach eine Faust und drück zu, damit du dich spürst.» Er atmete laut aus, und der zurückgehaltene Atem entströmte ihm unkontrollierbar. Was hier geschah, hätte er vor einigen Minuten nicht einmal gewagt, auch nur zu denken.

«Steht vorn auf der Spitze ein kleiner Tropfen?»

«Ja», er hörte sich selbst kaum.

«Glitzert er im Licht? Zuckt er dir, der Schwanz?» Sie wartete keine Antwort ab. «Wenn ich jetzt bei dir wäre, würde ich … Nimm die Hand jetzt weg. Fass dich nicht mehr an. Lass los! Wenn ich höre, dass du dich wieder anfasst, wenn ich mitbekomme, dass du dich reibst, bin ich weg. Ist das klar?»

«Ja, aber …»

«Kein aber! Hör einfach zu! Wenn ich jetzt bei dir wäre, wenn wir nicht durch diese Wand getrennt wären», und ihre Stimme wurde schwer und leise, «würde ich dir den Tropfen mit einer spitzen Zunge ganz langsam ablecken und ihn sehr behutsam im Mund zergehen lassen. Kannst du dir das vorstellen?» Er konnte nicht antworten, hielt sich umfasst und drückte unhörbar, nickte und atmete stoßweise aus.

«Hat es dir die Sprache verschlagen?», lachte sie heiser. «Lass nur, ich weiß, dass du dir das vorstellen kannst. Nimm die Hand weg, habe ich gesagt!» Seine Hand zuckte unwillkürlich zurück, und er schaute auf, als hätte man ihn ertappt.

«Ich würde rund um deine Spitze lecken und sie mit den Lippen abtasten. Ganz nass machen würde ich ihn dir, bis alles glitschig ist, und meine Hände ließe ich darüber gleiten bis ganz nach hinten zwischen deine Beine.»

«Was machst du jetzt?», fragte er mit vor Lust belegter und zitternder Stimme.

«Nichts!»

«Fass dich an!»

«Ich fasse mich an, wann ich will.» Sie lachte. «Ich würde dich halten, massieren und deinen Schwanz lecken, bis ich merkte, wie du zu zucken anfängst, wie du stöhnst, wie es dir kommen will, wie dein Schwanz noch ein klein wenig härter wird. Aber ich will nicht, dass du kommst. Ich will erst meinen Spaß mit dir haben, und mit dem Daumen drückte ich dir vorn auf die Eichel, dass es dich schmerzt vor Lust. Ich will ja auch jetzt meinen Spaß mit dir haben. Wie sieht es bei dir aus?»

Er nickte sprachlos, und als er mit «Ja» antwortete, klang ihm seine Stimme fremd.

«Gut! Und jetzt fasse ich mich an! Ganz langsam greife ich mir zwischen die Beine und berühre mich mit einem Finger. Ich bin nass. Triefend nass. Fast tropft es heraus und läuft mir an den Beinen hinunter, so nass bin ich. Ich bewege meinen Finger hin und her. Lasse ihn tief hineingleiten und ziehe ihn ganz langsam wieder heraus. Hörst du, wie nass ich bin? Hörst du meinen Finger? Hörst du es?» Ihre Stimme drängte, wurde leise, und vor Erregung bebend ging der Atem stoßweise.

So nah wie möglich stellte er sich auf Zehenspitzen an den kleinen Verbindungsschlitz, drängte sein Gesicht hinauf, bis er ein leises, schmatzendes Geräusch vernahm.

«Hörst du es?»

«Ja», hauchte er.

«Gut. Steck deine Hand durch den Schlitz!»

Er zwängte seine Hand, soweit die Enge des Schlitzes und die Hitze der Birne dies zuließen, unter der Decke durch und an der Lampe vorbei, bis seine Finger auf der anderen Seite hinausschauten. Er spürte, wie Finger seine Finger berührten, und wollte die Hand zurückziehen. «Warte! Es kommt mehr. Du willst mich doch schmecken können, oder? Du willst mich doch von deinen Händen ablecken können, oder?» Und wieder berührten Finger seine Finger, bis er Nässe an den Kuppen spürte. «Jetzt», befahl sie. «Zieh die Hand schnell zurück, damit es nicht trocknet, steck sie dir in den Mund und leck es ab! Schmeck mich! Riech mich!»

Er sah, wie es feucht an seinen Fingerspitzen glitzerte. Roch daran und sog den leicht bitteren Geruch ein. «Ja, so ist es richtig! Jetzt leck es ab und stell dir vor, du würdest vor mir knien und den Saft zwischen meinen Beinen lecken, bis ich komme.» Ihre Stimme wurde drängender, bis sie stoßweise atmete und schließlich einen kleinen Schrei ausstieß.

Stille.

So lautlos er konnte, presste und rieb er sich.

«Du sollst dich nicht anfassen, habe ich gesagt! Wenn du noch etwas hören willst, halt deine Hände im Zaum, sonst bin ich weg.»

«Ja, ja», sagte er und begann am ganzen Körper zu beben.

«Gut! Jetzt ist meine Hand triefend nass, denn wenn ich komme, überflutet es mich. Das würdest du jetzt in deinem Mund haben, auf deiner Zunge, an deinem Kinn, wenn ich bei dir wäre. Dann könnte ich mich zu dir hinabbeugen und es ablecken. Würde dir das Spaß machen?»

Er rieb sich und sagte stöhnend. «Ja, und dann würde ich dich ficken.» Da ergoss er sich zuckend, bog seine Knie, denn sie waren weich und zittrig, und atmete spürbar aus.

«Es ist dir gekommen! Ich hatte dir gesagt, du sollst warten.»

«Nein!»

«Ich habe dich gewarnt!»

«Nein», rief er, «warte! Ich muss dich sehen. Wie können wir uns treffen. Ich brauche deine Telefonnummer.»

«Vielleicht hätte ich sie dir gegeben. Vielleicht! Aber du hast nicht warten können.» Ihre Stimme klang trocken.

Seine Hose war auf die Schuhe gerutscht. Er stand vor der Schüssel und wischte sich mit Toilettenpapier ab.

Da hörte er, wie nebenan abgezogen und gleichzeitig entriegelt wurde. «Bis bald einmal wieder», lachte die Stimme jetzt, dann wurde der Raum geöffnet, und er hörte, wie sie hinausging und die Tür ins Schloss fiel.

Er beeilte sich, sah an sich hinunter, ordnete seine Kleidung, wusch rasch seine Hände und überprüfte noch einmal so gut es ging sein Äußeres. Blickte im Spiegel in sein vor Erregung gerötetes Gesicht, zog ab und verließ bald nach ihr die Toilette.

Der Tresen war leer, sie nirgends zu sehen. Auch ihre Leute nicht. Die ganze Gruppe war verschwunden. Er suchte das Café mit den Augen nach ihr ab. Nichts. Verwirrt ging er zu seinen Freunden am Tisch und seine Begleiterin sah ihn prüfend von der Seite an.

«Fühlst du dich nicht wohl, du warst lange fort?», fragte sie.

«Nein, nein, alles in Ordnung. Bestimmt!», gab er mit vagem Lächeln zurück, schaute sich dabei suchend um. Sie war nicht da. Nicht einmal mehr Gläser standen dort, wo sie in der Gruppe an der Bar getrunken hatte. Als wäre sie niemals da gewesen. Ohne ein Wort stand er auf, ging an den Tresen und fragte den Kellner, wo die Gruppe mit der blonden Frau geblieben sei, die hier gewesen war.

«Schon lange weg», antwortete der Barmann.

Verwirrt suchte er das Café nach einem Gesicht ab, das ihn anschaute. Aber außer der Frau an seinem Tisch, deren Gesicht jetzt ärgerlich verzogen war, beachtete ihn niemand.

Sonja Ruf

# Ein Familienmann robbt ins Licht

Er war ein Familienmann. Bis vor kurzem. Dann geschah dieses Missgeschick, von dem ich erzählen will. Und nun habe ich ihn für mich allein.

Unsere Verabredungen waren selten, kurzfristig, gingen immer von ihm aus. Ich selbst durfte ihn weder zu Hause anrufen noch ihn ansprechen, wenn ich ihn zufällig in der Stadt sah.

«Du weißt ja: Ich muss meine Familie schützen», war der häufigste Satz, den ich von ihm hörte.

Dabei hatten wir noch nicht einmal miteinander geschlafen. Ich hatte am Arbeitsplatz um ihn geworben, er es sich gefallen lassen, lächelnd und mit zwischen den Knien verschränkten Händen.

Nach ein paar züchtigen Wochen stieß er auf mich herab wie ein Adler.

Das Telefon klingelte in meinem Büro. In seiner Stimme mischten sich Nervosität mit Schalk, Vorfreude mit Erregung: «Ein guter Tag! Wir können uns treffen.»

«Wie viel Zeit werden wir haben?»

«Einhundertzwanzig Minuten. Vielleicht auch fünfzehn Minuten mehr. Meine Frau, meine Kinder und ein paar Freunde sitzen heute Abend bei uns zu Hause und schauen Fußball. Ein Pokalspiel in der Provinz, bei dem es nicht auffällt, wenn ich mich nicht dafür interessiere. Ich aber weiß ganz genau, wo sie alle sind. Das hält mir den Rücken frei.

## Ein Familienmann robbt ins Licht

Kannst du zu der und der Autobahnraststätte kommen? Ich werde im Leihwagen da sein. Bis dann.»

Ich ließ mich von einem Taxi an die Raststätte bringen, stellte mich vor das Restaurant mit hochgeschlagenem Mantelkragen, Kopftuch und Sonnenbrille. Ein Wagen mit dem Schriftzug «Du kannst mich leihen» über den Türen rollte vom Parkplatz und hielt neben mir. Ich schlüpfte hinein. Mein zukünftiger Liebhaber fuhr sofort wieder los und sagte kein Wort. Er saß geduckt am Steuer, fing aber aus dem Augenwinkel meinen Blick auf.

Wir lächelten beide.

«Ich bin doch auch nur ein Mann», sagte er und steuerte die nächste Parkbucht an.

Die Sicherheitsgurte schnalzten zurück. Ich schwang mich auf seinen Schoß. Er fasste nach meinen Brüsten. Wir waren gerade dabei, Bluse und Hemd loszuwerden, als hinter uns ein Wagen heranrollte. Sofort stieß mich mein Liebhaber zurück auf den Beifahrersitz und drehte den Zündschlüssel. Wir fuhren los, bevor ich noch meine Kleider zurechtgerückt oder auch nur mein Seufzen beendet hatte. Ach, wie ungeschickt und charakterlos er war. Aber ich wollte trotzdem seine Stöße in mir abfedern, die – wenn sie seinem sonstigen Verhalten entsprachen – rau, schnell, heftig und unregelmäßig sein würden. Warum hatte ich ihn nicht einfach im Stehen genommen, gegen die Rückwand der Raststätte gepresst?

Ich sah auf die Uhr. Das Fußballspiel begann schon. Die Zeit verrann mir zu schnell, doch er wurde mit jedem Kilometer eine Spur gelöster. Er brauchte eine immer noch größere Entfernung von Frau und Söhnen, von Haus und Freunden.

Schon legte er seine Hand auf meinen Schenkel, glitt innen daran empor, massierte mich und wechselte – während eine Art Wolfslächeln ihm die Mundwinkel hob – entspannt zurückgelehnt auf die Überholspur. Doch als ich meinerseits hinübergriff, wehrte er ab und sagte: «Nicht so! Wenn wir einen Unfall haben, kommen wir in die Zeitung. Stell dir vor, was das gibt.»

Ich schob meinen Rock herab und befahl: «Du nimmst die nächste Ausfahrt! Wir suchen uns einen Platz!»

«Einen einsamen Platz» fügte er hinzu.

Quälend lange suchte er herum. Während der übrigen ersten Halbzeit fuhren wir durch Industriegebiete, Vororte. Nichts war ihm einsam, nichts unbewohnt genug. Vor Erregung, die ihn hektisch und flatterig machte, verlor er noch die Orientierung, und wir fuhren im Kreis. Schließlich bemerkte er einen Wegweiser zu einem Sport-, Freizeit- und Parkgelände.

In diese Straße schwenkte er ein. Ich zog mein Höschen aus und verstaute es im Handschuhfach. Wir hatten jetzt wirklich keine Zeit mehr zu verlieren. Wir parkten vor einer Absperrung. Es war Winter und fast dunkel.

Der Parkplatz war schwach und flackernd beleuchtet. Ich wäre im Auto geblieben. Aber ihm war es immer noch zu hell. «Außerdem stehen hier zu viele Wagen. Wir müssen diesen Park finden.»

«Es regnet. Es ist kalt»

«Umso besser, dann ist dort kein Mensch. Wir machen es im Gebüsch. Wie die Tiere, das gefällt mir.»

«Und deine Kleider? Wie erklärst du deinen Söhnen, wobei du dich schmutzig gemacht hast?»

«Ich könnte auf dem Nachhauseweg eine Panne gehabt haben, beim Reifenwechseln in den Graben gerutscht sein. Gute Idee. Das bringt uns noch mal fünfzehn Minuten.»

## Ein Familienmann robbt ins Licht

Wir stiegen aus. Gingen an der Absperrung vorbei und längere Zeit auf dem schmalen Fußweg neben einem Zaun, schließlich auf etwas zu, das wie der Eingang zu einem öffentlichen Park aussah. Aber bevor wir ihn erreichten, begann es dergestalt zu schütten, dass sich unsere Lust abzukühlen begann. Er zog seine Jacke aus, hielt sie über unsere Köpfe, und unter der Jacke rannten wir eng nebeneinander auf eine Gaststätte zu, von der wir im dichten Regen nicht einmal das Schild der Brauerei erkennen konnten. Es war eine Art Vereinskneipe, in der ein Fernseher lief. Wir setzten uns an einen Tisch. Ein paar angetrunkene Fußballfans waren da. Deren Lebenswelt sich vermutlich nirgends mit unserer überschnitt. Deshalb dachte ich mir nichts dabei, als ich nach seiner Hand griff.

Aber er zog sie weg. «Nicht in der Öffentlichkeit! Ich hab dir schon tausendmal gesagt: Ich muss meine Familie schützen.»

Beleidigt sah ich zum Fernseher. Die Pause zwischen den Halbzeiten. Werbung. Ein Kommentar zur ersten Hälfte. Wieder Werbung.

Ein mürrischer Wirt mit Knollennase und geplatzten Äderchen setzte uns heißen Tee vor.

In diesem Moment fiel der Strom aus. Das Fernsehbild sank in sich zusammen. Die Gäste stöhnten auf. Auch das Deckenlicht erlosch.

«Himmelherrgottnochmal!», fluchte der Wirt. «Jeden Spieltag ist einmal der Saft weg. Scheißflutlicht.»

Ich achtete nicht weiter darauf. Im Dunkeln wurde ich herangezogen und geküsst, fühlte ich wieder die mich kräftig massierende Hand zwischen den Beinen. Aber nur kurz. Leider nur, bis der Wirt die erste Kerze anzündete. Kaum leuchtete die Flamme, war die Hand fort.

Ich konnte nicht mehr. Ich hatte es satt. «Dann mach ich's mir selber. Ich geh runter aufs Klo und bring's zu Ende.» Und stand auf, ohne seine Erwiderung abzuwarten, ging mit zitternden Knien die Treppe hinab.

Ich hatte mich gerade im Keller dem Geruch nach zu einer der im Finstern liegenden Toiletten getastet, da hörte ich diese Schritte, die mir vertraut waren. Ich zog ihn am Arm zu mir herein. Wir umschlangen und küssten uns, bissen uns in die Lippen. Doch plötzlich stieß er mich zurück und setzte sich auf den Toilettendeckel, zog die Beine hoch, machte sich klein und war stumm.

Draußen stellte der Wirt eine Kerze neben das Waschbecken.

Danach schien meinem Liebhaber auch dieser Ort nicht mehr sicher genug. Kaum war der Wirt über die Treppe im Gastraum verschwunden, schlichen wir durch den Gang vor den Toiletten bis zu seinem Ende, wo wir eine mit übereinander gestapelten Stühlen verstellte Tür fanden. Diese versuchten wir zu öffnen. Sie klemmte erst, ging dann aber doch auf. Wir kamen in einen weiteren, breiten und langen, in grünem Notlicht liegenden Gang. Es roch nach Leder, Seife, Schweiß. Es roch überwältigend stark nach Männern.

Frische Luft strömte herab. Eine Treppe führte ins Freie. Eine Treppe in die Dunkelheit, in die Kühle. Wir stiegen hinauf, sanken zu Boden und endlich küssten die geschwollenen Muskelkissen meines Schoßes sein Glied, bevor sie auseinander glitten und seinen leicht seifigen Schaft in sich einließen. Unter mir Nässe und Gras. Regen auf meinem Gesicht, meinen Armen und Beinen. Ein Tosen von rauschenden Bäumen. Die Luft schmeckte nach rauchigem Nebel.

«Siehst du», keuchte mein Liebhaber und schob seine Hände unter meine Schulterblätter, während ich meine Beine hob und über seiner Taille kreuzte, «jetzt haben wir doch noch diesen Park entdeckt.» Das Bewusstsein, endlich gefunden zu haben, wonach er so lange gesucht hatte, die Dunkelheit, die Abgeschiedenheit –, überwältigte ihn so machtvoll, dass er sich auf Unterarmen und Knien vorwärts schob, mich dabei in seinen Armen voranstoßend.

Wir robbten voran, immer weiter voran über den feuchten, matschigen Rasen. Seine harte Bauchdecke schlug gegen meine Klitoris und schob sie auf und ab, hin und her, sein Penis stieß gegen meinen Muttermund.

In dem kurzen Moment vorm Orgasmus war ich plötzlich hellwach für die Umgebung und nahm wahr, dass etwas nicht stimmte –. Dies Tosen kam nicht aus Baumkronen. Dieser rauchige Geruch war kein Abendnebel. Ich spürte die geballte Anwesenheit von Menschen, glaubte, sogar Stimmen zu hören, die wir schon früher hätten hören müssen, wenn sie nicht durch das starke Geräusch des Regens abgedämpft und wir nicht außer uns gewesen wären. Der keuchende Mann über mir schien nichts davon zu bemerken.

Der letzte Rückzug.

Der letzte Stoß.

Ich kam.

Er verharrte.

Und dann kam er. Mit hoch aufgerichtetem Oberkörper, mit einem gurgelnd-röhrenden Schrei, während zugleich der Stromausfall endete, das Flutlicht anging und große, sich kreuzende Strahler unsere halb nackten, schmutzigen Körper flammend weiß erhellten. Wir befanden uns auf einem Spielfeld, auf leerem, weitem Rasen, auf dem wir es fast bis zum Anstoßpunkt im Mittelkreis geschafft hatten, und nun von allen Tribünen ringsum zu sehen waren, inmitten der Feindseligkeit der dicht besetzten Fanblocks, die – aufgebracht durch den Stromausfall und zermürbt durch den strömenden Regen – schon lange in dumpfer Wut auf den Einlauf der Mannschaften für die zweite Halbzeit warteten. Und wenig später wurde das durch die sexuelle Anstrengung in Falten gelegte, vor Schrecken verzerrte Gesicht meines Liebhabers live in ein paar Kasernen und Kneipen, Wartehallen und Wohnzimmer – tja –, und auch in sein eigenes –, übertragen.

Hermann-Josef Schüren
## Die letzte Stunde

Nach dem Mittagsschlaf stand Löschke am Fenster seines Arbeitszimmers, im Rücken die Couch und die Beunruhigung durch den Traum, der ihm nicht aus dem Kopf ging. Er sah in den Himmel und ließ die Familiengeräusche abebben, die von unten zu ihm heraufdrangen. Die Stimmen waren aufgeregt, aber je länger er dastand und starrte, umso weniger berührten sie ihn.

Er sah den Schwalben zu, die ihm durch ihre Luftspiele etwas mitteilen wollten. Die Flugbewegungen waren unerhört leicht, als hätten sie keine Brut zu versorgen, keine Pflichten zu erfüllen. Oder vergaß man das alles in der durchsichtigen Luft? Ließ man dort oben Alltag, Kinder, Frau, die nervenden Stimmen, das ganze sorgenbepackte Dasein hinter sich, um es durch einen Traum zu ersetzen?

Der Traum war erfüllend gewesen und hatte ihm klar gemacht, was zu tun war. Er riss sich vom Anblick der Schwalben los, ging zur Tür, öffnete sie einen Spalt und lauschte. Sie saßen in der Küche, redeten über ihn, seine Seltsamkeiten, die verschlossene Ferne, die sie als KRANKHEIT deuteten, ohne dieses Wort je in den Mund zu nehmen, aus Angst, alles noch komplizierter zu machen.

Sie. Zwei Töchter, alt genug, um mit einem Sprung das familiäre Nest zu verlassen, aber zu feige oder zu bequem, es zu tun. Sie. Die Mutter, seine Frau, unbeweglich und unfähig, seine Sehnsucht nach der Leichtigkeit zu teilen. Er schlich die Treppe hinunter, öffnete die Haustür, ging mit schnellen, unbeirrbaren Schritten zum Auto und fuhr los. Niemand konnte ihn aufhalten, sie konnten ihm nur hilflos nachschauen, vom Küchenfenster aus.

Als er auf die Hauptstraße einbog, fühlte er sich augenblicklich in das Klassenzimmer versetzt, seine Heimat, den Ort, an dem er alles unter Kontrolle hatte. Nur dort war er in Sicherheit, das unverrückbare Regelwerk schützte ihn, das Kursheft, die Sitzordnung, die schnippenden Finger in der Luft, die dunkle Tafel, vor der sich Sophies Gestalt abhob, wenn er sie aufforderte, die Beiträge ihrer Mitschüler zu notieren.

Sie hatte eine schnörkellose Schrift, und wenn sie an der Tafel stand, war nur sie auf seiner Höhe, die Einzige, die sich zu menschlicher Größe aufschwingen durfte, während die anderen weiterhin in den bekritzelten Tischreihen saßen. Er überreichte Sophie mit zarter Bewegung das Kreidestück, und für einen Augenblick begegneten sich ihre Fingerspitzen, durchzuckte ihn das Gefühl einer grenzenlosen Gewissheit. Jetzt war der Rest der Klasse nur noch eine zum Schweigen verdammte Menge, nur anwesend, die unerhörte Begegnung zwischen ihm und Sophie zu bezeugen.

Er wünschte, die Zeit würde angehalten, die Stunde nie zu Ende gehen, aber es half nichts, sein Wunsch lief ins Leere. Sie ging immer zu Ende, die letzte Stunde, und er musste sich von ihr lösen, den Klassenraum verlassen, nachdem er dafür gesorgt hatte, dass alle Fenster geschlossen waren, die Treppe hinab, eingekeilt von wuselnden Siebtklässlern, die ihn nicht beachteten, durch den Lärm der Pausenhalle zum Lehrerzimmer, in die Vorhölle. Er atmete die abgestandene Luft, dieses Gemisch aus Neid, Überforderung und Resignation, und sah zu, wie die Kollegen ihren kleinen lächerlichen Pausentätigkeiten nachgingen.

Was wussten sie schon! Sie öffneten ihre Tupperdosen und kauten an den Butterbroten ihrer Frauen. Sie hatten keine Träume, keine Sophie, kein Begehren. Nur diesen dummen Hunger, den sie mit Gewohnheit fütterten. Ihr Anblick zerstörte alles. Nichts blieb von Sophie und dem Zauber ihrer Berührung. Nicht die Spur einer Erinnerung ließ sich bewahren, auch wenn Löschke ein paar Minuten zuvor noch durch die Reihen gestrichen war, um für Momente seine Hand auf ihre Schulter zu legen. Das Lehrerzimmer absorbierte jeden tröstlichen Gedanken. Wer hier Platz nahm, um die Pause abzusitzen, wurde unweigerlich zu einem Hohlkörper.

Gab es für ihn und Sophie nur die Wirklichkeit des Klassenzimmers? Konnte nur in diesem geschlossenen Raum Intimität erwachsen? Während der Klausuren, wenn alle sich auf die Aufgaben konzentrierten und eine wunderbare, verzweifelte Stille Einzug hielt, so intensiv, dass Löschke die Fenster öffnen musste, stellte er sich gewöhnlich hinter sie. Er sah ihr Haar, die Schulter, den leicht gekrümmten Rücken. Er beugte sich ein wenig vor, badete in ihrem Geruch und ließ sich mit jedem Atemzug tiefer hineinziehen in das Gespinst seines Begehrens. Warum berührte er sie nicht? Was hielt ihn zurück?

Zweimal war er ihr zufällig in der Stadt begegnet, jedes Mal war es eine Katastrophe gewesen. Sie hatten miteinander gesprochen, aber keine Worte gewechselt, eher Laute produziert, wie verstimmte Instrumente. Sie kam ihm verwandelt vor, hochmütig, spöttisch und furchtbar erwachsen. Sie schwebte an ihm vorbei und er torkelte durch einen Tunnel. Es gab also keinen anderen Ort für ihn und sie als den Klassenraum. Oder er musste die Regeln durchbrechen.

Es war nicht mehr weit, schon bog er in die Neubausiedlung ein. Oft war er hier vorbeigefahren, um einen beschwingten Blick auf das Haus zu werfen, den roten Vorhang ihres Zimmers im ersten Stock, dieser einzige Ort auf der Welt, der neben dem Klassenzimmer die Möglichkeit einer wirklichen Begegnung in Aussicht stellte.

Die Vorgärten zum Teil noch nicht bepflanzt, kleine Wüsten, und zwischen den Häusern ein paar Terrassen, bestückt mit Sonnenschirmen und den obligatorischen Plastikmöbeln. Er war am Ziel. Noch wusste er nicht, was er sagen sollte, aber er war sich sicher, die richtigen Worte zu finden, wie er sie fand, wenn er unvorbereitet den Klassenraum betrat.

«Sophie», flüsterte Löschke inbrünstig, als er den Klingelknopf drückte. Es wurde sofort geöffnet und sie stand vor ihm, zum Greifen nahe. Sie war es, aber auf unheimliche Weise war sie es wieder nicht. Der Traum ging weiter, Gestein, Geröll, eine Lawine ging auf Löschke nieder, während er zu ihr aufsah, die Zeit spürte, die ihn von ihr trennte, die Jahre, die zwischen ihnen lagen, aber seltsamerweise hatte sie plötzlich an Vorsprung gewonnen. Sie war älter als er, als hätte sie sich aus seinem Schatten befreit.

Es durchzuckte ihn. Ein Schmerz. Noch konnte er zurück, behaupten, sich in der Tür geirrt zu haben, aber er streckte die Hand aus, sagte guten Tag und nannte seinen Namen in der Hoffnung, dass sie ihn erkannte, doch ihr irritierter Blick lichtete sich nicht. Jetzt kam es darauf an, seine Autorität ins Spiel zu bringen, die Routine.

«Es geht um Sophie», sagte er. «Ich bin ihr Lehrer. Darf ich hereinkommen?»

Sie wich zurück und er wusste, dass jetzt die Zeit für ihn spielte. Alles kam darauf an, sich nicht einlullen zu lassen von der Behaglichkeit der Umgebung, der gläsernen Tischplatte, den Bildern an den Wänden, den Buchregalen, der Musik im Hintergrund. Er musste diesen Raum augenblicklich in das Klassenzimmer verwandeln, sonst blieb ihm alles fremd und sie würde ihn endgültig besiegen.

«Was ist denn mit ihr?»

«Es gibt da gewisse Unstimmigkeiten», sagte Löschke. Ja, jetzt war er in seinem Element, im Klassenraum, wo die Worte hohl klangen, unbestimmt und nichtssagend. Tatsächlich kehrte ihm die Zeit erneut den Rücken, und die Frau, die ihm gegenüber Platz genommen hatte, wurde vor seinen Augen eine neue Schülerin, verschüchtert, verunsichert und anlehnungsbedürftig.

«Unstimmigkeiten?», fragte sie. Ihre Stimme zitterte leicht.

«Nun ja», Löschke dehnte die Zeit, schürte die Erwartung, überließ die Neue für ein paar lange Augenblicke ihren heimlichen Befürchtungen. Gleich würde er sie von der Bedrohung erlösen. Sie würde aufatmen, ihm dankbar sein und ihm den Weg frei machen.

«Es ist nichts, was Sophie unmittelbar betrifft. Es geht mehr um das Umfeld, die Klasse insgesamt. Es gibt da ein paar Dinge, die mich und die Schulleitung beunruhigen und über die ich mir gern ein Bild machen würde! Es wäre sehr hilfreich, wenn Sie mir erlauben würden, mich in ihrem Zimmer umzusehen.»

Wie er das gesagt hatte. Unübertrefflich! Worte, wie sie nur Lehrer zu formulieren vermögen, Worte, die Wirkung zeigten, denn die Frau lehnte sich in ihren Sessel zurück, ihre Gesichtszüge entspannten sich, so dankbar war sie für diese Lüge, die ihm ohne Zögern über die Lippen gekommen war.

«Geht es um ... Drogen?»

«Fragen Sie lieber nicht», wich Löschke aus. «Es ist jedenfalls eine unangenehme Angelegenheit, aber Sie müssen verstehen, dass ich zum jetzigen Zeitpunkt keine Einzelheiten nennen kann. Ich bin Lehrer und damit in erster Linie Erzieher. Außerdem bin ich Beamter und dem Gesetzgeber verpflichtet. Sie werden sicher nicht von mir verlangen, dass ich gegen meine Pflicht handle.»

«Ich verstehe», sagte sie leise, obwohl sie sicher nichts verstanden hatte. Sie war auf seine Floskeln hereingefallen, füllte die Hülsen seiner Worte mit eigenen Bedeutungen, nicht ahnend, dass sie dadurch erst gefährlich wurden. «Allerdings glaube ich nicht, dass Sophie damit einverstanden wäre. Sie ist sehr eigen in diesen Dingen.»

«Sie muss ja nichts davon erfahren», entfuhr es Löschke, doch im selben Augenblick wusste er, dass er einen Fehler begangen hatte, einen groben Fehler, von dem er nur hoffen konnte, dass er ohne Folgen blieb.

«Kommen Sie», sagte die Frau. «Ich zeige Ihnen das Zimmer.»

Sie erhob sich und ging zur Treppe. Als sie ein paar Stufen hinaufgegangen war, hielt sie plötzlich inne. Ihre Hand umklammerte das Geländer. «Erwarten Sie bitte nicht, dass ich Ihnen behilflich bin», sagte sie leise. «Meine Tochter ist erwachsen und es hat mich Mühe genug gekostet, sie loszulassen. Es ist wie bei einem Vogel, den man großgezogen und aufgepäppelt hat. Man sieht zu, wie er wächst, lässt sich entzücken von den bunten Federn, die ihm wachsen und erfreut sich an seinem Gesang. Und dann fliegt er davon, der Vogel. Man hat es gewusst und dennoch tut es weh, denn man hat ja immer gehofft, dass die Kinder einem irgendwie dankbar sind.»

«Meinen Sie, Sophie sei undankbar?»

«Ach, ich weiß nicht. Heute ist ja alles so anders. Die Kinder sind schon fort, während sie noch unter einem Dach mit uns wohnen. Sie gehen so früh, als wollten sie nirgendwo zu Hause sein. Es sind Vögel, die fortfliegen, noch ehe ihnen ein Federkleid wächst. Sie sind alle so hilflos.»

Sie schüttelte kurz den Kopf. Ihre Hand löste sich vom Geländer und sie ging weiter. Als sie vor Sophies Zimmer stand, zögerte sie einen Augenblick, als würde sie etwas zurückhalten, aber dennoch öffnete sie die Tür.

Wenig später war Löschke allein, allein in Sophies Zimmer. Er atmete tief, fühlte sich wie benebelt von der mädchenhaften Frische, die ihn umgab, sank endlich auf die Knie und vergrub seinen Kopf zwischen den Kissen, deren Bezüge bunte Kinderfarben zierten. Er fühlte sich erlöst in diesem Augenblick und so glücklich, dass er meinte, vor Rührung in Tränen ausbrechen zu müssen. Er war ihr so nahe, dass es ihm schien, die Wirklichkeit seines Lebens erreicht zu haben, die Leichtigkeit der Schwalben, das Zeugnis, das am Ende besser ausfiel, als befürchtet. Er hatte bestanden! Sie mussten ihn gehen lassen, ihm das Zeugnis der Reife aushändigen. Nach diesen endlos langen Jahren des Wartens, des Zweifels und der Qual lag endlich das Reich der Freiheit vor ihm. Jetzt konnte er machen, was er wollte!

Es war überwältigend, dieses Gefühl und doch meinte er, erst die Peripherie des Glücks erreicht zu haben. Er musste jetzt nur weitergehen, alles zurücklassen, den ganzen muffigen Mief vergessen, das Zentrum suchen.

Er hob den Kopf, wie ein Vogel. Seine Augen, die plötzlich klarer sahen, als würden sie zum ersten Mal mit der Wirklichkeit vertraut, tasteten die Umgebung ab, Fühler, die alles liebkosten, was sie berührten. Saugnäpfe, die sich an die Dinge hefteten, um sie nie wieder loszulassen.

Es war da. Er konnte es spüren, das Zentrum, hatte es endlich gefunden, aber noch immer konnte er sich nicht zufrieden geben, musste weiter, den Schritt in die Unerhörtheit wagen, ersehnt und gleichzeitig gefürchtet. Er musste sich dem überlassen, was sein Bewusstsein überstieg, sich zum Opfer seiner Wünsche machen, sich preisgeben, es berühren, anfassen und in Besitz nehmen. Sich in die Federn kleiden, die Sophie im Flug verloren hatte. Er ging zu einer Kommode, zog die oberste Schublade auf, wühlte in Papieren herum, öffnete kleine Schachteln, aber seine fiebrigen Hände wanderten gleich zur nächsten Schublade, suchten buntere Federn, schoben sich zwischen die Strümpfe und stießen schließlich auf ein Unterhöschen. Er hielt es zwischen seinen Fingern. Er hatte es gewusst. Es war da. Ein Schatz mit verschossenen Farben, ein Slip, den Sophie aus unerfindlichen Gründen aufbewahrt hatte. Hatte sie dieses Ding bei ihrer ersten Zusammenkunft mit einem Mann getragen oder darin zum ersten Mal zu bluten begonnen? Vielleicht war es gar nicht von ihr. War es das intime Kleidungsstück einer Freundin, mit der sie vor Zeiten alles geteilt hatte? Bis sie sich zu nahe gekommen waren, an das Geheimnis der Körper gerührt hatten, das sich wie eine Seuche über die Freundschaft hergemacht und sie ins Gegenteil verkehrt hatte?

«Ich bin es», dachte Löschke und begann am ganzen Körper zu zittern. Eine unfassbare Erregung bemächtigte sich seiner, wurde mit jedem Atemzug schmerzlicher, unerbittlich körperhaft. Er meinte, emporgehoben zu werden, ein riesiger Obelisk, ein alles überragender Phallus, der wie eine Mahnung aus Sophies Zimmer aufragte, als dürfte nie wieder vergessen werden, dass es einen Ausweg aus der Hölle der Erwartung gab.

Löschke wurde in die Länge gezogen, war nur noch Himmel, Schwalbenflug, Leichtigkeit. Er hatte die Welt verlassen, sich selbst verloren und stieß in den Kosmos vor, wo nichts mehr galt, keine Grammatik, kein Recht, keine Zurückweisung. Alle Gesetze der Vernunft waren außer Kraft gesetzt, als er sich die Kleidung vom Leib riss und in Sophies Slip stieg, der sich plötzlich in ein Laken verwandelte, in das er sich einwickelte.

Jetzt, jetzt war er am Ziel.

Im selben Augenblick wurde die Tür aufgerissen und sie war da, sie, auf die er die ganze Zeit gewartet hatte, stand in der offenen Tür und starrte ihn an. Er war sich sicher, dass sie nicht zögern würde, zu ihm zu kommen, dass sie das Laken um ihn und sich schlingen würde und sie gemeinsam das Ziel erreichen würden. Sie musste tun, was er nie gewagt hatte. Aber sie kam nicht auf ihn zu. Sie schrak zurück. Ihr Mund stand weit offen und Löschke meinte, in diesen Mund hineinspringen zu müssen, um den Schrei zu ersticken, den Schrei, der allem ein Ende setzte.

Aber er konnte es nicht. Er hatte keine Kraft mehr, sackte in sich zusammen und so fand man ihn, als wenig später die Polizei auftauchte: nackt, sinnlos nackt, und mit irrsinnig weit geöffneten Augen, die dem Unfassbaren entgegensahen.

Nele Grün
# Martha wächst

In Marthas eintöniges Leben war Bewegung gekommen. Sie selbst merkte es eines Tages an den Blicken ihrer männlichen Kollegen, die ihr auf dem Weg zur Kaffeemaschine folgten. Da fiel ihr auf, dass sie seit neuestem ihre Hüften schwang. Natürlich wusste sie auch, an wessen Blicken ihr ganz besonders lag, nämlich an denen ihres Kollegen Rainer Poguntge. Seit zwei Wochen arbeitete er in ihrem Team. Nicht dass sie davon ausging, dass er sich für sie interessierte; aber sie spürte, dass sie sich unter seinen Augen wohl fühlte. Auf einmal genoss sie jeden ihrer Schritte bewusst mit vorgeschobenen Beckenknochen und angespannter Bauchmuskulatur, vernahm das leise Rascheln ihres Rockes, wenn er an ihren Beinen entlangstrich, gab sich dem zärtlichen Streicheln eines Angorapullis hin.

Der nächste Schritt war der Kauf neuer Schuhe. Hatte sie bisher flache, sportlich-modische Mokassins bevorzugt, fiel dieses Mal ihre Wahl auf hochhackige Pumps. Für Martha, die immer unter ihrer Größe und ihrem etwas groben Knochenbau gelitten hatte, war das keine Selbstverständlichkeit. Doch als sie sich im Spiegel des Schuhgeschäfts mit ihrer neu erworbenen, provozierenden Körperhaltung betrachtete, nahm sie ihre Größe plötzlich als Stattlichkeit und die Grobknochigkeit als Stärke wahr. So beflügelt, legte sie die schwarzen Pumps wieder ab und verlangte dieselben in goldener Krokoprägung. Die Zeit des Sichversteckens war vorbei.

## Martha wächst

Von nun an hielt nichts mehr ihre Wandlung auf: Martha verfiel der Leidenschaft für schwarze Spitzenunterwäsche. Innerhalb weniger Tage gab sie mehrere hundert Mark für einen Haufen federleichten Nichts aus. Stück für Stück testete sie abends vor dem Schlafzimmerspiegel auf nackter Haut. Es konnte jetzt passieren, dass sie während der Arbeit die Schulter verschob, um einen Satinträger darüber fallen zu lassen, oder dass sie auf ihrem Stuhl hin und her rutschte und im Schritt den Druckknöpfen ihres nagelneuen Spitzenbodys nachspürte.

Eines Tages, Martha war gerade damit beschäftigt, ihre Bluse vorzuziehen, um den perfekten Sitz eines aufwendigen Bügel-BHs zu bewundern, betrat Rainer Poguntge den Raum. Geschäftig eilte er zum Kopierer, raschelte mit seinen Unterlagen, sortierte, stapelte, lochte – und näherte sich Marthas Schreibtisch.

Darf ich mal kurz ...? Schon schnappte er sich einen Stuhl und setzte sich rittlings darauf.

Martha zog ihre Krokofüße unterm Tisch hervor. Sie schlug die Beine übereinander.

Ganz allein in Tübingen, keine Freunde, fern der Heimat, was bleibt einem da anderes übrig, als ins Kino zu gehen? Mitleid heischend legte er den Kopf in die Arme und sah sie von unten an.

Ins Kino? Und – an was hattest du gedacht? Sie hielt seinem Blick stand, obwohl die Aufregung ihr den Schweiß übers schwarze Satin trieb.

Eat drink, Man Woman; drei Frauen auf der Suche nach dem Rezept des Lebens, eine appetitanregende Komödie von Ang Lee mit über hundert verschiedenen Gerichten, deren Rezepte vom berühmtesten Experten der chinesischen Küche, Lin Huei-Yi, stammen.

Rainer hatte offensichtlich das Kinoprogramm auswendig gelernt.

Eine appetitanregende Komödie, soso, lachte Martha.

Sag einfach ja, schlug Rainer vor.

Ja, sagte Martha.

Heute Abend um acht? Dann könnten wir vorher noch ein Bierchen trinken.

Heute um acht, sagte Martha.

Im Arsenal, erinnerte Rainer sie, schon im Aufstehen begriffen.

Im Arsenal, wiederholte Martha.

Rainer verließ den Raum, nicht ohne sich in der Tür noch einmal umzudrehen und ihr zuzuzwinkern. Martha blies die Luft aus. Sie ärgerte sich, dass der Kurs ‹Frauen lernen schlagfertig antworten, Sprache als Werkzeug› erst in drei Wochen beginnen würde. Aber immerhin, er hatte schließlich sie gefragt. Sie erhob sich, strich den Rock glatt und betrachtete nachdenklich ihr Spiegelbild in der Glastür.

Martha erschien um zehn nach acht, sie hasste es, in einer Kneipe zu warten. Sofort entdeckte sie Rainer, der ihr freundlich über sein Bierglas zulächelte und mit den Kinokarten wedelte. Sie bestellte sich eine Bloody Mary. Noch im Hinsetzen hatte sie die Umgebung erfasst und festgestellt, dass sie mit ihrer Aufmachung richtig lag. Auch Rainer schien daran Freude zu haben. Er musterte ihre weit aufgeknöpfte Bluse, blieb mit seinem Blick einen winzigen Moment zu lang am schwarzen Spitzenhemd hängen und äußerte sich lobend über ihren Mut, kurze Röcke zu tragen, was so mutig allerdings auch wieder nicht sei, wenn man bedenke, dass ihre Beine geradezu geschaffen dafür seien.

Martha weitete sich wohlig unter seinen Worten. Sie schickte ein Dankgebet zum Himmel, dass sie vor zwei Monaten durch ein Nachrückverfahren in den Wochenendkurs ‹Ein neuer Tag: morgens erwachen, sich neu begegnen, Sommerseminar II› gefunden hatte. Es war darum gegangen, Situationen zu bewältigen, die sich die Teilnehmer schon immer gewünscht hatten, an deren Durchführung sie jedoch bisher gescheitert waren. Als ihr persönliches Ziel hatte sie angegeben, in ihrer Körperlichkeit wahrgenommen zu werden. Ihre Übung bestand darin, in einer fremden Stadt mehrere gut aussehende Männer nach dem Weg zum Bahnhof zu fragen. Um die Sache zu erschweren, war sie lediglich mit einem übergroßen T-Shirt bekleidet gewesen. Der Sommerwind ließ den dünnen Stoff über Brüste und Po streichen, und einen Tag später, kurz vor der Heimfahrt, hatte die Erinnerung daran sie so erregt, dass sie spontan beschloss, im Zug nichts unter ihrem Mantel zu tragen. Von der Seminarleiterin war sie dafür überschwänglich gelobt worden.

Martha lehnte sich zurück und ließ Rainers Anblick auf ihre Sinne wirken; sie war bereit und ihr Herz frei. Seine schmalen braunen Hände untermalten das, was er sagte, mit weichen Bewegungen. Seine Stimme perlte ihr um die Ohren – worüber redete er nur die ganze Zeit – und die Bloody Mary machte ihre Glieder leicht. So gelöst war sie, dass sie plötzlich auf die Toilette musste. Den ganzen Tag hatte sie in angespannter Erwartung auf den Abend verbracht, und wie immer reagierte ihr Körper auf Anspannung mit Verstopfung. Froh, das lästige Völlegefühl nun loszuwerden, entschuldigte sie sich, schnappte ihr Handtäschchen und stieg die enge Holztreppe hinunter.

Der Spiegel wurde von drei Mädchen blockiert, die sich frisierten und dabei unterhielten. Martha drehte das Schloss hinter sich um und lauschte dem Gespräch in voller Länge. Zuerst ging es um Haarspray, dann um einen Typen, der eines der Mädchen nervte, weil er nicht kapierte, dass sie nichts von ihm wollte.

MICHAEL, FICK MICH, las sie in schwarzen Lettern auf der Klotür, und die Worte da draußen lösten sich in Nebel auf. Sie sah an den Seitenwänden hoch. MÄNNER SIND WIE TOILETTEN, ENTWEDER BESETZT ODER BESCHISSEN, das kannte sie. Auch KEINE MACHT DEN SCHWÄNZEN musste schon uralt sein. Aber STOSS MICH HART, NICHT SO ZART klang neu. Wie waren Frauen, die so etwas schrieben? Rechts über ihr hatte jemand mit schwarzem Permanentstift riesige, erigierte Schwänze mit prallen Hoden gemalt, darunter stand GEIL, GEIL, GEIL, wobei jedes GEIL größer als das vorangehende war.

Martha spuckte auf ihren Finger und wischte über die Inschrift an der Tür. Auf einmal verspürte sie das dringende Bedürfnis zu erfahren, ob sie aus derselben Feder stammte wie die Zeichnungen. Wohl nicht, denn die Buchstaben, die einem Michael gewidmet waren, wurden blasser, und sofort hörte sie auf zu reiben, als habe sie ein wichtiges Dokument zerstört. Dann fingerte sie aus ihrer Handtasche einen schmalen, goldenen Stift hervor. MACHS MIR IM KINO, schrieb sie in ihrer korrekten Handschrift über die Klorolle. Anschließend betrachtete sie mit schräg gelegtem Kopf ihre Botschaft und stellte fest, dass sie sich gegenüber den anderen Hinterlassenschaften ziemlich harmlos ausnahm. REIB MIR DIE MÖSE, ergänzte sie, schon etwas größer, und dann, knapp unter die Zeichnungen: FICK MICH, BIS DIE FOTZE TROPFT. Mit LECK MICH AUS, LASS MICH DEINEN SCHWANZ LUTSCHEN und SPRITZ MICH VOLL pflasterte sie kurz entschlossen die letzten freien Stellen auf der weißen Resopaltür.

Zufrieden erhob sie sich, steckte den Stift wieder ein, richtete ihre Kleidung und verließ die Kabine. Von der Notwendigkeit der Durchführung solcher therapeutischer Aktionen hatte sie sich auf einem autonomen Seminar im vergangenen Herbst überzeugen lassen. ‹Aktion und Interaktion – die Wiederentdeckung verschütteter weiblicher Urerfahrungen in Happenings und Environments› waren den Kursteilnehmerinnen in Aussicht gestellt worden. Wenn sie recht überlegte, war es jetzt das erste Mal, dass sie von den Früchten dieser Veranstaltung zehrte, und im Nachhinein bestätigte sie sich den Sinn der investierten Zeit und Kosten.

Sie malte ihre Lippen nach und stieg die Wendeltreppe wieder hinauf, und da sah sie Rainer Poguntge am Tisch sitzen, der ihr doch wirklich vom Himmel direkt in den Schoß gefallen war. Er erhob sich sofort und griff nach ihrem Arm, denn soeben wurde die Eingangstür zum Kino geöffnet. Von allen Seiten drängten sich Menschen durch die enge Schleuse, pressten Rainer gegen Martha und Martha gegen Rainer, was sie glücklich und nachgiebig geschehen ließ, bis sie in einer der mittleren Reihen Platz gefunden hatten. Rainer saß zu ihrer Linken, rechts von ihr lümmelte ein dürrer Sitzriese, Typ Spätentwickler, mit einer Tüte Popcorn im Arm. Der würde damit fertig werden ...

Martha lehnte den Kopf zurück. Auf der Leinwand begannen drei wunderschöne Chinesinnen, sie in ihre fremde, taiwanesische Welt mitzunehmen. Verstrickt in bizarre gesellschaftliche Traditionen und die Liebe ihres alten Vaters, der sie mit phantastischen Gerichten bei sich zu halten versuchte, kamen sie ihr vor wie von einem anderen Stern. Aber sie waren Martha auch wieder ganz vertraut, denn schließlich hatten alle drei das gleiche Problem wie sie: endlich einen richtigen Kerl zu finden.

Als die älteste der drei Schwestern sich gerade mit ihrem Liebhaber auf der Couch wälzte und darüber räsonierte, dass es ja nun, da sie nicht mehr zusammen seien, viel besser mit dem Vögeln klappe, zählte Martha bis drei und griff nach Rainers Hand. Sie legte sie auf ihren Schenkel und schob sie sachte höher und höher, bis sie unter ihrem Rock und dem zuvor zurechtgelegten Mantel verschwand. Dort blieb sie liegen. Verstand er nichts? Sie rutschte tiefer in den Sessel; jetzt berührten seine Fingerspitzen den Rand ihrer halterlosen Seidenstrümpfe. Reglos wartete sie zwei, drei Ewigkeiten. Da endlich bewegten sich seine Finger weiter hinauf, ließen ihn unmissverständlich erkennen, dass sie sonst nichts unterm Rock trug, tasteten sich bis an die Schamhaare heran, zögerten einen winzigen Moment und strichen – zum Wahnsinnigwerden langsam – über ihre Lippen. Martha schloss die Augen für den Fall, dass Rainer sie ansah; das hätte sie nicht ertragen. Sie wollte nichts sehen, aber zu fühlen gab es eine Menge. Er drang tief in sie ein, erkundete ihre Nässe, entzog sich, um wieder hineinzuschlüpfen und machte schließlich auf ihrer Perle Halt.

Nicht für Martha, aber für den Rest des Publikums war inzwischen die jüngste Schwester dabei, sich den Typen, auf den sie von Anfang an ein Auge geworfen hatte, an Land zu ziehen. Schon bald hatte sie es geschafft und war am Ziel ihrer Wünsche angelangt. Währenddessen schnippelte der Vater in rasendem Tempo Gemüse, überbrühte Fleischteile, rupfte Gänse und formte Teigbällchen. Aus unerfindlichen Gründen regten diese Vorgänge Marthas rechten Nachbarn zu Lachsalven an; wie Geschosse schallten sie über die Köpfe hinweg. Irritiert öffnete sie die Augen. Ihr Blick fiel auf riesige Zähne und Schenkel schlagende Hände. Sie lehnte sich beruhigt zurück, der Typ war mit sich selbst beschäftigt.

Sie konnte sich also ganz nach links hingeben. Ihre Beine öffneten sich etwas weiter. Rainers Finger kreisten über ihre Muschel, stießen hinein, kreisten und drangen ein. Sie wurde enger, seine Bewegungen schneller und härter. Martha atmete mit offenem Mund, die Umgebung war ihr allmählich egal. Und dann hob sie ab, schwebte über dem Knistern der Erdnusstüten und entfernte sich langsam vom Geräusper und verhaltenen Gekicher unter ihr. Der breite Lichtstrahl des Projektors saugte sie auf, wirbelte sie zusammen mit Tausenden golden glimmernder Staubkörnchen empor, nur getragen vom Pochen ihrer Möse und den pulsierenden Wellen, die sie durch den Raum schwemmten, immer weiter nach vorn auf der gleißenden Bahn, die Dunkelheit zerteilend, hinein in das Licht.

Direkt vor der Leinwand zerfloss sie. Über einer prächtig gedeckten Festtafel mit geschmortem Entenbraten, gelierter Ananassoße, frittiertem Gemüse und gefüllten Teigtaschen löste sie sich auf.

Als Martha die Augen wieder öffnete, sah sie zu Füßen der Tafel eine ohnmächtige Frau liegen, um die sich die drei aufgeregten Schwestern und ihr Vater bemühten. Sie fühlte, wie Rainer ihr seine Finger entzog und sie an ihrem Schenkel abwischte. Sie hörte das Wiehern ihres Furcht erregenden Nachbarn. Außerdem stellte sie fest, dass ihre linke Hand sich in Rainers Arm krallte, während die Rechte auf ihrer Brust lag. Jetzt konnte sie ihn ansehen, und er lächelte still auf sie herunter.

Rainer, flüsterte sie. Das war eine ganz neue Dimension in meinem Leben. Endlich bin ich dort angekommen, wo ich schon immer hinwollte. Was gibt es Wichtigeres, als sich in seiner sexuellen Identität frei zu entfalten?

Halt mal die Klappe, sagte Rainer zärtlich und legte ihre Hand in seinen Schoß.

Arne Rautenberg

## Traumbuch der erotischen Komplikation

ABFLUSS. Blutspuren werden weggespült werden.

ANFLUG VON ALTER. Ein Herr Mitte dreißig wird sein Hochzeitsfoto betrachten und beginnen zu weinen.

APFEL. Ein Mann wird einer Frau, die Eva heißt, sagen, dass er keine Äpfel mag.

BADEWANNE. In einem abgeschlossenen Bad wird ein Mann schreien, Wasser einlassen und den Fön anwerfen. Eine Frau wird mit beiden Fäusten gegen die Badezimmertür trommeln.

BAR. Eine Verführerin wird an der Theke lehnen, den Kopf heben und Rauchringe blasen. Dabei wird sie sich mit einem abschätzenden Blick an einen Schönling heranwerfen.

BARGELD. Kompromittierende Fotos werden gemacht werden.

BETTWÄSCHE. Ein Fleischermeister wird finden, dass das Kleinkarierte nicht zu ihm passt.

BUS. Ein Mann wird beim Fahrer einsteigen und nach hinten zur letzten Bank durchgehen. Dabei wird er überlegen, mit welchen Frauen im Bus er schlafen würde und mit welchen nicht.

BUSCH. Einander völlig fremde Menschen werden sich dahinter an Hosen fassen und laut zu stöhnen beginnen.

CHEF. Die Sekretärin wird am nächsten Tag nicht an ihrem Arbeitsplatz erscheinen.

DEKOLLETÉ. Darin wird zu Recht ein Geldschein oder ein Zettel mit einer Telefonnummer verschwinden.

DESSOUS. Nachdem die letzte Hülle gefallen ist, wird es eine klitzekleine Enttäuschung geben.

E-MAIL. a) Die Geliebte wird sich vom anderen Ende der Welt melden, da sie ihrer Beziehung ein anderes Ende wünscht. b) Ein Stromausfall wird Schlimmeres verhindern. c) Eine Mail wird nach der Zigarette danach zu spät gelesen werden.

EHERING. Er wird an einem sehr kalten Dezembertag aufgrund massiver Fliehkraft, verursacht durch die Ausführung einer Wurfbewegung beim Entenfüttern, vom Finger in den See fliegen.

FEUCHTER GLANZ. Der älteste Patient der geschlossenen Abteilung wird erzählen, dass er nach dem Ersten Weltkrieg zu jung war, um einen zivilen Beruf auszuüben. Dass er deshalb Eintänzer wurde. Dass die Frauen sein Leben mehr verändert haben als der Krieg. Entweder wird dies niemand hören oder niemand glauben.

FEUERZEUG. Ein Mann wird nachts auf einer Parkbank sitzen. Eine Frau wird sich ihm nähern und um Feuer bitten. Erst im Licht der Flamme wird der Mann ins greise Gesicht der Frau blicken.

FUSSBODEN. Ein handgeknüpfter, sehr teurer Senneh-Teppich wird auf ordinärste Weise besudelt werden.

GESICHT. Eine Frau wird eine Ohrfeige bekommen.

GUTEN MORGEN. Ein Mann wird feststellen, dass er wieder ganz allein im Bett liegt.

HAAR. Eine beim Aufräumen gefundene Locke wird erst für reichlich Verwirrung, dann für Übelkeit sorgen.

HERBST. Er wird ihr eine besonders schön gemaserte Kastanie schenken. Im Winter wird sie bemerken, dass die Kastanie in der Manteltasche vertrocknet ist.

HOTEL. Ein kleiner Junge wird durchs Schlüsselloch gucken und verwundert den Kopf schütteln.

HUNDERTMARKSCHEIN. Ein vierzigjähriger Callboy wird finden, dass der Beruf ausgezeichnet zu ihm passt.

JALOUSIE. Ein Mann wird im 2. Stock auf einem Drehhocker sitzen und zu einem bonbonfarbenen Pornofilm onanieren. Eine alte Frau im 4. Stock gegenüber wird ihn dabei durch die schräg gestellten Lamellen der Jalousie beobachten können.

KERZEN UND ROTWEIN. Der Rotwein wird ausgetrunken werden. Die Kerzen werden weiterbrennen.

KITSCH. Sobald er etwas über seine Gefühle sagen wird, wird es kitschig werden. Sie wird es sich nicht anmerken lassen, sich aber diebisch darüber freuen.

KLÄRENDES GESPRÄCH. Danach wird es außerordentlich guten Sex geben.

KOMM BALD WIEDER. Eine Prostituierte wird ihren Freier mit Handschlag verabschieden.

LINGERIE. Ein Mann wird dasselbe Nachthemd in zwei unterschiedlichen Größen kaufen.

MAI. Ein Ingenieur wird die Frequenz von Discobesuchen erhöhen.

MELISSE & ORANGENBLÜTE. Wenn das Beruhigungsschaumbad eingelassen wird, wird es für Beruhigung und Entspannung längst zu spät sein.

NEST. Der erste Herbststurm wird es aus den Zweigen reißen.

NOTARZT. Trotz aller Bemühungen wird die Angebetete sterben.

OFFENE TÜR. Ein verlassener Mann wird seinen Fuß reinstellen.

PARK. Ein völlig durchnässter junger Mann wird in der Nähe seine große Liebe besuchen. Sie wird ihm einen Kakao bereiten und sich, für beide überraschend, nackt ausziehen.

PRALINÉS. Nicht nur, dass sie Schokolade über alles liebt; darüber hinaus wird sie etwas brauchen, um den schlechten Geschmack loszuwerden.

PROZENTRECHNEN. Ein unglücklicher Mann wird denken, wie sehr es sein Leben verändern würde, wenn viele Mädchen nur 15 Prozent hübscher wären.

RACHE. Er wird ihre Kakteen vertrocknen lassen. Und die Habseligkeiten, die sie bei ihm im Keller untergestellt hat, auf den Sperrmüll stellen.

RASENMÄHEN. Aus dem gekippten Fenster im ersten Stock eines Einfamilienhauses wird ein Vater die rhythmischen Schreie seiner Tochter hören.

REGEN. Jetzt, wo sie nicht mehr da ist, wird der Regen für ihn klingen wie tausend Tränen, die hart auf die Blätter der Bäume aufschlagen und zerplatzen.

REGENSCHIRM. Eine unerwartet charmante Person wird darunter Platz finden.

ROSEN. a) Eine Trennung wird im letzten Moment verhindert werden. b) Ein Rosenstrauß mit hundert Rosen wird nicht genügen.

SCHLAFPULVER. Zwei Gläser Perlwein werden vertauscht werden.

SCHMUTZWÄSCHE. Darin werden Nasen und Schnauzbärte vergraben werden.

SCHWUND. Ein roter Lippenstift wird auf natürlichstem Weg aus dem Gesicht einer blass gepuderten Blondine verschwinden.

SILIKON. Ein Ehemann wird es sich grübelnd durch die Hand gleiten lassen.

STALL. Ausgerechnet der Dorftrottel wird ein hohes erotisches Potenzial entwickeln und befriedigen können.

TAGESZEITUNG. Dahinter wird ein Mann eine Frau verstohlen beobachten.

TAXI. a) Der Fahrer wird einen Umweg fahren, oder b) Der Fahrer wird so lange in den Rückspiegel schauen, bis er einen Unfall mit einem anderen Taxi verursachen wird, oder c) Wenn der Fahrer sich umdreht, wird es einen gewaltigen Schreck geben.

TRÄNEN. Ein Vater wird leise weinen, als er sieht, wie aufregend schön seine Tochter ist.

UHR. Obwohl ein Kranführer beim Koitieren ein sehr lautes Ticken hören wird, wird er nach vollendetem Vollzug feststellen müssen, dass der Wecker auf dem Nachttisch stehen geblieben ist.

UNSCHULD. Ein junges Mädchen wird einen Kantstein entlanghinken, wobei ihre braunen Zöpflein lustig hin und her schlenkern.

URLAUBSPOSTKARTE. «Alles nur ein Missverständnis» wird darauf stehen.

VOGELFLUGLINIE. Die Krähen werden sich am Abendhimmel versammeln. Ein Mann wird sich das sehr genau angucken.

WÄRME. Eine Hand wird sich an einer Heizkörperrippe festkrallen.

WÄSCHELEINE. Ein Mann wird mit seinen Augen an der feuchten Wäsche hängen.

WALD. Darin wird eine entkleidete Leiche liegen.

WEBSITE. Jemand wird sich die Domain *Sexy Smokers* sichern.

WIESE. Das Summen von Honigbienen wird in ihr ein glückliches Gefühl auslösen.

ZIMMERDECKE. Ein sehr junges Mädchen wird daran starren.

ZUNGE. Eine Zunge wird sich beim Ablecken eines Messers schneiden.

ZWILLINGSSCHWESTERN. Wenn beide zusammen auftauchen, wird man überlegen, welche von ihnen die Schönere ist. Es wird immer dieselbe sein.

### Katja Meyer zu Heringdorf
# Du und ich

Du fliegst gerade zur Hochzeit. Ich sitze vor meinem Bildschirm und denke an dich.

Wir sind im Café. Deine Augen leuchten, du erzählst von Wien. Ein Konzert hast du besucht, moderne Musik, den Komponisten erinnere ich nicht. Die Musik hat dich angerührt. Mich berührt dein Empfinden. Ich möchte deine Hand nehmen, mich an deine Gefühle anschließen, die Wärme spüren, die mit der Begeisterung durch dich hindurchfließt.

Du wärst erstaunt. Du weißt so viel nicht von mir. Du sprichst von dem Quartett, das gespielt hat. Junge Menschen, durchpulst von Rhythmus, hinreißend. Ich muss mich zurücklehnen, einen Kaffee bestellen, eine Zigarette anzünden. Meine Hände beschäftigen.

Du sprichst und deine Lippen bewegen sich. Volle Lippen vor weißen, kräftigen Zähnen. Eine Manie von mir. Münder. Deiner verlockt mich. Ich setze die Tasse an meine Lippen und trinke einen schwarzen, bitteren Schluck.

Du sprichst nicht mehr. Du hast mich etwas gefragt. Dein Blick eine Aufforderung. Was soll ich antworten? Deine

Jacke auf meinen Schultern duftet nach dir. Weißt du, dass mich nicht körperlich fror, als ich dich um sie bat?

«Entschuldige», sage ich, «was hast du gesagt?»

«Ob ich eine Zigarette haben kann.»

«Natürlich.» Ich gebe dir die Schachtel, vermeide jede Berührung. Du bedienst dich, ich gebe dir Feuer, du inhalierst. Der Rauch könnte mein Atem sein.

Du erzählst, du rauchst. Ich schaue dir zu, sehe deinen Mund sich um die Zigarette schließen, diese vollen Lippen, die ich nie küssen werde.

Traian Danciu

# Verhör

Köpfe rollten, Blicke schrien, Wörter seufzten, Körper zerfielen. Splitter eines Fensters. Auf seinen Spuren, hinter seinem Rücken. Treiben lassen sich die Triebe, die Diebe. Ein Fluss, ein Fluid aus Knochen und Gefühlen, dich treibend, mitten durch die niemals werdende Liebe.

Keine Lust? Was soll das? Keine Lust. Worauf denn keine Lust? Auf diese Wörter? Keine Lust mehr darauf? Was haben sie dir getan? Nichts. Keine Lust mehr. Auf diese Menschen, auch nicht mehr? Nein. Auf diese Frau? Auf ihre Vagina. Was ist mit der anderen Frau? Sie will mich nicht, sie nicht. Warum? Warum was? Warum keine Lust auf andere? Auf Wörter? Sie will mich nicht, habe ich schon gesagt. Was hat das mit den Wörtern zu tun? Welche Wörter? Die, auf die du keine Lust mehr hast. Ach, ja. Damit begann alles. Was versprach sie dir? Liebe? Liebe. Und die Andere, was wollte die? Liebe? Liebe. Was hat sie dir getan, warum hast du keine Lust mehr auf sie? Sie war eine Vagina und nun ist sie nur noch das Wort: Vagina. Ich habe keine Lust mehr auf Worte, weder auf kleine noch auf große Worte, weder auf Worte noch auf Wörter. Aber was hat das Wort mit der Vagina, mit der anderen zu tun? Das verstehst du nicht. Also, ich rekapituliere für uns. Du hast keine Lust auf Wörter und auch nicht auf die Frau, die keine Wörter für ihre Liebe gebraucht hat, aber auch nicht auf die Frau, deren Zunge die

Wörter vergiftet hat, da du sie liebst und, überhaupt, du hast keine Lust mehr auf andere. Richtig? Richtig. Und, bitte ... wer soll daraus schlau werden? Wirst du? Ich liebe sie. Deswegen keine Lust mehr auf eine feuchte Reise in das Innere, deswegen keine Lust mehr zu sprechen, Wörter zu suchen, keine Lust, dein Haus zu verlassen, sich zu zeigen, sich auch nur dem Spiegel, dem eigenen, zu zeigen ... Sollte ich das verstehen, verstehe ich nicht, wieso es so lange Zeit anders möglich war. Wie konntest du die wortlos liebende Frau lieben. Wieso? Wie? Bist du ein anderer geworden? Nein.

Mensch. Menschsein. Ein Widerspruch? Lust. Unlust. Ein Widerspruch? Liebe. Entleerung aus dem Inneren. Widerspruch! Man sieht das ein. Wort und Mensch und Lust. Eine Kette sündhafter Ereignisse. Man traf ihn überall an, in jedem Kaffeehaus, in jedem Klub, auf jeder Lesung, auf jeder Beerdigung. Die Stadt war voll von ihm. Sein Gesicht zerrte die Gegenwart. Er war es, der die Herzen hoch schlagen ließ, dessen Worte mit schmerzlicher Sehnsucht erwartet wurden. Jedes Ohr hielt inne, um seine Stimme zu hören, jeder Blick versüßte sich, verblasste in seinem Antlitz. Die Frauen an seiner Seite wechselten wie Schuhe. Sogar sein Eau de Toilette blieb länger an seinem Hals haften als die Frau, die eben noch da war. Die Lust der Frau verkörperte er. Die Lust des Ohres, er, die Lust der Zunge, er, die Lust der Wörter, er. Neiderfüllte Blicke, krumme Gedanken der Anderen, die um ihn schwärmten, begleiteten seine Schritte. Wie macht er das? Wer ist er? Wie ist dies möglich? Man konnte nicht ohne ihn. Man war sein Gefangener. Die Lust, die eigene, hielt jeden gefangen in seiner Nähe. Seine Haut ließ eine unsichtbare, geruchlose Substanz frei, die ihre Wirkung tat. Es wurde gemunkelt, um drei Ecken geflüstert. Er ist kein Mensch, er ist nicht von dieser Welt. Einige suchten süchtig seine Begleitung. Einige schmiedeten Pläne, ihn zu entfernen, zu zerstören, zu töten. Er nimmt uns alles, was wir haben, alles, unsere Frauen, unsere Kinder ahmen ihn nach, unsere Mütter sprechen von ihm, seinem Antlitz, seiner Sprache. Die Lust der Mütter, die Lust der Söhne und die der Töchter, die mörderische Lust der Männer und die ungezügelte Lust der Frauen.

Köpfe, Blicke, Wörter, Körper, Splitter eines Fensters. Auf seinen Spuren, hinter seinem Rücken. Treiben lassen sich die Triebe, die Diebe.

Wie kam es dazu, bei einer Frau, bei dieser einen Frau so lange zu bleiben? Wieso hast du ausgerechnet sie gewählt? War sie anders als all die anderen waren? Sie wusste nichts von Lust.

Sie sah ihn an, strich ihm über die Wange. Sie sagte zu ihm: ich bin dir bestimmt. Ihr Blick verdunkelte sich. Ich bin eine Witwe. Sie hat ihren Gatten umgebracht, selbst, mit ihren zarten Händen. Hände eines Mörders. Hörte man sagen. Diese Gedanken wurden wieder laut, als sie an seiner Seite ständig zu sehen war.

Sie hatte keine Lust und keine Wörter. Sie schloss jedes Mal die Tür hinter ihm und fiel auf das Bett, geschlagen, wie ein erschöpftes Tier. Sie hatte keine Lust, sie hatte keine Wörter, sie öffnete ihr Inneres und ließ sich drei Finger durch die kleine Öffnung in die Seele stecken. Sie verlor einen Ehemann und verlor ihre Seele. Sie war gleichgültig.

Aber du, dessen Lust tiefer war als jedes Wort und mit deiner Gestalt durch die Straßen lief, bist an dieser Frau stehen geblieben, hast mit ihr Bett und Schritt geteilt, Stunden, die Zeit der Lust. Wieso? Verstehe ich nicht. Sie war anders. Sie suchte nach ihrer Seele. Ihre Vagina öffnete sich, um an die Seele gelangen zu können. Wortlos. Der Kopf schmerzt und

## Verhör

dann weißt du, dass du ihn noch hast. Der Kopf, der nicht mehr schmerzt, ist verloren. Sie wusste, was sie wollte. Ich verbrachte eine Weile im Bad, bevor ich zu ihr ging, sie umarmte und mit den drei Kuppen meiner Finger ihre Seele berührte. Verlust macht stumpfsinnig. Man braucht keine Worte, sie berühren nichts mehr: Organisch wird die Berührung und die Lust verwandelt sich in dunkle Notwendigkeit. Keine Seele keinen Sinn. Hast du sie begehrt? Fandest du sie schön? Begehrt.... schön.....? Nein. Sie war eine stumme Öffnung. Was ist mit deiner Lust? Was hast du mit deiner Lust gemacht, währenddessen? Die Lust, die jede Menschenseele erregte, so viele Gefühle in fremden Körpern erwachen ließ. Bevor ich mich zu ihr legte, streichelte ich meine Phantasie mit Bilderfetzen einer Realität, die ich schon längst nicht mehr lebte, Gebärden einer Lust, die ich verspürte, aber nicht mehr auszutragen wusste. Wie ist das möglich? Hast du in der Zeit geschrieben? Jetzt schreibst du nicht einmal. Ja, hatte ich. Hattest du Lust also auf Wörter? Damals noch. Nein, die Wörter hatten Lust auf mich. Also, du hattest dich selbst angefasst, dir Phantasien herbeigeholt, deine Lust beflügelt, und vollkommen leer begabst du dich neben diese Frau. Nein. Vollkommen. Nicht leer. Die andere Frau, die Frau, die mit ihren Wörtern kam, die dir die Lust auf Wörter stahl, hattest du sie damals schon gekannt? Ja, irgendwann traf ich sie in dieser Zeit. Dachtest du an sie, während du in der anderen die Seele suchtest? Ja. Gehörte sie deiner Phantasie? Meiner Phantasie gehörte sie, ja. Wem gehörten die Wörter? Die gehörten ihr. Wie konntest du so an dir werkeln lassen? Was hatte sie, was weder die Andere hatte, noch die vielen anderen. Gut, verstehe, die Andere hatte keine Wörter, war stumm. Wortlos. Aber die anderen, sie hatten doch Wörter. Viele. So viele Wörter für ein und denselben Menschen habe ich nur selten gehört. Was hatten ihre Wörter und die der Anderen nicht? Worte! Sehnsucht. Meine Sehnsucht hatten sie. Worte, die Liebe verkörperten, meine Liebe, meine Sehnsucht. Meine Sucht. Deine Lust? ... Ja. Also, du schliefst mit einer, aber die Gedanken flogen zu der Anderen, richtig? Nein. Meine Gedanken flogen nirgendwo. Was ich fühlte, flog, das Gefühlte, die Gedanken umkreisen die Wörter, die Realität, um sie zu begreifen, sie festzuhalten. Der Anderen berührte ich die Seele, ich schlief nicht mit ihr. Nein. Ich konnte nicht mit ihr schlafen. Damals schrieb ich. Ich stand im Bad eine halbe Stunde, vielleicht länger. Danach ging ich zu ihr, legte mich zu ihr und berührte mit den Fingerkuppen ihre Seele, durch die Öffnung. Danach, mit den gleichen Fingerkuppen, schrieb ich. Die Wörter der Anderen. Sie war wortlos. Sie ließ mir die Phantasie und die Wörter, die Ruhe der Nacht, um tippen zu können, unerhörte, ungeschriebene Worte, auf die schwarze Tastatur geschlagen. Wussten die Frauen voneinander? Welche Frauen? Wie, welche? Na, die beiden, die eine und die Andere, die wortlose und die geliebte! Es gab keine zwei Frauen. Was erzählst du mir da? Natürlich gab es zwei Frauen. Natürlich ...

Köpfe rollten, Blicke schrien, Wörter seufzten. Treiben lassen sich die Triebe.

Sein letztes Buch hing unter seinen Augen. Es war schwarz gebunden und weiß beschriftet. Es passt nicht. Nicht schwarz weiß. Was für Idioten. Diese Graphiker. Verstehen gar nichts. Wieso passt es nicht, wieso sind die Graphiker schuld? Egal, egal, egal. Es kommt auf die Unkunst an, auf die drei Finger, die sich langsam vertiefen, um in die Seele zu dringen. Auf die gleichen Finger, die mir die Freiheit garantierten, mir die Liebe näher brachten. Auf diese

## Verhör

Worte, Wörter, die in immer werdender Suche sich verlieren. Sie wurden als Worte geboren, ich habe sie zu Wörtern gemacht. Aber man kann kein Blut zu Wasser machen. Doch! Wenn man es immer weiter verdünnt ... tja, dann hat die Realität es zu Wörtern verdünnt. Sie sind nur ihr Echo. Das Echo ihres Schmollmunds, der sie mir unzählige Male ins Ohr flüsterte: lösche das Licht. Lass das Licht an. Der Liebe keine Zelle verfallen zu lassen, ohne dem Verfall selbst beizuwohnen. Lass die Finsternis der Sonne und des Mondes uns umhüllen, eins sein.

Körper zerfielen. Splitter eines Fensters. Auf seinen Spuren, hinter seinem Rücken. Köpfe rollten, Blicke schrien, Wörter seufzten. Treiben lassen sich die Diebe.

Gespreizte Beine. Der Kopf produziert. Gespreizte Blüten einer Rose. Gespreizte Flügel umarmen die angenommenen Worte. Der Kopf produziert. Er ist noch da. Auch wenn längst verloren. Die Hand drückt sanft zuerst und danach wuchtig ihre Finger um die Fleisch gewordene Liebe. Die Kacheln trugen ihr Gesicht, die Dämpfe der Phantasie stießen sich durch die Hand in die Realität hinein. Minuten lang die Freiheit schlürfend, die Freiheit, die geliebte, versprechende Frau zu lieben. Die drei Finger steif und geradewegs in die Seele gebohrt. Das Klappern der Tastatur, die Wörter, die die Freiheit über die Realität hinaus verlängern sollte, über die Nichtliebe, die Kunst, die Obsession hinaus verschieben sollte. Küsse durchnässten den Traum, das klare Bild der Anderen, die Finger, rissen sie aus dem zerfließenden Gewebe. Die Kacheln werden zu Puzzleteilen eines im Gedächtnis verlorenen Gedichts. Schnee fällt vom Boden zum Himmel. Der Kopf ist noch da, das Bild, eingeschneit, sammelt sich in dem Echo der Worte, der Liebe. Die Ohnmacht. Der kurze Gedanke an die Freiheit, davor und danach, und an die wahre, währenddessen ließ sie die Muskeln zucken, die letzte Regung der Phantasie, die letzte Verschiebung der Finger, aller. Nur die drei blieben immer gerade, getrennt von der Haut, von der in Flammen aufgegangenen Rose. Ein Fluss trennt und reißt mit. Der Frühling kommt nach, der Frühling schmelzt und das Wasser trennt.

Schwarzweiß. Schnee mit Liebe. Liebe im Schnee. Dazwischen, zwischen der schwarzen Pappe und der weißen Druckschrift, die Lust findet ihr Wesen: Ein Fluss, ein Fluid aus Knochen und Gefühlen dich treibend mitten durch die niemals werdende Liebe.

Bist du der Gleiche? Bin ich der Gleiche? Wer hat dich hingerichtet? War es die Lust, waren es die Wörter, war es die Freiheit, die Phantasie, die Seele? Niemand. Irgendwann konnte ich nicht mehr und fiel vom Boden zum Himmel wie Flocken Schnee in das erwärmte Gras.

### Barbara Bongartz/Alban Nikolai Herbst
# Wyltte Briefe voll Sauvage

*Solange Sauvage*
11, rue de *Savoie*.
75006 Paris

(ja, ich habe wieder einmal Glück gehabt! Gott ist gut zu mir, was nur auf einer Verwechslung mit dem Teufel beruhen kann oder seinem schrecklichen Hang zur Besserwisserei, er lässt mich meinen Schaden später noch finden: *Wenn Gott Dich strafen will, erfüllt er Deine Wünsche ...*, meine Wohnung in Deutschland belegt, und ich kampiere bei den Franzosen.)
und dann wieder
*c/o Madamchen*

        am Vorabend des herannahenden Herbstes,
        eingewickelt in fünf Meter hochflorigen
        tiefroten Samt und: Stille.

Mein Bruder,
mon cœur, mon amour, mein Herr, Monsieur, Sire, darlingissimo, Sie Affe, Sehr geehrter ..., Verehrter ..., Sie verdammtes Schwein, Mein armer Hund oder wie ich Sie in unseren Vergangenheiten schriftlich auch anzureden beliebte und manchmal sogar gar nicht, sondern springend direkt inmitten der Sache lag, und Sie es sich, das muss ich Ih-

nen lassen, meistens gefallen ließen, wie genau die jeweilige Anrede (oder ihre Unterlassung) den Rest meines Briefes auch prägte (und den Ihren nach sich zog) und wie sehr ich Ihnen schrieb! – verzeihen Sie nun diese, aber durch den Anfang müssen wir bekanntlich immer hindurch oder zumindest die Öffnung durchschlüpfen, die wir niedlicherweise immer noch so nennen: *Anfang*, um ans Tageslicht zu gelangen. (*L'origine du monde* – sonst sieht man ja nichts: wussten Sie, dass so ein Arschloch das Bild Jahrzehnte lang gebunkert hat mit einem Vorhang davor? Wahrscheinlich, damit ich es nicht finde: Mein Bild! Aber ja, der Vorwurf der dort einzusehenden Möse gehört mir, erwähnte ich das nie? Haben Sie etwa *immer* die Augen zugemacht, Sie Aff!?)

Ich wünsche tatsächlich, Jahre zu schlafen, aber es ist niemand in der Nähe, der über mich wacht: Erzählen Sie mir, mein Bruder, was sie mit sich gemacht haben werden, diese Menschen in ihrem Verschiebungswahn: Würden Sie nicht sagen, sie werden Stein und Fleisch zu einer unlösbaren Masse vermengt haben, als hätten sie alles erst verbrennen müssen und dann die Asche verbacken, verbrannte Existenz ihr Beweis?

Ich kam nach Haus, was immer das heißt, und sehnte mich plötzlich nach Ihnen, mein Bruder. Wie mir scheint, ist es immer häufiger so, dass ich zuerst ein Bild vor Augen habe, ein mir unbekanntes, und dann zu fühlen beginne. Ich werde demnächst einen Spezialisten konsultieren, um mich neu einstellen zu lassen: Einen neuen Namen immerhin habe ich schon. Wie gefällt er Ihnen? Hätten Sie mich dahinter vermutet? Glauben Sie, dass Begehren Widerstand sei?

Ich habe so unendlich lange nichts von Ihnen gehört (ich glaube, der letzte Ihrer Briefe datiert von vor 50 Jahren), und um ganz ehrlich zu sein: Sie haben mir gefehlt. Worin Sie mir gefehlt haben, kann ich Ihnen sicher gar nicht sagen, und wenn ich es sagen könnte, wollte ich es sicher nicht. Sie werden sich erinnern oder auch nicht, dass von Beginn an unser Verhältnis, nein, leider nicht auf Vertrauen, sondern auf Versicherungen der Gewissheit beruhte, wenn man überhaupt von Ruhe wirklich sprechen kann, bei Ihrer verdammten Gier.

Unsere Basis war und ist zweifelhaft. Insofern müssen Sie es mir verzeihen, wenn ich hin und wieder «sicher» schreibe, gewiss, es gehört einfach dazu, ist gewissermaßen der Ort, an dem wir aufeinander trafen, ich in aller Unschuld – Sie in Ihrer verdammten Abhängigkeit.

Haben Sie Ihr Medikament genommen? Es hat mit der Tageszeit zu tun und meinem Hang zum Konkreten, dass ich erinnere, jetzt, Sie werden es genommen haben, auch wenn ich nicht weiß, um welches es sich im Augenblick handelt. Sie mögen bitte daran gedacht haben werden, dass ich, schlimmer als gemeinhin Menschenfrauen, zu romantischen Exzessen neige, jede Gewissheit wird dabei arm, die Geständnisse und innigen Behauptungen aber werden umso reicher.

Man hat mich letztens deswegen sogar eingebuchtet. Was wiederum zeigt, wie wackelig ich in den Zeiten der Menschen geworden bin, sodass ich Gegenwart und Vergangenheit nicht auseinander halten kann. Immerhin hat Gegenwart einmal den Raum bedeutet, in dem wir uns trafen, das Einzige, worin sie für mich sicher von meiner Vergangenheit, die Ihre Zukunft ist, auseinander zu halten war … Der Anfang der ganzen Sache war ziemlich lächerlich. Nachdem ich meinen letzten Liebhaber verlassen hatte (Mensch, ja, ganz und gar, nicht einmal ein Hauch von Wiedergänger, oh, verdammt, wie anstrengend diese Kerle sind, und wie scheu die werden, wenn ich zubeißen will, Sie sollten einmal sehen, wie die schrumpfen an Verstand und Schwanz), fuhr ich zurück in mein Hotel und hatte meine Zimmernummer vergessen. Nun wissen Sie und ich, dass selbst unser Leben kaum noch ohne eingespeiste Codes funktioniert. Ich kam damit durch die Eingangstür, dann aber beharrte ich trotzig auf der falschen Zimmertür, und nach einer halben Stunde kam das Wachpersonal – inzwischen bin ich nicht mehr sicher, ob es nicht Vigilanten waren, ohne dass sich vor oder hinter der Tür etwas getan hätte. Nicht einmal, dass jemand laut um Hilfe schrie.

Nun werden Sie mich gewiss fragen, was ich eine halbe Stunde vor einer Tür tat, die nicht antworten wollte. Und das ist genau der wunde Punkt an der Sache, oder besser an mir: Mein chromosomatisches Gedächtnis, das ich jenseits allem, was ich hingeben musste, doch behalten habe, legte alle anderen Zellen lahm. Ich dachte, gewiss und sicher zu sein, weil ich bereits im Romantisieren begriffen war, und je mehr die Zeit fortschritt, desto heftiger wollte mein Vergnügen, dass ich eintrat, obwohl ich nicht konnte. Ich war sicher im wahrsten Sinne verbohrt, kurz davor, sogestalt durch das Türschloss zu kriechen, aber ich musste feststellen, dass es kein Schlüsselloch mehr gab. Genau daraus dann hat man mir auf der Wache einen Strick gedreht: Ich sei betrunken, sagte man mir, und ließ mich blasen – in ein Röhrchen!, denn es ist inzwischen verboten, betrunken irgendwo zu stehen, wussten Sie das? Sogar in geschlossenen Räumen. Ein neues Gewitter des amtierenden Kanzlers, der sich nächstes Jahr zum König krönen lassen will – oder war es zum Kaiser? Ich war immer schlecht in Hierarchien. Wie man Türschlösser, Schlüssellöcher behaupten könne, sie bemühten sogar das Internet, um zu sehen, ob ich von etwas sprach, das es jemals gegeben hatte. Sodann attestierte man mir, entweder aus einem anderen Jahrhundert gekrochen zu sein (Wie wahr, wie wahr und endlich!!!) oder vollkommen dem Wahn erlegen (Was für eine Beute! Was für eine Lust!), alte Verhältnisse wieder einführen zu wollen (Und wie!), militant (Mehr noch: Gewalt!), und deswegen musste ich sitzen. Sie wissen, dass mein Fleisch sich dafür nicht eignet. Keine Ahnung, warum ich noch lebe, vielleicht der Pakt mit meinem alten Freund.

Ich gestehe, dass ich Sie bereits in dieser Nacht schmerzlich vermisste. Wenn es auch keine Konsequenzen nach sich zog. Gefühle sind manchmal so kurz und in jedem Fall unberechenbar. Schmerz, wieder so etwas, das einst in unserem Rahmen lag, nein, ehrlich gesagt, ja eher in dem Rahmen, in den ich Sie ungefragt setzte. Und Lust. Wie sich das mit Gewissheit und Sicherheit verträgt, wissen wir beide. Eben nicht.

Wollen Sie die ganze Geschichte? Erinnern Sie sich, mein Gott, Sie Gnom, der sich so schön machen kann wie der Klon von fünf Gestirnen auf einen Wurf, Sie müssen einfach einmal lernen, sich zu erinnern! Wenn das nicht irgendwann einmal bei Ihnen klappt, dann können wir unsere Verbindung wirklich für immer begraben, dann ist nichts mehr, was wir vögeln könnten außer Schlamm, wir haben doch nur diese dreihundert und etwas Jahre, die uns verbinden, und das ist nun einmal, verdammt, komplett gefasst nur in der Erinnerung, ja, ich weiß, wie Sie das schmerzt, zurück, zurück, Sie wollen das nicht, Sie wollen immer nach vorn.

Sie haben sich rumgetrieben ohne mich. Ich weiß, dass der letzte Aufenthalt in Atlantic City Sie hart getroffen haben wird. Ich habe Ihnen direkt geraten, Sie sollten nach Havanna reisen. So zu jammern! Das war kein Stil. Ein Mädchen? Ich bitte Sie, für die Masern sind wir beide zu alt. Kommen Sie mir nicht damit, Sie hätten es nicht vorher gewusst. Ich habe meinen einzigen Abend im Gonville, sprachlos, noch in guter Erinnerung (einschließlich dieser Massen von *Crème*, die alle aßen und Sie mit denen, nur um menschlich zu wirken, das Einzige wirklich, was in England genießbar ist, von diesem gruseligen Portwein will ich erst gar nicht reden!). Danke, mein Gedächtnis funktioniert bestens, jenseits des Ihren, das Sie angeblich, wie ich von anderer Seite hörte, an ein Institut in der Schweiz verscheuert haben, Himmel, mein Lieber, so alt bin ich, so jung sind Sie nun doch noch nicht, dass wir es uns leisten könnten, ohne Gedächtnis zu sein und den bis dato funktionierenden Apparat an die Logik des Wissens zu verschachern. Oder fangen Sie wirklich ganz von hinten an? Wie machen Sie das?

Nein, halt, jetzt gehen Sie nicht gleich. Dreihundert und ein paar Jahre, das schaffen wir doch! Das kann doch mehr als schmerzhaft nicht sein. Ein bisschen Auseinandersetzung! Denken Sie an den Gewinn. Denken Sie einmal an etwas, woran Sie denken können und ich nicht. Und nehmen Sie dabei die Pfoten von Ihrem Schwanz. Das ist doch immer unsere Stärke gewesen, dass Sie als Mann, na ja, in der Gestalt eines Mannes, sagen wir mal, Dinge vorstellen konnten aus der Zukunft, die mir als Frau (in der Gestalt einer Frau) aus der Vergangenheit heraus verschlossen sind. Mir liegt der Wahn vom Ursprung der Welt im Schoß und Ihnen der Wahn von ihrem Ende in den Genen. Da kommen wir her, da gehen wir hin. Alles andere ist Prothetik. Kneifen Sie nicht oder sich. Ich versichere Sie nach wie vor meiner Zuneigung, sie ist vielleicht ein bisschen angestaubt, aber durchaus wieder zu beleben, jenseits des Placebos, das Sie nun dort tragen, wo sich einmal Ihr Erinnerungsvermögen versteckte. Strengen Sie sich bitte doch ein kleines bisschen an. Die Menschenwelt ist arm an Begehren, ich versichere Sie, und voll von kriegerischem Neid … *Ich beschwör euch, ihr Töchter Jerusalems* … Nichts, worauf man sich nachts legen kann. Nicht einmal auf einen Mann. Überall dieses miese Pack, und niemand, der Nachtwache hält. Aber ich lecke immer noch gern Ihr Blut. Und Sie schrieben mir einst in den Worten der Odile Franz: *I love the dust, I love the dawn, I am not interested in the time inbetween.* Natürlich, es ist gemein, jemanden auf Jugendsünden festzunageln.

Was, mein Aff, denkst Du? Macht Dich das nicht ein bisschen an, der Welt die Welt noch einmal darzureichen? Die Menschen brauchen uns. Sie sind am Ende. Und meine Möse braucht nach all den trockenen Jahren und all der Flüssigkeitsverschwendung an die Menschen Deinen Schwanz.

Sei nicht verwundert, mein Julian, dass ich Dich aufgespürt habe, komm zu mir zurück!

Sehr            Votre sœur

PS: Ich muss um Verzeihung bitten: Liebschaften, der Abend im Gonville! Ich habe mich vertan, es war nicht vor dreihundert und etwas Jahren, es waren fünfhundert. Meingott, ich bin in konkreten Daten einfach schlecht. Ich habe immer auch alle Termine durcheinander geworfen, zu denen ich einen Menschen geheiratet habe. Darin wenigstens waren Sie klüger als ich.
PPS: Ich küsse Sie. Vollkommen unverbindlich, und, wie ich gestehe, schamhaft, nein, nicht schamhaft: scheu. Wie beim ersten Mal.

*Julian Katzner-Wyllt*
*Derzeit Berlin*  Im Fluss, den 555. Baghajei 12906

Geliebte Solange,
ich werde Sie beim Vornamen nennen, solange Sie vage bleiben. Und ich erinnere mich gut an unsere letzte Begegnung, unsere letzten Begegnung*en*, muss ich sagen, doch bin ich imgrunde gar nicht bereit, mich wieder einzulassen mit Ihnen. Zu sehr außer aller Haut haben Sie mich damals verlassen ... nun gut, ich Sie, das stimmt, und dennoch war es anders. Was hat Ihnen jetzt die Frechheit verliehen, mich aufzustören in meinem Schlaf? Nein, im eigentlichen – menschlichen – Sinn geschlafen hab ich wohl nicht, meiner Vergnügungen sind es nach wie vor Hunderte, ich spiele nicht so ganz schlecht Dame, aber das wissen Sie ja und werden es mir seinerzeit übelgenommen haben in Ihrer furchtbaren Ausschließlichkeit ... was heißt «übel»?! Sie werden *toben*, ich vergesse das nie und will es auch gar nicht vergessen ... und *Sie* werden zuerst tätlich geworden sein, das muss hier unbedingt festgestellt werden, dass *nicht ich* zuerst zugeschlagen haben werde, sondern dass sie es gewesen sein werden, ihre Krallen aus den Zehenfalten schnellen zu lassen ... Dennoch, ich verstehe, dass Sie mich beschimpfen und mir Ihre geplatzte Lippe bereits heute verübeln ... also ich geb es zu, dass ich unbeherrscht gewesen sein werde, dass ich unbeherrscht *bin*, dass es genügt haben würde, Ihrem Ausholen in den Unterlauf zu fahren ... ja, es stimmt, ich werde Lust gehabt haben, Sie zu schlagen, auch wenn das Blut, als es Ihnen vorschießt, mir einen entsetzlichen Schrecken versetzt, einen Schrecken wie einen Stoß, denn zwar, ob Sie Schmerzen haben, das ist mir egal, nein, stimmt nicht, Sie *sollen* Schmerzen erleiden, – aber Ihre Schönheit verletzen, das werde ich nie-

mals getan haben wollen, noch wollte ich es jetzt; doch werde ich allen Grund zu fürchten haben, mein Schlag sei zu heftig, und einen Zahn büßten Sie ein … denn das Blut wird aus Ihrer Zahnleiste dringen, es wird nicht die Oberlippe gewesen sein, die blutet … die wird bloß angeschwollen sein, mehr nicht. Das verspreche ich Ihnen. – Haben Sie, Geliebte, geglaubt, ich hätte das jemals vergessen? Und ich höre noch, wie Sie das gerufen haben werden, nicht «Sie verdammtes Schwein», wie Sie heute schreiben, aber «Sie Affe!», und auch das wiederholen Sie in Ihrem Brief. Ach, es ist noch so lange hin, bis ich mein Gesicht in Ihren Weltanfang drückte und den Klingelknopf betätigte, der über Ihrem Weltanfang aus den Stores schaut … Nein, Geliebte, auch ich habe nicht vor, über Sie zu wachen … Selbst wenn Sie schlafen, Solange, sind Sie eine gefährliche Frau, Sie sind es dann vielleicht noch mehr als im Wachen, wenn sich der Leib so sträubt, eine Leinwand fremder Wünsche zu sein und stattdessen mit eigenen Wünschen herumspielt. Sie wissen, wie das ausgeht. Und Sie wissen genau, dass Sie es provoziert haben werden. Warum stöbern Sie mich also auf? Mein Name bietet sich erfolgreichen Recherchen doch wirklich nicht an … außer vielleicht das Wyllt darin, das ich aus lauter Eitelkeit habe stehen lassen. Man will doch nicht *ganz* unidentisch leben. Was bleibt denn meiner Identität außer dem bisschen Narzissmus, das ich aus Ihrer Zukunft heruntergerettet habe? Ich werde ihn brauchen dereinst in meinem Übermorgen, das Ihre Vergangenheit ist. Ich werde dann jünger sein, als heute Sie sind, aber was tun schon – da haben Sie Recht – die paar hundert Jahre? Und sowieso, warum erzähl ich Ihnen das? Sie werden mir ja doch niemals glauben, auch nicht die Herzschwäche … so sehr Sie sich – Sie sind geschickt, fürwahr! – nun auch nach meinen Medikamenten erkundigen.

Geschickt und übergriffig, mit Verlaub. Was gehen Sie meine Zipperlein an? Es werden bei mir immerhin weniger, bei Ihnen – ah, ich genieße diese Vorstellung, sie macht mir ein wundes Gefühl unterm Gaumen – werden es mehr werden und mehr … und indes ich zunehmend mich ermuntere, werden Sie, Geliebte, vergreisen. Das ist nun endlich einmal gerecht. Wenngleich ja niemand gesagt hat, dass es gerecht zugehen müsse in der Liebe, es geht in ihr, *weil ihr das so gefällt*, eher ungerecht zu … sozusagen nach Katzenart vorm Zubeißen zu Tode spielen … *Sie* wissen genau, was ich meine. Also: Was wollen Sie von mir?! Und was ist das für eine Geschichte von vergessenen Zimmerschlüsseln? Haben Sie *mich* treffen wollen? Dass ich nicht lache! Ich will Sie nicht treffen, Sie haben Recht, bevor fünfhundert und nochwas Jahre vorüber sind, weshalb erzählen Sie also einen sich derart widersprechenden Unsinn? Sie haben sich keine Spur verändert! Immer noch verwechseln Sie mich, was meine Eitelkeit so schmerzt, dass ich am allerliebsten ein zweites Mal ausholte mit der Hand … aber ich weiß, heute würden Sie den Schlag noch genießen und lächeln … Sie täten den Teufel, mit dem Sie herumbandeln, bis ich Sie kennen lernen werde … täten den Teufel, mir bereits heute Ihren Schmerz zu zeigen, sondern würden *lächeln über den Mann in mir*. Also meinen Schlag als einen Rückschlag meiner Gene verspotten. Jaja, ich lese Ihre unverschämten Zeilen schon richtig. Sie haben, wie alle Frauen, eine Neigung, die Männer invers zu besiegen, aber bei Ihnen ist das nicht passiv, sondern ein AKT. Sie wollen Frouwenschaft, Solange, und differenzlose Macht. Man muss sich deshalb von Ihnen dringend fern halten … mit Ihren Nerzen, Ihren tausend Koffern, all diesen Masken, die Sie wie Strumpfbänder tragen, wie push-ups, wie Hemden und T-Shirts, die versehentlich absichtsvoll nass

werden (vom Regen, von einem verschütteten Glas Wein, was weiß ich ...), sodass die Höfe, die um Ihre Brustdornen leuchten, den Stoff durchschimmern ... fantastische magellansche Wolken, die mich, wie in strings, in sich verwickeln und fesseln ... und wehrlos, so wie Sie's wollen, lieg ich dann da.
Nein.

10.30 Uhr
Ich musste hier weg –: «Nein.» schrieb ich zuletzt. Und ergänze vage: «Du Sau, nein!» («Sie Sau» lässt sich nicht schreiben, wieder einmal sind die Männer im Nachteil.) Ich *will* Ihnen nicht antworten! Ich will mich nicht eine Sekunde länger mit Ihnen befassen. Und dann noch!: Außerdem!: *l'origine du monde* und dann schon das!: «Ding an sich», dass ich nicht lache! Denken Sie etwa, ich merkte nicht, wie Sie meine Terminologien, meine Metaphern und mein sexistisches Weltbild (das tatsächlich kein schlechtes Modell ist für Welterklärung) ... dass Sie das – um einmal gänzlich unmodern zu sein: – expropriieren? Weshalb wollen Sie meine Methodik so nackt? Sich selbst ziehen Sie an mit zwanzigfachem Geflimmer und Gefirlefanze, Sie können gar nicht genug Gesten an Ihrem Leib tragen (und ganz gewiss sind die Halos, von denen ich vorhin geschrieben habe, nicht echt, sondern gemalt, und das T-Shirt *sieht nur* nass *aus* ... wahrscheinlich werden solche Blusen und Hemden wie stonewashed Jeans bereits fabrikseits geliefert), und jeder, der Ihnen begegnet und Ihnen irgendeinen Eindruck macht, wird zu Mir, und Sie verwechseln mich, indem Sie mich mit Ihm bekleiden ... Ich erinnere mich, wie ich einmal, es liegt vielleicht zweihundertachtzig Jahre zurück, für Sie also noch zweihundertachtzig Jahre in der Zukunft, – wie ich einmal

in Ihrer linken Achselhöhle geschlafen haben werde. Mir wird kalt gewesen sein. Ich werde Sie bitten, mich zu wärmen. Sie werden nicht hören. Sie hören ja nie. Ich aber höre gut. Ich werde hören, wie Sie von mir als einem andren träumten. Auch dieses Mal von Oberon? Wie ich das verabscheuen werde! Zumal Sie sich streicheln werden dabei. Das erst wird mich frösteln machen. Aber ich werde von Ihnen gelernt haben. Und wie Sie immer an meiner Haut zerren werden, so ich an den Härchen, den in dieser Nacht nachwachsenden Stoppeln, werde immer heftiger ziehen und mir Ihr herausgezerrtes Achselhaar um den Leib winden. Darin eingewickelt, werde ich schlafen. Und wenn ich erwache, wird es *kein* Traum gewesen sein. So einfach mach ich es uns nicht. Und wieder einmal werden Sie – ich muss das so zeitgenössisch formulieren – *sauer* auf mich sein. Geliebte, Sie sind einfach zu ernst. Und Ihr Brief zeigt zu meinem Bedauern und Entsetzen, dass Sie es auch bleiben.

12.10 Uhr
Ich habe noch einmal den Ort gewechselt und noch einmal Ihren Brief gelesen. Und erst jetzt ist mir aufgegangen, *wie* vereinnahmend Sie sind … immer noch und vielleicht sogar mit Nachdruck, als wären Sie mit den Jahrhunderten nicht klüger und toleranter, sondern unbedingter und rücksichtsloser geworden. Ihrem Wunsch nach Verschmelzung geb ich nicht nach, ich pisse drauf, Madame! Ich beharre auf meinem Distinktsein. So ist das hier der Geschlechterkampf an sich, Sau und vage, eben eben: ich hingegen bin Richtung. – «Geständnisse»? Ich bitte Sie, Solange, was sollten wir uns zu gestehen haben? Ich weiß wohl, Sie werden von mir Zerknirschtheit ob meiner Vielweiberei verlangen, aber ich *war* nie zerknirscht, bedenken Sie bitte, dass ich gerne tu,

was ich tat, ich *mochte* Schwan sein und Stier (allein, Pardon, diese *Hoden*!), und meine Techniken waren – und sind es geblieben – einfallsreich und relativ einschränkungslos: Glauben Sie nur nicht, Danaë werde leiden unter dem Goldenen Regen, *duschen* wird sie, meine Liebe! – Aber Sie denken das ja auch gar nicht, im Gegenteil, deshalb wurmt es Sie so, dass ich noch heut nicht bereue ... zumal Ihr Zahn doch heil geblieben ist, zumal Sie, ich bin sehr sicher, schöner sein werden als je ... Es wurmt Sie, schrieb ich, und wenn wir uns als die Leibhaftigen begegneten, die wir beide nach wie vor sind, die Wurmung würde Ihnen zur heißen Wut, und ich ... ich müsste mich ein nächstes Mal verteidigen. Mir ist aber nach Verteidigung nicht zu Mute. (Vielleicht schreiben Sie mir noch einmal, wenn Sie «neu eingestellt» worden sind ... aber legen Sie bitte ein Attest bei, damit ich sichergehen kann. Dann – und nur dann – können wir meinethalben auch einmal telefonieren. Das ist Risiko genug.)

Ich weiß, wie schmal Sie sich machen können, Sie zwängen sich noch durch die dichteste Fuge, Sie schreiben's ja selbst, und ich glaube Ihnen schon deshalb die Sache mit dem Hotelzimmer nicht. Immer Ihre Projektionen! Aber plözlich hat man nicht nur Ihre Stimme, sondern Sie selbst im Ohr und im Kopf, und das will nicht mehr raus. Sind Sie dann erst mal drinnen, hilft auch zu schlagen nicht mehr ... jede Notwehr würde zur Selbstattacke ... und wirklich ... nein, Solange, Geliebte, Gehasste, *ich will mich nicht selbst verletzen*! Als ich Sie damals geschlagen haben werde, schlug ich mich selbst ... nur deshalb werde ich nicht weiter über sie hergefallen sein, nur deshalb nicht Ihnen das Blut aus dem Gesicht geleckt haben, nicht von den Lippen, nur deshalb werde ich es Ihnen nicht zwischen den Zähnen wegschlecken. Da ich mich selbst geschlagen haben werde, hätte ein solcher Akt etwas bloß Sanitätisches. «Sie Affe!» Auf den Speichelspitzen, die Ihre Wut verspritzen wird, werden schmierrote Tröpfchen hocken. *Schmier*rot, jawohl! Sie wissen genau, was ich meine. Ich werde die violettrosa und blauen Knorpelärsche von Pavianen vor mir sehen und schon deshalb jeden Blick in spiegelnde Gegenstände meiden ... oh ... Solange! – Wissen Sie noch? Das wird – so lange hin, so vage her – auf Anacapri gewesen sein, dann, wenn es dort noch Wildschweine gab und viele vage Säue, die heiligen germanischen Tiere, und Circes Gefolgschaft: Wir wissen ja, wie intelligent dieses Viehzeug ist. Was sollen Zauberinnen mit Hunden, die sie dennoch immer bei sich führen, rot und weiß? Aber ich frag mich auch, was wollen sie mit Nerzen, mit Schrankkoffern, Hutschachteln voller Spyside-Prospekte? Oh, was schreib ich denn hier? Bin ich verrückt? – Indem Sie behaupten, unser Verhältnis sei in Geständnisse gebunden gewesen, fang ich doch glatt zu gestehen *an* ... Sie sind unfassbar, Solange. Sie sind entsetzlich. Lassen Sie mich bloß in Ruhe, ich will nichts mehr von Ihnen hören.

13 Uhr
Es war auch dort nicht auszuhalten. Immerhin habe ich Sie bereits wieder vergessen. Zumal: «Ich gestehe, dass ich Sie bereits in dieser Nacht schmerzlich vermisste.» Was fällt Ihnen ein?! Sie wissen, ich bin nicht eifersüchtig, aber nun s o verwechselt zu werden (Sie w o l l e n mich verwechseln, ich weiß, Sie wollten das i m m e r), ist eine elende Demütigung. Also *wen* trafen Sie in dieser Nacht, *wer* vergaß seine Zimmernummer? Vor *wessen* Tür standen Sie? Haben Sie sich gerächt – rächen *wollen*? – für die Schmach, die mein späteres Ich Ihrer Freundin angetan haben wird? Na ja, *ganz* mein Ich wird der Fürst ja nicht werden, er ist einfach zu ätherisch, und Hufe mag er auch nicht, jedenfalls nicht an

sich selbst. Mein Freund Purcell wird schon Recht gehabt haben, ihn von einem Kastraten singen zu lassen, und der andre, dieses hoch begabte Schwulchen, mit dem ich für den Januar 1959 verabredet bin, auch; aber er wird nicht so involviert gewesen sein wie Henry, den, das wissen Sie genau, Ihre Freundin angestiftet haben wird zu dieser musikalischen Replik. Jedenfalls hätte sich Britten nicht so pikant bezahlt haben lassen von einer, nun ja, Frau. Aber ich gebe zu: *Esel*, das wird schon stark gewesen sein! Sagt man übrigens *dazu* auch bei Eseln «Schlauch»? Jedenfalls standen Sie nicht vor meiner Tür. Ich war noch gar nicht *da*. Ich finde, wenn Sie mir eine Geschichte erzählen, dann bitte so, dass sich prekäre Verwechslungen ausschließen lassen. Ist Ihnen das denn nicht selber peinlich? Ich also soll lernen, mich zu erinnern? Ich sehe allenfalls voraus. Sie hingegen denken immer noch nur an sich und bloß daran, dass Sie aus der Vergangenheit kommen. Selbstverständlich, ich begreife das, Sie hängen an Ihrer Herkunft, ja Sie *sind* Ihre Herkunft in einem gewissen Maß. Aber gestehen Sie mir endlich das Gleiche zu ... und das ist nicht dasselbe, nicht bei mir, der ich aus Ihrer Zukunft komme. Wenn Sie sich bloß einmal darauf einlassen wollten! Dann stießen Sie auch gar nicht auf eine solche Abstrusität, ich hätte mein Gedächtnis einem Schweizer Institut vermacht ... Hätten Sie geschrieben «dem Yoshiwara-Schrein», okay, es wäre immer noch nicht wahr gewesen, hätte mir aber wenigstens entsprochen. Doch: der Schweiz? Madame, das nehme ich als laue und also umso abfälligere Attacke auf meine Potenz. Und also küsse ich protestierend den Ursprung der Welt und ziehe mich in mein von-Ihnen-,-Geliebte-,-für-alle-Zeiten-vergessen-Sein zurück:

Julian

*Solange Sauvage chez soi*          9. Brumaire X.

Pssst! Mais non! Écoutez, Mon Cher, pas comme ça,
taisez – vous au moins un peu. Je vous
demande pardon! Encore.
(So ist es schon etwas besser, nicht wahr?
Ich fange noch einmal von vorne an. Spielen wir! – –)

– und dennoch, ich bin eine Idiotin, mit oder ohne Namen. Wie konnte ich auch nur eine Sekunde daran glauben, Sie zurückzugewinnen? Hoffen. Aber ich habe fast immer an Sie gedacht. – Sie sagen, Sie hätten geschlafen? Aber ja, ich weiß es doch. Und mit wem? Ah, mit allen. Südenaugen. Natürlich. Wie immer. Die alten Geschichten. Tun Sie es weiter, Sie haben doch so viel Kraft!

Ich nahm es Ihnen niemals übel, da irren Sie sich gewaltig. Es gäbe vieles, was ich Ihnen übel nehmen könnte, aber ich tat es nie. Sie haben mir zu viel Freude gemacht, so viel, dass ich fast vergaß, dass – nun ja, darüber wurde meine Liebe brüchig, und mehr als das. Ich musste Kräfte sammeln, aber nicht nur um zu lieben, von neuem, nein, um zu leben!

Ich mag diese bleichen Spielchen nicht, immer fixiert auf die Nacht, kein Antlitz im Spiegel, das einem ähnlich ist, die Müdigkeit, wenn es dämmert, das ewige Herumziehen, wenn es dunkel wird, der Hunger, der einen treibt, die ewige Angst vor einem bisschen Licht, das nicht künstlich ist, DER DURST, und vor allem kann ich die Gesellschaft der Blassen überhaupt nicht mehr leiden. Früher habe ich viel gegen die Sonne gehabt, aber jetzt, da ich neu geboren bin, ist es ganz anders. Ich brauche diese Wärme zuweilen, das Brennen auf der Haut, das ein ganz anderes ist als das des erwartungsvollen Appetits kurz vor der Liebe.

Nein, wirklich nicht. Auch der Geruch von Moder, mein Lieber, schmeckte mir nicht. Es macht einen Pelz auf der Zunge und einen schlechten Atem. Und immer alles voll geschmiert mit Blut, wenn ich getrunken hatte. Sie wissen, dass ich ein Faible für Roben aus empfindlichen Stoffen habe, es gibt immer Flecken, immer war alles vertropft. Zum Schluss ekelte ich mich sogar, wenn ich gerade erst getrunken hatte. Also musste ich erst einmal wieder leben lernen nach Ihrem Schlag, mon amour, was sage ich, Schlag? Als wäre es einer gewesen! Ihre Battements haben nicht auf die Lippen getroffen, mon diable (pas vous) – was für Phantasien Sie haben, haben Sie Hunger gehabt, als Sie den Brief verfassten? – sie gingen fast ins Auge! Dort ist, dem Teufel sei Dank, keine Narbe geblieben, aber unter dem Kinn! Ja, mein Geliebter, der mich nicht mehr sehen will, und also ist dies ein Abschiedsbrief, einer den ich mit echten Tränen nässe, Sie haben mir viel zugemutet. Aber nun bin ich, Sie wieder liebend, von neuem. Und hier.

Ich sei diejenige gewesen, welche? Aber nein, Sie wissen, ich bin eine Frau, und eine Frau fängt niemals an. Vielleicht habe ich Sie dann «Sie Affe!» genannt und vielleicht einmal zu viel, sodass Sie es für ein paar Minuten auch wurden, aber – reicht das, um Sie ewig gegen mich aufzubringen? Sie haben doch gewonnen! Sie haben die ganze Zeit gelebt. Ich nicht. Ich hatte schlimme Jahre.

Gut, Sie wollen, dass ich es Ihnen sage. Aber ja, es ist ein Geständnis, natürlich, und ich habe Ihnen so viel zu gestehen, nein hätte, ich vergaß, dass dieses ein Abschied ist, Sie wollen, dass ich Ihnen sage, warum ich Sie aus Ihrem Alltag zurück in meine Nächte, in meine Tage, in meinen Körper holen will? Weil ich wieder lebe, das ist doch ganz einfach.

Und wie sollte ich denn leben ohne Sie? Mein Leben begann mit Ihnen, mit Ihnen hörte es auf. Nun hat es wieder begonnen und – Sie fehlten mir. So einfach ist das.

Ich kümmere mich nicht um Ihre Schwächen, nicht um Ihr Zipperlein: Mir ist mein Gedächtnis immer noch mein bestes Medikament. Da müssen Sie doch wissen, was ich meinte mit der Medizin. Aber ich will Sie nicht verletzen. Ich gehe jetzt.
Ich bin schon weg.

Ich war schon fort.
Aber bevor wir alles lassen, wo es ist, im Schlamm, muss ich Ihnen doch sagen, dass Ihr Brief mir von außen eine wirklich große kleine Freude machte. Erstens, dass er kam. Ich rechnete ehrlich nicht damit. Zweitens: Wie er gesiegelt war. Ich habe vergessen, wie gut Sie siegeln können, wie gut Sie immer gelten, mit und ohne Briefe, wie virtuos, in welchen Farben, welchen Wappen, die allesamt natürlich gestohlen waren (und inzwischen wahrscheinlich verhökert worden sind gegen Replikanten, Plastikpuppen, Kondome, was weiß ich), und wie verschlungen sich Ihre Papiere gaben, bevor ich sie entfalten konnte, immer aufgeregt, immer in Feuchtigkeit gebadet, egal, in welcher Differenz die Außentemperatur zu meinem inneren Befinden stand. Und die Düfte, die darin verschlossen waren, wie habe ich sie und Sie darin geliebt! Ich konnte doch gar nicht anders!

Ich schließe hier, mein Geliebter, für immer, da Sie mich nicht sehen wollen, da Sie mich nur mit einem Beweis in der Hand, Brief und Siegel, akzeptierten wie ein importiertes Vieh. Ich schließe, und schlimmer noch als das, für ewig.

Dabei hätte ich Ihnen, gerade in der Mittagshitze, die hier herrscht, so gerne geschrieben: Ich öffne. Für Sie. Meine Beine. Mein Herz. Aber ich lasse Sie in Ruhe. Grämen Sie sich nicht. Die Fürchterliche achtet Sie zu sehr, als dass sie in Sie tiefer dränge. Mit ihrer Sehnsucht.

Wie schade.
Leben Sie wohl. Und glauben Sie mir einmal nur, unter den frugalen Zeichen können Sie es sich doch ruhig leisten: Ich liebe Sie. Solange wie Leben in mir ist, so vage, so wild, so säuisch, Sie verdammtes Schwein.

Die Ihre       Solange

PS: Ich weiß, es ist nicht mehr nötig, das zu schreiben, da Sie ja keine Lust auf Antwort haben. Aber dennoch: Dass Sie meinen Namen silbenweise zerhacken, schmeckte mir nicht, so lange fort gewesen: schützt also auch nicht vor Spott, die Leute gehen roh mit armen Seelen um, die umgehen, anstatt ihr Andenken zu hüten, und sagen dann vage Sachen. Wollten Sie mich zerstückeln, als Sie die Wildsau durch die Wüste trieben und schrien, das sei ich?
PPS: Schon verstanden. Ich bin ja gar nicht mehr da. Nur noch der Rest meines Parfums, ein Luftschweif, ein Gefieder von Elfen gemaust. Ein Spiel. Nein! Ich habe nicht mit Oberon geschlafen. Das ist nicht wahr. So alt bin ich nicht und nie gewesen an den zeitlosen Orten. Ich gehe. Erhängen Sie sich im Traum.
PPPS: Achselhaar, dass ich nicht lache! Die Wimpern haben Sie mir ausgerissen in jener Nacht. Ich hätte feuchte Träume gehabt? Von einem andern? Sie wollten, dass mich keiner mehr sieht. Und wie lange es gedauert hat, und was

ich veranstalten musste, um die Erlaubnis zu erhalten, sie nachwachsen zu lassen. Die Wimpern!!! Ausgerechnet der kleine Pelzrand um meine Augen. Ach, wie gut, dass ich verschwinde, ich hatte Sie vergessen, Ihre gierige Grausamkeit. Mehr! Meer. Wie pflegten Sie mich zu überfluten.
PPPPPS: Stores? Sind Sie noch recht bei Trost? Meinen Sie mich oder nicht eher die Bétise von Lacan? Und wenn Sie mich meinen, wo sind Sie da? In den Wolken? Stores, dass ich nicht lache! In meinem Fall wäre *Schnapprollo* wohl treffender gesagt.

*Julian Katzner-Wyllt*      Im Fluss, den 86. Kghrkis 10895

Ich seh grad, mein Nüttchen, es ist erst zwei Jahre her, dass ich Dir zuletzt geschrieben hab, und dennoch ... Du hechelst und hechelst, als hätt ich Dir nicht erst neulich die Schamlippen zerbissen und sie mit den Vorderzähnen lang und immer länger gezogen ... ja kriegst Du nie genug? Aber nein, mir gefällt das, bettle ruhig weiter, Du weißt ja, dass es Erfolg bringt ... und Erfolg, das ist Lust, das kennen wir beide zu gut. Nur gibts denn keine andren Schwänzerl in Deiner Nähe? Niemanden, dem Du was abbeißen und dessen Tropfen Du weg- und auflecken kannst, um mir nachher begeistert von dem bitteren Geschmack und von den Schreien zu erzählen, die Du wie jenen genießen konntest? Ah wie gut das tut, Deine Briefe zu lesen ... den nächsten, ich bitt Dich, streiche Dir durch die Furche, bevor Du ihn schickst ... besser wäre, Du gäbest ihn einer Botin mit, die bei mir klingelte, ganz außer sich betört bereits von Deinem Geruch, damit ich ihr meine Antwort an Dich in den Arsch stoßen kann, damit ich ihr meine glühenden Wünsche mit meinem Urin auf die Brüste schreibe, nachdem ich sie mit meinem Samen grundierte, und mein Siegel in ihre Clitoris drücke. Besorg Dir dann einen Lustjungen, tu das ganz unbedingt, der Dir meine Antwort auf ihr übersetzt: Erst nimmt er sie, dann nimmst Du ihn, gieriger können Briefe nicht auf den Weg und ans Ziel gebracht werden.

Warst Du mal wieder in Venedig? Willst Dich nicht ein wenig herumtreiben wieder? Und Dein Frauchen? Was ist mit dem? (Mein Herrchen jedenfalls, derzeit, ist ein wenig angeknackst, er reagiert kaum auf mich. Nicht nur körperlich, nein, auch psychisch. Er hats mal wieder mit der Konzentration, eiaculatio poetis, die selbst ich nicht präcoxen kann, will sagen: der Junge arbeitet, es ist einfach widerlich: irgendwelches Zeug, nach dem sowieso kein Cock kräht und kein Hahn spritzt.) Wie benimmt es sich so, wenn nicht grad ein Blondling in ihrer Möse herumbohrt ... und das tut so ein Exemplar ja wohl doch nur, weil mein Mensch sich rar macht. Vielleicht hast Du es besser getroffen, Sofötzchen, ich begehre Nachricht davon, und zwar detailliert. Und was mir besondere Freude machte: Wenn sie so einen lover ableckt, dann kriech in sie hinein und mach dem lover etwas Angst. Das muss einfach herrlich anzusehen sein, wie dem Bübchen in der heftigsten Lust plötzlich die Panik ins Gesicht fällt ... und die Enttäuschung, die die Menschin davonträgt ... ah! hast Du es gut, Geliebte, solch eine Feindin zu haben in ihr. Mein Mensch ist ja bloß demokratisch pragmatisch, ich muss mir mal wieder was ausdenken, um ihn zu triezen. Er glaubt wohl allen Ernstes, mit mir verbunden zu sein, der Affe.

Ich will Dich unter Ohrfeigen lieben und hätte ganz sicher Schrunden nachher, von Deiner wundervollen Gegenwehr.

    Julian

FROM THE DESK OF    16. Pluviôse IX. Palais Branka
SOLANGE SAUVAGE ANY & EVERYWHERE THAT
CAN BE ...

Du SAU,
Solange ich lebe,
WAGE so nicht!,
Du mein geliebter Faun, der sich nicht schämt, meinen Namen in die Wirklichkeit zu streuen, als wäre er der Abfall von einem verwelkten Rosenbouquet, das man einer Debütantin zu ihrem ersten Ball vermacht (unangebracht und übertrieben, wie Menschen nun mal sind, diese ärgerlichen Klons von UNS!),
Mein Schwänzchen, das unter meinen Händen größer wird,
Mein Löwe, der mir zum ersten Mal darbot, was wirklich Futter ist,
Mein Geliebter, der aus dem Anfang unserer Welt die Austern schlürfte und mir den Champagner dazu bot,
Mein Kopf zwischen den Beinen,
Mein Gedächtnis,
Mein ...

FUCK!

Dem ein Achtel Liter Sperma auf drei Tage den Nabel der Welt bedeutet.
Du verrammeltes, heruntergekommenes, von Menschenhand verdöstes ORGAN,
DARLINGISSIMO,
hör mir ein Weilchen zu, derweil Du Deine Tränen innen trocknest. Du Aff!
Ich liebe Dich immer noch.

Gut, gut, Du magst mich nicht mehr beschlafen. Dafür gibts ja auch noch Zeug genug.

Aber Du kannst doch nicht ernsthaft von UNSERER LOSUNG lassen. Von mir, jaja gut, wen hast Du denn gerade zwischen? Gemüse? Oder streichst Du, wie früher, wenn Du wieder mal dachtest, Du könnest Dich umerziehen, durch die Museen und geilst Dich daran auf und ab? Holst Dein Dingchen raus, das ja so rot und klein und entzündet sich ziert, wenn es Menschengeruch spürt, mechanisches Zeug, was für ein Quatsch. Das ist Schrubben von Böden von Menschen. Kenne ich doch! Du liebst, nein das nicht, Du *spannst* Dich unter Deinem Niveau. Wie ekelhaft. Das MIR anzutun! Wenn, hättest Du schon eine bessere wählen müssen als mich!

Und wo findest Du die?

Ach, lass mich lachen. Du meinst, Du hättest keine Freundin nötig? Da erinnere ich mich aber an ganz andere Zeiten. Stattdessen rennst Du zu den Menschen, machst deren Zickzack nach, dieses Männer-Frauen-Gewäsch, zu Tränen verflüssigte hellbraune Scheiße, Gott & Teufel, Gefühlsdurchfall, wie Du gefallen bist in den Jahren, als ich nicht da, als ich eine von den Blassen war …

Nein. So nicht! Lange, ja, das war, bevor die Wilden uns verließen, vage sich in die Büsche schlugen … Ohne Dich, ohne mich, ich weiß, aber ewig um eine Wunde jammern, selbst wenn sie sich nicht schließt?

Ich kann das nicht ertragen, c'est en dessous de mon niveau.

Ich fange noch einmal von vorne an. Deswegen, wegen des Anfangs UNSERER WELT,

Monsieur,

liebe ich Sie wie keinen, seien Sie mir nicht gram, seien Sie wieder einer von uns! Seien Sie ein Teil von mir! Zeigen Sie mir, dass ich ein Teil von Ihnen bin! Ich möchte Sie einladen zum Tanz. Pas de deux. Ihr Geschmack.

Sie ist schön. Ok. Sie ist ein Mensch. Aber wir müssen für unsere Sache Opfer bringen. Damit haben Sie doch Erfahrung. Und mit Denen allemal. (Ihr schmieriger Hauswart, mit dem Sie Geschäfte machen ..., ach, das weiß ich doch, wie oft habe ich darüber geweint.)

Also, Programm: Sie tut tugendhaft, aber sie ist nur eine blöde Nuss in der Schale, obwohl: Die Schale tut hart. Was drinnen ist, weiß ich nicht, ich habe mir nie die Mühe gemacht, sie zu knacken. Aber Sie! Tun Sie es für unsere Sache. FÜR MICH. Schlafen Sie mit IHR. Schach. Matt. Für unsere Welt. Wenn Sie dieses Opfer bringen, weiß ich, dass, auch wenn Sie mich nicht lieben, auch ohne mich noch einmal geliebt zu haben, Sie guten Mutes sind! Jenseits eines kleinmenschlichen Verrats! Sie werden doch diese Herausforderung nicht von sich weisen?

Die Merteuil, Valmont, wir wollen es doch besser machen. Wir wollen doch den Schnecken nicht die Welt überlassen. Ich gehe, wenn Sie vollendet haben, was mein Hirn ausgebrütet hat. Ich werde, wenn Sie es tun, noch einmal und für immer und ewig gerne blass. Ich werde in den Ritzen und Fugen meinen Staub mit der Erinnerung an Ihr Sperma mischen, ich verspreche, nie mehr zu trinken, mich nie mehr nach Licht zu sehnen, wenn Sie diese Aufgabe übernehmen wollen, diesen kleinkarierten Planeten zu retten. Gewinnen! Ich bitte Sie, das war unsere Losung. Ich flehe Sie an. Denken Sie an Triest. Denken Sie an Wien.

Denken Sie daran, wo wir überall gewesen sind: New York, Buenos Aires, Tokio, Lissabon, Venedig, Istanbul ... in unseren Zeiten. Und warum! Einst waren WIR die Aristokraten über den Ratten. Schwebten. Herrschten. Ich weiß, dass Ihre Zeit eine andere geworden ist. Aber wenn Sie in die Zukunft leben wollen, dann müssen Sie das tun, was ich Ihnen sage.

Die Menschen sind dumm und flüssig, Sie wissen wie ich, dass DIE hauptsächlich aus Wasser und ungeordneten Gefühlen bestehen, aus Moden, gedrechselten Funktionen, Attachements, Befindlichkeiten, Codes, eben Wasserlassen und Wassernehmen, für das sie alle paar Dekaden eine neue Theorie entwickeln. Wille. Macht. Wissen. Körper. Text. Die Tinktur ist immer entsetzlich, und immer kommt die Klinik, wenn Matthäi am Letzten ist. Dann der Wahn.

Ich verzichte auf Sie, aber nicht auf die Welt. Das können Sie von mir nicht verlangen.

Sie haben einst mein Kindchen ohne Tränen begraben. Sie schulden mir etwas. Ich weiß, dass Sie ohne Gnade sind, deswegen liebe ich Sie. Aber seien Sie auch ohne Scheu und Tadel. Machen Sie sich an SIE ran. Vögeln Sie SIE. Es ist doch so einfach. Und es rettet die Welt. Zeus hat es Ihnen vorgemacht: Amphitryon.

Sie nehmen sich das Gesicht dieser herrenlosen Jahreszeit, dessen Namen ich nicht nennen will, erscheinen IHR in seiner Gestalt und machen, was zu tun nötig ist. Geliebter, ein letztes Mal, ich zähle auf Sie und mag dem Augenblick die Losung flüstern, schön, er wird, statt Ihrer, mich anschauen und bleiben, und ich – zu den Blassen gehen, gründig eine neue Zukunft zu gründen: Ihren ewigen Kuss auf den Lippen.

Lesen Sie meinem Staub in Ihren Händen die Leviten. Die

kleinen Teile werden tanzen in jenem Licht, das ich nicht mehr sehen kann, ein kleiner Nebel, durchwirkt von einer Sonne, die DENEN niemals erschienen ist. Denn, das ist es doch, was DIE von uns auf immer trennt: Uns erkannte sie, die Sonne, die jenen nur willkürlich geschienen hat. Und es immer noch tut. Erbärmlich, ihre Wetterberichte. Wie drei Tage altes Pausenbrot.

Je vous salue,

Je vous ai beaucoup, beaucoup aimé.

Geben Sie mir Nachricht, wann ich sterben darf. Egal, in welch mediokren Armen, denn alle außer den Ihren, sind – NICHTS! Und jenseits allen, allem, was die Welt der Menschen bedeutet, wenn Sie mir noch einmal weismachen wollten, Sie liebten mich: schwarz, ich mache meine Beine breit. Ich bin, entgegen jeder menschlichen Zimperlichkeit für Sie die Ihre      Solange


Im Fluss, den 5. Bghajei 10897

Madame,

ich ergebe mich. Ich werde es tun. Aber ich ergebe mich nur als Ihr Herr, – nur wenn Sie mich weiter als den sehen, der ich immer war, nur wenn Sie Ihre Lippen weiterhin öffnen, wenn ich danach verlange, weil es mich nach Ihrer Zunge verlangt, – und weiter – und Ihre Beine, weil es mich nach Ihren Lippen verlangt, die ich, ja!, boshafterweise *Stores* nennen wollte und nannte, indem ich sie je seitlich beiseite schob, hochschob, pourquoi pas?: *raffte* – ich weiß, dass Sie das in dem Moment fühlten, *dass* es Sie und *wie* es Sie durchzuckte von hinab nach hinauf – und nur insofern stimmt Ihr freches Wort vom «Schnapprollo», aber nicht, gar nicht, überhaupt nicht als vagina dentata, nix da, meine Freundin, meine Geliebte, das hätten Sie so gerne (und wolltens *so* doch gerade *nicht*…!) – wie Ihre Wirtin in ihrem unbewussten erotischen Schrecken Tinte verkleckste – ha! *«kleckste»*, Übersprung, als wäre sie ein halb erschlaffter Mann! – Ihr Frauchen muten Sie mir zu?! Ich gebe ja zu, Sie haben es immer prächtig verstanden, durch die fremdesten Leiber hindurchzuduften, ich weiß ja auch, dass es ein um alle Besinnung bringender Genuss sein muss, Sie, Freundin, in wem auch immer zu liebkosen. Aber unsere Wirte wollen trennen. Mein «schmieriger Hauswart», gewiss, der ist absorbiert, der hat aus dem Mös'chen Titanias getrunken … nicht Sturzbäche, wies sich gehörte, nein, zugegeben, ein wenig geleckt bloß … aber er ist halt bloß Mensch, und außerdem: Sie wissen doch, wie unser Honig haftet. Um den sorge ich mich nicht, gut, ich werde ihn besteigen, seinen Nacken besteigen, gesattelt ist er längst … Ja, Freundin, ich geruhe, Ihren Ruf zu erhören, auch wenn Sie jetzt behaupten, noch nie mit mir geschlafen zu haben. Ich hätte gemeint, Sie wüssten das besser und seien seinerzeit *nicht* berauscht gewesen … und waren es, stellt sich heute heraus, also doch. Wie schade! Wie traurig! Wie entsetzlich einsam also war mein Genuss! Immerhin, es war der eines Gottes und wie in dem Schoß einer Göttin empfangen. Jedoch – furchtbar, das nun zu wissen!! – einer betrunkenen, na gut: beschwipsten Göttin, die sich vielleicht für Poppea hielt. Als hätt ich es nötig, mir Kurtisanen zu kaufen oder Dosen zu knacken! Ist Ihnen klar, dass Sie mich mit diesem Geständnis tiefer verwundet haben, als je ein Schlag es vermöchte, den ich gegen Sie führte und noch führen werde? (Sie werden, Madame, nicht zum letzten Mal geblutet haben, nicht metaphorisch, nicht konkret. Das sei Ihnen an dieser Stelle versprochen. Auch wenn, naturgegebenerweise, es nicht *Ihr* Blut ist, das fließt.)

«Arme Seele.» Glauben Sie im Ernst, ich reagierte auf Ihren Kleinweibsblick?! Wenn ein Weib blickt, dann wie Athene Diana – ja, wie die Morrigain sogar ... aber bitte nicht die Schamlippen mit einem Gummiband zusammengeschnurrt und drei Mottenkugeln drauf gegen Versucher, schnell noch einen Katheter gelegt und huiwieschönwirhabenvergessendasswireinTiersind, hier, schaun Sie mal, die reinste Pralinenschachtel, von Pappe bis Füllung jugendfrei und alles Übrige klebriger Geist. Igitt. Ich soll einer solchen Andenken hüten? Und wer hat denn wohl jemals wen zerstückelt und schrie Eoe! und machte lochlose Weiber aus den Bacchanten? Ich ja wohl nicht! Und dennoch: Ich unterwerfe mich, ja, unterwerfe mich auch den Erinnyen, unterwerfe mich Dionysos' Heiligen Frauen, jawohl, aber als Herr und nicht einer, die von ihrer «armen Seele» spricht. – Haben Sie das von Ihrem Frauchen? Und reden Sie sich nicht heraus: Sie haben es sich *gesucht*, nicht umgekehrt. DIE kann ja wohl nix dazu ... außer dass SIE Sie nicht wahrhaben will. Na gut, menschlicher, allzumenschlicher Kleingeist. Irgendwas muss ja uns zur Tür dienen. Der arme Bursch! Weiß nicht, was ihm blüht! Er sollte sich besser *Mittelchen* kaufen.

Dabei macht er sich ständig Gedanken über mich. Ich habe, um ihn abzulenken, drei andere Ichs gespuckt (auf die Idee brachte mich eine Geschichte, die ER las: eine von Cortázar, worin ein Menschlein Kaninchen spuckt ... und ich dachte, hä!, warum nicht einfach sich selber spucken?) ... und nun grübelt ER über die drüberhin. Und macht sich Gedanken über monadologische Philosophie. So sind sie, die Menschen. Wenn sie Hunger haben, drängt es sie auf Eroberungszüge ... anstatt dass sie, was doch so einfach wäre, etwas Nahrhaftes zu sich zu nehmen.

O je, mein Menschchen hat den Staubsauger herausgeholt. Unverschämt ... während ich mich gerade an Ihnen errege. Aber Sie wissen, es gibt Frequenzen, die bringen mich um. Deshalb antworten Sie mir: Wollen Sie sich mir, der ich mich eben ergab, wirklich ergeben? Dann legen Sie, sowie ich zu Ihnen trete, den Kopf in IHREN Nacken ... nein, nicht die Augen schließen! so etwas tun nur Menschen, weil sie zu selten ertragen, was sie erfahren von sich ... in den Nacken, die Lippen geöffnet, Ihre Zungenspitze zittert auf Ihren unteren Schneidezähnen, züngelt ein Stückchen weiter heraus, vbrierend darauf wartend, dass ich hineinbeißen werde ... wollen Sie? Wenn ja, dann zerreiße ich hiermit Ihr Für immer für immer. Es sind ja schließlich nicht *unsere* Toten. Wir können ja schließlich immer weiter und auf das nächste Schlachtfeld und in den nächsten Überlebenden und wieder in einen nächsten hinein. Das haben wir unseren Wirten doch nun allemal voraus.

Wollen Sie? Nein! *Werden* Sie?

Julian


P.S.: Geben Sie zu: Diese Menschin haben Sie sich ausschließlich der Fellmäntel wegen ausgesucht? Trägt sie auch blutige Schuh? Wenigstens das will ich hoffen!

# Mit Domina D. durchs Jahr

Wen erregt es, dass es mich erregt, wenn man mich erregt erregt?
Die eigentliche Erotik findet im Kopf statt, Befriedigung auch.
Wonnen aushalten müssen ist lustvolle Qual, ganz ohne Schmerz.
Lust bereiten kann nur, wer selbst echte Lust empfindet.
Nur Wertvolles kann preiswert sein, d.h. seinen Preis wert sein.
Wer alltäglich herrscht, schöpft neue Kraft aus der Unterwerfung.
Man genieße, dass ich es genieße, dass man genießt, dass ich genieße.
Leistungsträger haben das Recht, sich auch mal etwas zu leisten.
In 1 Minute ist es leicht, über 1 Stunde bedarf es Meisterschaft.
Der Herrin Lust ist der Maßstab der Lust für den dienenden Mann.
Das Wichtigste an jeder Inszenierung von Lust ist die Regie.
Das Raffinement sublimer Lust bedarf eines stilvollen Rahmens.
Ein Diamant muss seine Härte nicht beweisen, um begehrt zu sein.
Gute Liebhaber inspirieren und stimulieren gute Liebhaberinnen.
Generöse Mäzene genießen und fördern meisterliche erotische Kunst.
Männer von Welt entspannen von der Welt in der Welt der Wonnen.
Echte Kavaliere bereiten mit inbrünstiger Lust einer Dame Lust.
Galante Anbeter üppiger Weiblichkeit begehren in Hülle und Fülle.
Jeder Geliebte ist so gut wie die erregende Lust seiner Geliebten.
Erst die Scham macht Schamlosigkeit ultimativ unwiderstehlich.
Zensoren deuten Zweideutiges eindeutig nach ihren eigenen Gedanken.
Verbote reizen Anarchisten wie Aristokraten zu verbotenem Spiel.
Züchtige Wonnen sind wie alle faulen Kompromisse kompromittierend.
Anständige Lust ist anständig unanständig oder ständig lustlos.
Normaler Frust entsteht bei öder Normierung natürlicher Lust.
Wer lange genug Blümchennachthemden sah, ersehnt frivole Dessous.
Wer lange genug Strumpfhosen hingenommen hat, der will Nahtstrümpfe.

## Mit Domina D. durchs Jahr

Wer lange genug Ökosandalen sehen musste, schätzt heiße High heels.
Wer lange genug Wickelrock anschauen musste, der liebt Lederminis.
Wer lange genug Kniestrümpfe ertragen hat, wird Strapse begehren.
Wer lange genug Wollunterhosen gesehen hat, mag dann Ouvertslips.
Ich mag Männer, die mir mit Freuden freudigste Freuden spenden.
Ich mag Männer, die Genießer genug sind, meinen Genuss zu genießen.
Ich mag Männer, die ich verwöhne, indem ich mich verwöhnen lasse.
Ich mag Männer, denen es erregende Erregung ist, mich zu erregen.
Ich mag Männer, die mir mit ihrer eigenen Wonne Wonnen schenken.
Ich hätte Lust, die Mätresse eines Millionärs mit Niveau zu werden.
Ich hätte Lust, mit einem generösen Sponsor eine Liaison zu haben.
Ich hätte Lust, einem vermögenden Freund diskrete Geliebte zu sein.
Ich hätte Lust, ein Verhältnis mit einem gütigen Gönner zu haben.
Ich hätte Lust, als Konkubine eines wohlhabenden Mäzens zu wirken.
Ich hätte Lust, verwöhnte Favoritin eines reichen Patrons zu sein.
Weibliche Hitze entflammt männliche Fackeln zu zuckendem Feuer.
Weibliche Hitze weckt den glühenden Wunsch nach erlösender Nässe.
Weibliche Hitze entflammt Glut unter Asche neu zu züngelnder Lohe.
Weibliche Hitze entzündet stürmische Feurigkeit brennender Lust.
Weibliche Hitze lässt prall schwellenden Adern das Blut sieden.
Weibliche Hitze verbrennt sich an kalter Kohle zu belebender Wärme.
Geheime Wünsche sind wertvolle Hinweise auf Wege möglichen Glücks.
Geheime Wünsche offenbaren innere Sehnsucht nach wahrer Erfüllung.
Geheime Wünsche verlangen Handlung zur Erlangung von Befriedigung.
Geheime Wünsche verraten dem Bewusstsein, wessen die Seele bedarf.
Geheime Wünsche entspringen falscher Verdrängung richtiger Freude.
Geheime Wünsche beteuern ehrlich, was unehrlich verleugnet wurde.
Paradox reizend wirkt die Frau von Welt bei süßen Schamlosigkeiten.
Paradox reizend führt das schwache Geschlecht die Weiberherrschaft.
Paradox reizend wirkt eine fair Lady bei halbseidenem Tun.
Paradox reizend verbirgt Madame unter edler Robe ordinäre Dessous.
Paradox reizend ist ein honettes Frauenzimmer im diskreten Zimmer.
Paradox reizend entpuppt sich eine noble Dame als obszöne Kokotte.
Drall und prall betonen barocke Formen verlockend die Weiblichkeit.
Drall und prall versprechen Früchte verführerisch volle Saftigkeit.
Drall und prall zeichnen üppig schwingende Formen den Frauenkörper.
Drall und prall wirken prächtige Blüten besonders verschwenderisch.

## Mit Domina D. durchs Jahr

Drall und prall wiegen sich füllige Rubensmodelle in Fleischeslust.
Drall und prall ausgestattete Vollweiber schenken überreich Wonnen.
Weibliche Regie erlaubt es dem Mann, sich genussvoll fallen zu lassen.
Weibliche Regie offenbart dem Mann erregend die Lust des Weibes.
Weibliche Regie inszeniert für den Mann wahrhaft erotische Träume.
Weibliche Regie führt den Mann ins Paradies der erfahrenen Frau.
Weibliche Regie demonstriert dem Mann des Weibes Verführungskunst.
Weibliche Regie lässt den Mann ganz entspannt die Wonnen genießen.
Für kluge Köpfe offenbaren sich die Geheimnisse sublimer Erotik.
Für kluge Köpfe erschließt sich das Raffinement erotischer Kunst.
Für kluge Köpfe ist sexuelle Erfüllung mehr als nur Befriedigung.
Für kluge Köpfe kombinieren intelligente Hetären Erotik mit Geist.
Für kluge Köpfe sind feine Nuancen ein Indiz für Qualitätserotik.
Für kluge Köpfe bewahren Hetären seit der Antike erotische Kultur.
Vollweib-Erotik reizt mit weiblicher Wollust den männlichen Trieb.
Vollweib-Erotik zündet das Weib hemmungslos als scharfe Sexbombe.
Vollweib-Erotik entflammt männliche Begierde am Feuer des Weibes.
Vollweib-Erotik schenkt dem Mann süße Wonnen in weiblicher Hülle.
Vollweib-Erotik verlockt mit lüsternen Reizen zu lüsternem Spiel.
Vollweib-Erotik zeigt dem Mann laszive weibliche Verführungskunst.
Mich erregt es, von zärtlichen Männern einfühlsam erregt zu werden.
Mich erregt es, wenn mich ein galanter Liebhaber reizend verwöhnt.
Mich erregt es, wenn Partner hingebungsvoll meine Wünsche erfüllen.
Mich erregt es, mit prickelnden Freuden lüsterne Wonnen zu spüren.
Mit Lüsternheit stehe ich zu meiner Berufung aus Naturveranlagung.
Aus Lüsternheit wurde ich Hetäre, um zu fordern, was ich brauche.
Die Lüsternheit trieb mich zu dem, was ich mache und sehr genieße.
Zur Lüsternheit bekenne ich mich, wie zum pikanten Leben als Hetäre.
Als Lüsternheit empfinde ich die Lust, meinen Sex offen anzubieten.
Auf Lüsternheit beruht meine wahre Erfüllung als Freudenspenderin.
Prachtvoll sexy stelle ich mich exhibitionistisch frivol zur Schau.
Prachtvoll sexy bereitet das üppige Vollweib ihre opulenten Wonnen.
Prachtvoll sexy verwöhne ich großzügige Liebhaber verschwenderisch.
Prachtvoll sexy offeriert die laszive Hetäre ihre pikanten Freuden.
Prachtvoll sexy verlockt mein barocker Körper mit weiblicher Figur.
Heute will ich einen zärtlichen Gönner zu meinem Geliebten machen.
Heute will ich mit einem einfühlsamen Liebhaber Freuden erleben.

## Mit Domina D. durchs Jahr

Heute will ich von einem hingebungsvollen Lover verwöhnt werden.
Heute will ich mittels eines glühenden Verehrers in Hitze geraten.
Heute will ich durch eine ergebene Lust deine Wonnen erfahren.
Heute will ich für einen sinnlichen Freund süße Lust zelebrieren.
Männer brauchen eine Geliebte mit Verständnis für heimliche Träume.
Männer brauchen eine verschwiegene Partnerin für verbotene Spiele.
Männer brauchen ein pikantes Verhältnis mit einer intimen Freundin.
Männer brauchen eine diskrete Gespielin für süße Schäferstündchen.
Männer brauchen anregende Beziehungen zu einem aufregenden Weib.
Männer brauchen eine absolut geheime Kumpanin für Abenteuerliches.
Exklusiv privat empfange ich meine Gäste im ganz diskreten Rahmen.
Exklusiv privat offeriere ich Erotik wie bei der besten Freundin.
Exklusiv privat gewähre ich meine Lust in einer edlen Atmosphäre.
Exklusiv privat ist das stilvolle Ambiente meiner Insel der Lüste.
Exklusiv privat biete ich hohe Erotik in aller Verschwiegenheit.
Exklusiv privat biete ich den geheimen Zauber der heimlichen Liebe.
Orgien zu zweit lassen archaische Ekstasezustände wieder entstehen.
Orgien zu zweit geben eine Ahnung von auflösender sexueller Union.
Orgien zu zweit offenbaren Zauberkraft die geheime Magie der Erotik.
Orgien zu zweit erlauben selige Ausflüge in eine Welt der Freuden.
Orgien zu zweit kulminieren orgiastisch in einem Rausch der Sinne.
Orgien zu zweit heben für beglückende Momente die Schwerkraft auf.
Eine Klassefrau vereint ihre heiße Sexualität mit Flair und Charme.
Eine Klassefrau hat eine verruchte Schamlosigkeit bei hohem Niveau.
Eine Klassefrau bietet obszöne Lüsternheit immer gepaart mit Stil.
Eine Klassefrau ist trotz aller Hemmungslosigkeit eine aparte Dame.
Eine Klassefrau offenbart private Triebhaftigkeit in edlem Rahmen.
Eine Klassefrau offeriert gepfeffert scharfen Sex auf feinste Art.

*Aus der Rubrik «Treffpunkte» der Hamburger Morgenpost 1997, herausgelesen und gesammelt von Arne Rautenberg.*

Eva Kaiser
# Resonanz

Als er sie zwischen den vielen Menschen in der Galerie stehen sah, hatte sie den Ausdruck eines lebendig gewordenen Kunstwerks zwischen nichts sagendem Einerlei. Die ausgestellten Bilder waren ihm zwar gleichgültig, vor ihrer Erscheinung aber wurden sie zu einer von einem Stümper gemachten Krankheit. Es war, als habe sie sich in ein Werk von Picasso verliebt, in die schöne ‹Dora Maar›, habe sich dem Bild angeglichen und stelle es dar, um ihm und allen zu zeigen, wie ein Kunstwerk auszusehen hat. Sie schien die einzige Frau hier zu sein, das einzige Bild, für das sich ein Augenblick der Aufmerksamkeit lohnte inmitten einer Zwangslage von gemeinen Nichtigkeiten. All das hier, außer ihr, war gleichermaßen unangenehm.

«Kommen Sie doch, es ist nicht ansteckend», sagte sie, als spüre sie seine Abwehr und wüsste, was er von alldem hielt. Mit ihr ging er von Bild zu Bild und hatte den Plauderton der Liebhaber des Dilettantismus im Ohr. Sie gehörte nicht dazu, nicht hierher. Und als ihr Körper, Seite an Seite mit ihm, den seinen berührte, ihre Stimme in ihm klang, wusste er, dass sie sich auf einer Insel befanden, wenn er es wollte.

«Es sind außergewöhnliche Arbeiten, was meinen Sie?»

«Außergewöhnlich gemessen an den Möglichkeiten, die eine solche Begabung bietet», antwortete er.

Sie drehte ihren Kopf, zeigte ihm ihre Augen. Er sah, dass

es lohnte, sah, dass sie hinter ihren Augen etwas für ihn verborgen hielt. Sie war gekommen, um sich mit ihm über den Stumpfsinn zu heben, über das Alltägliche aus der Masse heraus. Sie war gekommen, um mit ihm zusammen zu sein.

Sie sagte: «Möglichkeiten werden im Allgemeinen nicht genutzt.»

«Ja», sagte er. «Ich möchte gehen.»

Er saß neben ihr auf dem Beifahrersitz. Wohin sie fuhren, wusste er nicht. Sie sprachen nicht. Sie fuhren durch eine Straßenlandschaft, die ihre Requisiten allmählich ins Zwielicht des Abends schob. Die Häuserzeilen überließen ihre Konturen der werdenden Dunkelheit. Die Landschaft weitete sich. Sie fuhren ins Unbestimmte, das durch das Aufflammen der Straßenlampen eine eigene Schärfe bekam.

Sie hielt an, und erst als sie schon hineingegangen waren und die Tür hinter ihnen zufiel, merkte er, dass es ein Hotel oder eine Pension sein musste. Es roch nach Scheuermitteln und billigen Teppichfasern in dem schmalen Flur mit den an einem Bord hängenden Schlüsseln. Ohne ein weiteres Wort nahm sie einen der Schlüssel in Empfang. Hier also schlief sie, hier wohnte sie, zumindest heute, zumindest in dieser Nacht.

«Kommst du?»

Es war das Erste, das sie seit geraumer Zeit zu ihm sprach, und es nahm keinen Raum in ihm ein. Erst das Geräusch ihrer Fußtritte auf dem Teppichbelag des Flurs, ein leises, fast unhörbares Scharren, das ihm ihrer Person nicht entsprechend, also verlogen, vorkam, brachte ihm das Bewusstsein, in welcher Lage er sich befand. Sie ging vor ihm her. Er folgte synchron ihrem Schritt. Hört ihn verzerrt und dann gar nicht mehr, kann ihn nicht mehr wahrnehmen, er befindet sich in einer Lage, die er nicht mehr einschätzen kann.

Die Bewegung vor ihm, das Klimpern des Schlüssels, der sich im Schloss dreht, führt auf etwas Unübersehbares hin. Sie stand vor einer der Türen und er drehte ab. Er drehte sich um und ging.

Er bestellte bei der jungen Frau, die ihr den Schlüssel ausgehändigt hatte, ein Taxi.

«Trinken Sie einen mit, bis das Taxi kommt?»

Sie holte ein mit hellbrauner Flüssigkeit gefülltes Wasserglas unter ihrem Tisch hervor und hielt eine Schnapsflasche über ein zweites. Sie ließ den Schnaps ins Glas laufen und sagte: «Die Nacht ist lang.» Er sah auf ihren in Fett gebetteten schiefen Mund.

«Ja», sagte er und wies mit einer Handbewegung den Schnaps, den sie ihm eingeschenkt hatte, zurück.

Er stieg nicht aus. Durch das Fenster des Taxis blickte er auf seine Haustür und hinauf zu den Fenstern im ersten Stock. Die Sicherheit, dass er dort oben haben würde, was er heute Nacht brauchte, war keine Sicherheit mehr, sondern ein wankender, auf einem ins Schwanken geratenen Fundament basierender Glaube. Er gab dem Fahrer ein Zeichen und sagte: «Umkehren, bitte. Fahren Sie mich zurück.» Seine Stimme klang ihm so fremd, wie es ihre Schritte im Flur der Pension gewesen waren. Der Wagen fuhr an und durchschnitt die Dunkelheit, die sich ausgebreitet hatte. Phasenweise ins Licht der Lampen gerückt, nahm die undurchschaubare Landschaft in Einzelheiten noch mehr eine eigensinnige Schärfe an, im Ganzen aber bewahrte sie den Schein der Weite. Er hatte seine erste Begegnung mit ihr im Kopf. Wie sie ihre Nasenflügel bläht und seinen Geruch einsaugt, anhaltend, ansteigend, und er den Boden verliert, sich in sie träumt, in ihren Mund, in ihre Augen, in ihre Nasenlöcher hinein, die sich zu einer einzigen Öffnung weiten. Während das Auto in den trügerischen Schein der Unbegrenztheit fuhr und er in diese Täuschung hineinsah, wurde ihm klar, was er schon lange wusste: Nur sie hat es. Sie hat ein Gesicht.

Die junge Frau lachte aus ihrem fetten Gesicht.
«Ach Sie? Und – trinken Sie jetzt einen mit?»
Seine Ablehnung schluckte er mit einem Mund voll Schnaps hinunter. Das Ich trinke nicht! brannte in seinem Magen. Endlich gab sie ihm das Zeichen, nannte ihm die Zahl, die er brauchte. Er lief den Flur entlang. Er klopfte.

Sie sagte: «Nicht jetzt», obwohl er sah, dass sie auf ihn wartete, schon die ganze Zeit. An ihren Bewegungen sah er es, die ihre Existenz sind. Was sie sagte, hatte keine Bedeutung. Er konnte zu irgendeiner anderen Frau gehen, in eine Bar, in die Sauna, zur Massage, er konnte haben, was er wollte. Diesen Gedanken hatte er vor sich, als er neben ihr saß in ihrem Zimmer, das mit der Nummer 43, in diesem Stundenhotel auf dem Übergangsbett. Er konnte weder träumen noch schlafen noch gleichgültig sein. Ihr Atem, den er neben sich fühlte, genügte, dass er aus seinem Rhythmus fiel.
«Es ist zu spät», sagte sie, und er verstand, dass sie nicht die Uhrzeit meinte. Er konnte sich nicht rühren. Endlich gelang es ihm aufzustehen. Lang genug hatte er auf die See und den Hafen gestarrt, auf das Wandbild dem Bett gegenüber, um in der geschmacklosen Art dieser Darstellung seine Ruhe wieder zu finden. Er stand an der Tür.
«Bleib», sagte sie, was keine Rolle spielte, aber die Bewegung, die er in seinem Rücken spürte, die Bewegung galt ihm. Sie hatte den Bademantel abgestreift. Er drehte sich um, und was er sah, ließ ihn fallen, sodass er auf dem Boden ent-

lang zu ihr zurückkroch ans Bett, ihre nackten Füße, ihre Waden küsste und seinen Kopf zwischen ihre Schenkel grub. Er kniete vor ihr, hob den Kopf. Er senkte ihn wieder, denn jetzt, wo alles bereit war, konnte er es nicht tun. Alle Vorstellungskraft hat ihn verlassen. Jetzt, wo er lieben soll, glaubt er, es nie getan zu haben, glaubt er, es niemals zu können.

Er kam auf die Füße. Der einzige Stuhl im Raum fing ihn auf. In einem Zustand des Übergangs starrte er auf die Frau, die ausgestreckt auf dem Bett lag. Ihr Mund hatte ein Lächeln über ihr Gesicht gebreitet. Darin versank er.

Das Lächeln nimmt Augen, Nase und Mund. Löscht sie aus. Jetzt ist ihm die Nacktheit ihres Körpers deutlich, als hätte er noch nie den nackten Körper einer Frau gesehen. Mit dem Auflösen der Augen sieht er ihre Brüste schaukeln, aus der dunkelbraunen Haut der Höfe kommen die Warzen und stellen sich auf. Glänzend feuchte Saugnäpfe, gespeist von Lust. Mit dem Auflösen der Nase wird die narbig verwachsene Spirale ihres Nabels sichtbar, das Fleisch ihrer Schenkel, dann jede Pore, die mit dem Auflösen des Mundes zu den Lippen ihrer Vagina führt. Kein einziges Haar verdeckt den weißen Schamhügel, die fleischigen Lippen. Der Kitzler leckt nach ihm wie eine kleine dünnhäutige Zunge. Ihr Nabel hebt und senkt sich, der Herzschlag ihrer Mitte pulsiert und strömt nach oben in den Brustkorb und strömt nach unten in die Schenkel und öffnet und schließt sie. Dieser Herzschlag ist Lust, die das Fleisch aufblähen und *ihn* aufspüren soll, ihre Vagina ein Labyrinth, in das er eintauchen muss.

Nein, sie treibt es mit jedem.

«Ich bin nicht jeder!»

Als Resonanz spürt er einen kühlen Hauch auf seiner Haut, der seine Poren reinigt. Es ist das Saugen seines Geruchs. Ihr Fleisch ein Sog, der ihm nimmt, was er nicht halten kann. Sie ist eine läufige Hündin.

«Meinst du, ich kann das nicht?»

Er wird es ihr besorgen gleich hier und jetzt. Er greift nach den aufgerichteten Warzen und nach den blutgefüllten Lippen mit dem rosa Kitzler durch ihr Lächeln hindurch, das wie ein böses Spiel gesichtslos über ihm schwebt. Greift in den Schwindel, der ihn befallen hat und in dem er vor sie hintaumelt.

Ihren Kopf will er drücken, pressen, quetschen und seinen Samen drüberspritzen, das schöne Gesicht ausgießen zu einer Form, einer Fratze, damit es sich nie wieder auflösen kann.

«Was ist mit dir?», fragte sie aus einem Mund, der ihn verhöhnte.

Er antwortete nicht. Suchte den Reißverschluss seiner Hose. Langsam schlossen sich die ineinander gelegten Haken auf. Es war wie ein Ritual, mit dem er das, was nun begann, manifestierte. Es musste lange gedauert haben, bis der Reißverschluss offen und die Hosen herunter waren, denn als er seinen Schwanz auf ihr Gesicht drückte, hatte sie die Augen geschlossen, als ob sie schlief. Er erschrak nicht, als er die Schlinge um ihren Hals sah. Während er sich dem Öffnen seiner Hose hingegeben hatte, musste sie sich den Gürtel des Bademantels um den Hals gelegt haben. So wollte sie es also!

Er zog den Halsriemen fester. In einer Welle der Erregung fesselte er mit den Enden der Schlinge ihre Handgelenke ans Bett. Ihren Oberkörper nahm er zwischen die Knie. Er würde seine Lust in ihr schlafendes Gesicht schreiben. Der Riemen um ihren Hals straffte sich, als er ihr den Kopf anhob. Ein gurgelnder Laut löste sich aus ihrer Kehle. Er stopfte ihr den Mund mit seinem Schwanz.

«Macht das jeder?»

Seine Stimme klang scharf. Er wichste in ihre warme Speichelhöhle. Sie hielt die Augen geschlossen. Ihre scheinbare Teilnahmslosigkeit brachte ihn auf. So sollte es ihm nicht kommen!

«Es ist nicht ansteckend genug, wie?», flüsterte er.

Er würde es tun, wie sie es brauchte, dass ihr das Sehen vergehen und sie ihre Augen aufschlagen würde. Wenn es sein musste, zum letzten Mal.

Mit den Fingern suchte er ihre Spalte. Sie triefte vor Nässe. Dahinein trieb er seine Härte. Fasste sie um die Hüften und zog sie zu sich heran. Er war ganz in ihr. Im selben Moment öffnete sie ihren Mund und ließ ein Stöhnen heraus, als hätte er sie verletzt. Er sah, dass sie ihren Kopf drehen wollte, was ihr wegen der Schlinge nicht gelang. Ihre angebundenen Handgelenke zerrten an den Fesseln. Wie wild stieß er zu. Sie wollte ja gar nicht davon – sie käme nicht mehr davon!

Als er ihre Hüften hob und sich ihre Unterschenkel um seinen Hals schlossen, wurden ihre Hände ruhig. Bei jedem Stoß übte sie nun Druck mit ihren Schenkeln aus. Lange würde er diesen Reiz nicht durchhalten.

Plötzlich hob sie den Kopf. Ihre Lider bewegten sich und im selben Rhythmus ruckte sie an der Halsfessel. Jeder Ruck zog die Schlinge an. Gleichzeitig presste sie mit ihren Schenkeln seinen Hals. Er sah, wie sie sich würgte und fühlte es selbst, spürte ihre Schenkel fest um seinen Hals. Sie drückte zu. Während sie ihm den Atem raubte, hörte er ihr Röcheln.

Heftig spritzte er in ihre Höhle hinein, fühlte den Samen bis in ihre Augen steigen, deren Glanz ihre Vagina spiegelte, das dunkle Loch. Sie öffnete weit ihre Augen, die ihn einluden in das Geheimnis, das dahinter lag, in die verborgene Kammer einzutreten.

Stoßweise schöpfte er Atem.

## Achim Wagner
## amor libre

*para tereza*

ein junger dealer in handschellen neben zwei polizisten an der straßenkreuzung schweiß auf der stirn & der über funk gerufene wagen biegt um die ecke verschluckt das verängstigte gesicht in der nachbarschaft kräht ein hahn dazu mittags mit angeschlagener stimme während eine grauhaarige kreolin in braunem rock + weißer bluse ihre blicke vom wäschebehängten balkon in den bewölkten himmel schweifen lässt die bilder der letzten stunden in meinem kopf ein bunt schillernder trümmerhaufen ramón erzählt von seinen seefahrten nach europa wie sehr ihm hamburg gefallen hat der tropische nach salz riechende wind bläst unsere leeren grünen bierdosen vom tisch trägt salsa- & son-klänge über die promenade *wenn sie in europa freie liebe dazu sagen dann mache ich jetzt freie liebe mit achim* unterbricht tereza eine erläuterung ramóns & wölbt ihre breiten lippen über meinen überraschten mund der sich danach nicht wieder von dem ihren lösen will wir spielen mit unseren gesichtern fingern & dem rauch einer zigarette während der 42-jährige seefahrer mit seiner frau margarita einen langen tanz beginnt diese nacht bleibe ich am staunen in den späten stunden die schritte in eine kleine wohnung unter den augen verschiedener santería-kult-gottheiten das weiße armfreie kleid terezas von der schwarzen haut gelöst & mein puls schlägt einen rhythmus den ich noch nicht kenne *((laut schlägt laut durchfährt mich in allen adern pulsiert ton um ton geschwängerte luft gewunden berührt darin vergessen))* zähne graben sich in meine schultern verschlungen sind wir im taumel ohne zeit eine weile & der ventilator dreht sich gleichmäßig & schnell meine augen bestarren den körper neben mir auch im schlaf tereza näselt leise + ruhig ihre zu schmalen zöpfen geflochtenen langen haare breiten sich schimmernd auf dem kissen aus die dünnen beine angewinkelt mit den händen fahre ich langsam über den entspannten schlanken rücken & am morgen die letzte tönende umarmung meine kleidung finde ich nach dem aufstehen wieder meinen verstand nicht der helle tag hat sich bereits seit stunden der straßen havannas bemächtigt als ich blindlings über die straße stolpere gilt mir das laute hupen eines in mattem hellblau lackierten 50er-jahre-chevrolets & tereza geht die andere richtung mit wiegenden hüften + noch 1 lachende drehung mir zu *granma granma* grummelt ein hinkender mann mit grüner guerilla-mütze auf dem kopf hält mir das täglich erscheinende zentralorgan der kommunistischen partei kubas unter die nase aber keinen sinn für politik heute & ich schüttle abwehrend den kopf spaziere durch die von zahlreichen baugerüsten verkleidete altstadt unter die dusche im spiegel sehe ich meine von den bissen gezeichnete haut dunkelrot leuchten

Charly Kaiser
# Katzenliebe

Es ist spät. Sehr spät. Ich bin wütend und verfroren, warte darauf, dass etwas geschieht, etwas Außergewöhnliches. Gewöhnliches interessiert mich nicht, langweilt mich, erregt mich nicht. Ich warte auf etwas Großes, Lebendiges, Frivoles.

Mir ist kalt. Kälte dringt durch die Kleidung auf meine Haut, und sie beginnt meine Knochen zu umklammern. Wie lange soll ich noch warten? Mir ist äußerst ungemütlich zumute. Warum nur ein Treffen unter diesen merkwürdigen Umständen? Habe ich alles richtig gemacht? Warte ich am richtigen Ort? Wie war das noch, was hatte er mir zugeflüstert?

Öffne das Fenster. Leg dich vor das geöffnete Fenster auf ein warmes Fell. Trage nur ein schwarzes Seidenträgernachthemd. Sonst nichts. Auch keinen Schmuck. Lege die Arme entspannt neben deinen Körper. Dann schließe deine Augen. Gehe in deiner Phantasie durch die Unterführung der Rheinuferstraße. Es ist Nacht. Es werden keine Autos fahren. Du bist ganz allein im Tunnel. Du gehst zu Fuß. Wenn du zum Ende des Tunnels gelangst, wird es hell werden. Dort werde ich auf dich warten. Nun liege ich hier und warte auf ihn. Doch im Tunnel ist es nur kalt und schwarz.

Plötzlich drängt mich irgendein Impuls aufzustehen. Ich höre etwas, das sich anhört, als klatschten Tropfen auf Stein.

Und ich nehme ein schummriges Licht wahr. Barfuß taste ich mich über den Boden. Ich erspüre und erahne einen warmen, feucht-glitschigen Untergrund.

Dann dieser Geruch. Ich sauge Luft durch die Nase, mehrfach tief und kurz hintereinander, um diesen Duft näher einordnen zu können. Orangen?! Ja, ein sehr intensiver Orangenduft. Ich bewege mich auf etwas zu, das aussieht wie ein Blütenkelch. Ein lila Blütenkelch. Ihn umgibt Licht. Tropfen fallen hinein. Tropfen, die im Licht orangefarben leuchten. Beim Blütenkelch angelangt, fange ich mit meinem Zeigefinger einen Tropfen auf, lecke den Finger ab und höre mich selbst erstaunt aussprechen – «Orangensaft?» Ich blicke nach oben. Dann taste ich meine Umgebung mit den Augen ab. Es wird auf einmal heller. Ich bin im Inneren einer Blutorange gelandet. Deshalb war der Boden so feuchtwarm und glitschig.

Das Innere der Orange scheint ausgehöhlt zu sein, sodass nur noch ein Teil der einzelnen Orangenschnitze Wände, Boden und Decke bilden. Bei jedem Schritt, den ich gehe, spritzt süßsaurer Saft zwischen meinen Zehen hindurch. Von oben fallen pralle Safttropfen auf mich herab und tränken mein Nachthemd, meine Haut, meine Haare in Orangensaft. Jetzt ist mir warm.

Es ist, als verneble dieser empörend starke Duft meine Sinne. Ich lehne mich an die Wand mit ihrer sanften Rundung und rutsche dabei, dem Schwung der Rundung folgend, etwas tiefer. Mittlerweile bin ich durch und durch nass. Aus dem Blütenkelch, der sich plötzlich vor mir auftut, erklingt ein Raunen. Dieses Raunen ist wie ein Ton, wie Musik, die mich unwiderstehlich anzieht.

Ich muss dieser vollkommen klingenden Musik folgen, stecke meinen Kopf in den lila Blütenkelch und blicke in eine Miniaturwelt. Eine Höhle. Sie wird durch Hunderte von Kerzen erhellt. Im Zentrum der Höhle ist ein See, darauf schwimmt ein Floß. Es ist eine Art Wasserbett, bedeckt mit vielen verschiedenfarbigen Fellen und prachtvollen Kissen und Decken.

Inmitten dieser Pracht rekelt sich ein Wesen, halb Mann, halb Panther. Er schaut in meine Richtung und leckt sich dabei die Pfoten. Sein schwarzes Fell schimmert seiden im warmen Schummerlicht der Höhle. Während ich ihn so mustere, verwandelt er sich fließend von Mann zu Panther und wieder zurück, mal verbleibt er kurze Zeit als Wesen halb Mensch, halb Tier.

Ich versuche das Gesehene scharf einzustellen, als liege der ständige Gestaltwandel an meiner Sehfähigkeit. Dann sehe ich einen sehr gut gebauten, wunderschönen Mann, muskulös, gebräunt, wenig behaart, schwarzes buschiges glänzendes Haar, wie das Fell eines Panthers. Nackt liegt er da und scheint auf mich zu warten.

Ich bin fasziniert von dem Anblick. Kurz flammt ein Gedanke in mir auf, dass ich eigentlich Angst haben müsste vor all dem, was hier gerade geschieht. Aber aus einem nicht erklärbaren Grund bin ich ganz ruhig. Ich weiß, dass ich dieses Wesen kenne. Schon sehr lange. Irgendwoher.

Der Panthermensch gibt eine Art Schnurren von sich. Es wird lauter und ich beginne zu erahnen, dass er mich zu sich ruft. Doch «ich bin viel zu groß, wie soll ich zu dir kommen»? Sein Rufen wird lauter, erfüllt nach und nach den Raum, wird mächtiger. Mir ist so, als ob sein Schnurren über mein Zwerchfell und meine Ohren in mich eindränge. Das Schnurren bringt mich zum Klingen und Vibrieren. Ich bin ganz Ton, und erfüllt davon, gleite ich hinein, in die Höhle.

Entweder hat sie sich erweitert und vergrößert oder ich bin geschrumpft. Unwichtig. Wir haben uns aneinander angepasst. Als ich die Augen öffne, liege ich in einer Art Badewanne, die über und über mit Schaum gefüllt ist. Ich sehe nur Schaum und Nebel wie in einem Dampfbad.

Ich bin nicht allein in der Wanne. Mir gegenüber erhebt sich der Panthermensch aus dem Wasser, der sich nun als Prachtexemplar von Mann entpuppt. Seine Stimme ist tief, kraftvoll und erinnert an den Klang einer Wildkatze. Seine dunkelbraunen, herausfordernd blickenden Augen sind umrahmt von langen schwarzen Wimpern. Er ist glatt rasiert, hat hervorstehende Wangenknochen, Grübchen beim Lächeln, eine markante Hakennase und ein spitzes Kinn, ebenfalls mit Grübchen. Seine Augenbrauen sind breit und buschig, seine Lippen prall und wohl gerundet. Sie locken, ziehen meinen Blick immer wieder zu sich hin. «Wie schön dieser Mann ist», ich kann die Augen kaum von seinem Gesicht abwenden.

«Und, war dir der Weg hierher ungewöhnlich genug», vernehme ich seine Stimme. Ich bin fast etwas verlegen. Was soll ich dazu sagen. So etwas Unglaubliches habe ich bisher noch nie erlebt. Wo bin ich hier? «Du kennst mich», höre ich ihn sagen. «Ich bin dein Mann von Anbeginn an. Nicht immer findest du den Weg zu mir, doch wenn, dann ...» – «Was dann?» – «Ich möchte nicht zu viel verraten.»

Er beginnt meine Fesseln zu massieren. «Du weißt, ich bin in dir, bin Teil von dir. Ich bin das Phantastische in dir. Und gleichzeitig bin ich dein Mann. Dein Liebhaber. Dein geistiger Freund. Wir gehören zusammen. Für immer.»

Seine weichen Hände wandern, während er das sagt, über meine Waden und Knie zu meinen Oberschenkeln. Er greift nach dem Duschkopf, lächelt mich wissend an und raunt, «Ich weiß genau, was du willst, was du magst, was dich erregt».

Mir wird heiß, ich bin erregt und fühle mich gleichzeitig ertappt. Mein Atem wird heftiger. Der Panthermann schraubt den Duschkopf vom Schlauch. Mit dem jetzt austretenden harten Wasserstrahl beginnt er meine Oberschenkel zu massieren. Dann hält er den Wasserstrahl zwischen meine Beine. Das Wasser kitzelt mich und erregt meinen Kitzler. Meine Muschu wird warm, beginnt sich zu dehnen.

Er legt den abgeschraubten Duschkopf in meine Hand. Während ich mit dem harten Wasserstrahl den Kitzler jetzt selbst massiere, liebkost er meinen Körper mit Händen und Lippen. Manchmal scheinen kurz seine Krallen herauszukommen. Dann kratzt er, jedoch vorsichtig, über meine Haut. Es ist kein Verletzen, nur Spiel, nur Spüren. Und es hat doch auch den gewissen Kick des Wilden und Gefährlichen, weil er auch anders könnte. Er ist sanft und vorsichtig wild. Ich bin innerlich ruhig und gleichzeitig sehr erregt.

Ich will das, was geschieht, erleben, auskosten. Ich will spüren, fühlen mit allen Sinnen, ohne Entrinnen.

Sein Kopf schiebt meine Hand beiseite, die den Wasserschlauch hält. Seine Lippen lecken an den Innenseiten meiner Oberschenkel entlang zu meiner Muschu. Als sei sie ein Blütenkelch und er will den Blütensaft aussaugen. Dann ertastet und erleckt er sich den Weg zu meinem Bauchnabel. Ich bin mittlerweile so erregt, dass alle Muskeln in ihrer Anspannung zu flattern beginnen. Mir ist heiß. Mein Atem geht schneller.

Er umspielt mit der Zunge meine Brüste und Brustwarzen, schiebt sich höher, küsst sanft meinen Hals, berührt meine Lippen. Jetzt ist er auf meiner Augenhöhe angelangt.

Erstaunt erkenne ich im Spiegel seiner Augen eine wunderschöne Tigerin.

«Ich eine Tigerin und mein Mann ein Panther?» Dann höre ich mich selbst lachen, spüre, wie er mit seinen Reißzähnen in meinen Hals beißt. Aber er verletzt mich nicht. Es ist wie ein Necken, ein Kabbeln. Ich fühle mich so schwer, als habe ich plötzlich das Gewicht einer Tigerin. Und ich spüre auch Wildheit und Kraft in mir. Ich höre mich selbst die Zähne fletschen. Ich höre mich schnurren. Ich spüre, wie ich dem Panther mit den Zähnen durchs Fell beiße, als suche ich nach Flöhen oder wolle ihn auf diese Art massieren. Er stöhnt wollüstig, rollt sich auf den Rücken, wird wieder zum Mann. Ich schaue an mir herunter und sehe mich als Frau.

Wieder zur Frau geworden setze ich mich auf ihn, massiere mit seinem Penis meinen Kitzler, bis ich die Anspannung kaum mehr aushalten kann. Dann schiebe ich seinen Penis in mich hinein. Ich bewege mich auf ihm vor und zurück, dabei gleichzeitig etwas hoch und runter, so dass auch mein Kitzler stimuliert wird.

«Schnurre für mich, mein Panther», rufe ich «beiß mich, kratz mich, fauche, lieb mich, ich bin deine Tigerin! Los, ich will dich hören, stöhne, fauche, schnurre, knurre.»

Das Liebesgetöse entlädt sich in einem Feuerwerk, als wir beide gleichzeitig in unseren Orgasmen die Anspannung loslassen. Ich kralle mich mit den Händen in sein Fell, spüre seinen wild rasenden Atem im Nacken, das wilde Pochen seines Herzens. Ich dränge mich an ihn, würde am liebsten in ihn hineinkriechen und öffne meine Augen.

Verblüfft starre ich auf meine Hände, die gerade das Schaffell loslassen, in das sie noch immer verkrallt sind.

Greta von der Donau
# Punkt sechs

Es begann damit, dass mir an einem sehr warmen, sehr feuchten Montagmorgen der Vorderreifen meines Cannondale-Rades platzte. Es ist immer dasselbe, nicht genug damit, dass es Montagmorgen ist, nein, es muss auch noch regnen. Nicht genug, dass es an einem Montagmorgen regnet, nein, es muss mir auch noch der verdammte Reifen platzen. Das ist fast so schlimm, als würde ein Kondom platzen, eigentlich noch schlimmer, denn ein geplatztes Kondom lässt immerhin auf stürmischen Sex schließen.

Ich schob mein Fahrrad also erst mal zur Arbeit, erzählte allen, die es hören wollten und allen, die es nicht hören wollten, von meinem Unglück, und als ich damit fertig war, hörte es auf zu regnen, und ich machte mich mit meinem Cannondale auf die Suche nach einem Fahrradladen. Aber verdammt, ich arbeite zwar mitten in der Stadt, aber es gab hier einfach keinen Fahrradladen. Tatsächlich war auch kein einziger Fahrradfahrer zu sehen, nur schwitzende Menschen, die sich über die Bürgersteige schleppten. Ich wollte gerade zum Taxistand am Brüsseler Platz, da kam mir ein Typ entgegen, der ein einzelnes Hinterrad unterm Arm trug. Der Arm steckte in einem dieser Muskelshirts à la Querelle – und er war schon ganz schwarz vom Reifentragen. Ich sprach ihn an:

«Entschuldigen Sie, wissen Sie, wo hier ein Fahrradladen ist. Ich meine ...»

Ich zeigte auf das Hinterrad, das er unwillkürlich fester hielt, als verdächtigte er mich des Hinterraddiebstahls.

«... wegen dem da.»

Er glotzte mich an, als hätte ich ihn gefragt, ob ich ihn an den Hintern packen dürfe. Ich versuchte es noch einmal:

«Gehen Sie vielleicht gerade in einen Fahrradladen, ich habe nämlich einen Platten und brauche mein Fahrrad heute Abend, und dazwischen muss ich arbeiten.»

Er hob die Augenbrauen. Dabei machte sich ein Schweißtropfen los und rann über sein rechtes Augenlid.

«Ja», sagte er, schwenkte den Kopf in Gehrichtung und schickte sich an, weiterzumaschieren.

«Ich soll Ihnen einfach hinterherlaufen, ist es das, was Sie meinen?»

Er grinste und nickte. Er hatte lange Beine, die in grauen Adidas steckten – vielleicht war das der Grund, warum er fast lief, vielleicht wollte er mich aber auch loswerden. Ich schob mein Fahrrad hinter ihm her und verfluchte meine Stöckelschuhe, die nach der ersten Pfütze nicht mehr knallrot, sondern höchstens noch bordeaux glänzten, biss die Zähne zusammen und hasste den Tag endgültig. Ab und zu drehte er sich nach mir um, grinste und lief weiter. Blödes Sadistenschwein, dachte ich, wenigstens hat er einen schönen Arsch. Eine Sekunde nachdem wir endlich den Fahrradladen betreten hatten, brach eine dicke Wolke am Himmel und überflutete den Bürgersteig.

Der Händler hinterm Tresen warf einen Blick nach draußen, musterte uns beide, dann blieb sein Blick an meinen Schuhen hängen. Als er sich wieder gefasst hatte, sagte er so laut, als müsse er den Regen übertönen:

«Und – was kann ich für euch beiden Hübschen tun?»

Der Mann mit dem Hinterrad warf mir einen Blick zu, der – ich sage es nicht gern, aber es ist tatsächlich wahr – mir unmittelbar in den Unterleib schoss. Ich hätte mich auf der Stelle entkleiden können. Freiwillig, vor dem Regen und vor dem Fahrradhändler und vor all seinen bunten Fahrrädern, die aufgereiht dastanden und mit ihren blau beschrifteten Schildern tapfer ihrem Verkauf entgegensahen. Und natürlich vor meinem schweigsamen Sadisten. Weiß der Himmel, warum ich es nicht tat, sondern stattdessen tief Luft holte und sagte: «Ich habe einen Platten und ich brauche mein Fahrrad heute Abend, und dazwischen muss ich arbeiten – kriegen Sie das bis 18 Uhr hin?»

«Kein Problem», sagte der Fahrradhändler, holte Zettel und Stift und fragte mich ab: Name, Vorname, Telefonnummer, und wann ich es wieder abholen würde.

«Um sechs», sagte ich. «Punkt sechs.»

Eine Stimme in mir sagte: Jetzt aber nichts wie raus hier, und während ich im Gehen «Tschüs, bis später» murmelte, stolperte ich über die Schwelle, fing mich zwar noch, aber mein linker Absatz brach ab. Kurzerhand zog ich die inzwischen dunkelroten Stilettos aus und warf sie in den nächstbesten Mülleimer. Auf dem Rückweg summte ich ein Chanson von Edith Piaf, denn barfuß durch Pfützen laufen, während man sein Cannondale in besten Händen weiß, ist ein erhebendes Gefühl.

Als ich wieder an meinem Schreibtisch saß, fiel mir auf, dass mein Unterleib immer noch vor sich hin summte, wie ein alter Kühlschrank, der nicht rechtzeitig abgetaut worden ist und nun auf Hochtouren läuft. Heute um sechs, dachte ich, werde ich ein Date mit ihm klarmachen. Am besten gleich für heute Abend, dann haben wir es hinter uns. Recht viel länger halte ich es sowieso nicht mehr aus. Ich riss das Fenster sperrangelweit auf und ließ den Regen auf die Marmorplatte klatschen. Die Luft im Büro war stickig von den letzten Hitzetagen, und draußen war es immer noch zu warm, als dass die Luftmassen sich hätten austauschen können.

«Was isn los mit dir», fragte ein Kollege, ich erschrak und zog die Hand von meinem Bauch. «Ist dir nicht gut?» Ich schüttelte den Kopf: «Geht schon.» Er zuckte mit den Achseln und warf mir ab und zu einen forschenden Blick zu.

Ob er meinen Wink verstanden hatte, fragte ich mich. Und tatsächlich pünktlich erscheinen würde? Aber dann, wie sollten wir uns verhalten? Wir stehen uns gegenüber, schüchtern, verlegen, keiner weiß so recht, wie er das, was er sagen will, loswerden kann. «Ich dachte, wir könnten zusammen neue Schuhe kaufen gehen,» ließ ich ihn schließlich sagen. Ich wurde rot, stimmte aber freudig erregt zu. Und dann in der Umkleidekabine – denn bei den Schuhen bliebe es natürlich nicht, er wollte mir unbedingt auch noch Unterwäsche kaufen ...

Quatsch, sagte ich mir, warum sollte ein Mann, der sich noch nicht einmal die Mühe macht, deinetwegen seinen Schritt zu verlangsamen, dir beim ersten Date einen neuen Büstenhalter schenken?

«Warum gehst du nicht nach Hause und legst dich hin?», fragte mein Kollege. «Du glühst ja.»

«Das ist die Hitze», sagte ich. «Hier drin ist es schwül, bei mir zu Hause ist es auch nicht anders, also kann ich gleich hier bleiben», erwiderte ich. Da war ich auch schon bei der nächsten Frage angelangt: Wo sollten wir es machen? Bei ihm oder bei mir? Also bei mir auf keinen Fall, ich hatte weder aufgeräumt noch eingekauft, und außerdem lag neben meinem Bett eine leere Chipstüte und die Fernsehzeitung, die ich mir immer wegen des Kurzkrimis und der wahren Geschichte kaufte, aber das konnte ich dem Typ doch nicht erklären, ich wollte nichts erklären, aber ich wollte auch nicht, dass er irgendetwas von mir dachte, was mir nicht gefiel. Ist doch scheißegal, was er von dir denkt, dachte ich, Hauptsache, er vögelt gut.

Gerade mal vier Uhr. Um halb fünf hatte ich ein langes Telefongespräch mit einem Kunden, ich steigerte mich mit selten gekannter Leidenschaft in meine Mission hinein, sodass das Vertrauen des Kunden in meine Fähigkeiten sprunghaft stieg, das spürte ich genau. Nachdem ich aufgelegt hatte, suchte mein Blick sofort die Anzeige auf dem Display: halb sechs. Ich sprang auf, holte Schminksachen und Duftwässerchen aus meiner Schublade und verzog mich auf die Toilette. Ich musste mir nur den Blick des Schweigsamen vergegenwärtigen, da wurden mir schon die Beine heiß, die Waden, die Wangen und alles andere eben. Auf dem Klo sitzend, konnte ich kaum mehr als ein paar Tröpfchen aus mir herauspressen, meine Brüste fühlten sich an wie geschwollen, von Wespen gestochen, oder Bienen oder Hornissen, was es im Sommer eben so gibt, am Baggersee – überhaupt eine gute Idee, im Freien konnten wir es treiben, im Regen unter einem Baum, einer Eiche – wenn es nur kein Gewitter gab. Ich schnupperte ein bisschen zwischen meinen Beinen rum, unmöglich, dachte ich, muss ja nicht jeder merken, und schüttete mir ein wenig Kokosöl drumrum und dazwischen. Mein Slip sah auch grauenhaft aus. Nichts ahnend hatte ich heute Morgen irgendeins dieser graublaubeigen Dinger gewählt, ausgefranst an den Rändern, und um die Mitte herum nicht gerade appetitlich. Runter damit, sagte ich mir, sofort durchzuckte es mich bei meiner eigenen Wortwahl, und mit Genuss zog ich ihn aus und spürte gleich darauf die Feuchtigkeit an meiner dünnen Leinenhose. Nun aber los, noch ein wenig Lippenstift aufgemalt, die Füße gewaschen, die Zehennägel bordeaux lackiert – und ab zum Fahrradladen.

Die Tür stand auf, kein Mensch war im Laden zu sehen. Ich trat ein.

«Hallo?» – «Hier hinten bin ich,» rief eine tiefe Stimme, «kommen Sie nach hier hinten, junge Frau!» Der Boden im verwinkelten Flur war kalt unter meinen nackten Füßen, und die Enttäuschung darüber, dass meine Verabredung nicht erschienen war, machte ihn noch kälter. «Warum kann nicht einmal etwas Unvorhergesehenes passieren?», dachte ich. «Alles wieder dran», sagte der Mechaniker, der in der Werkstatt auf mich wartete. «Ich habe auch die Gangschaltung neu eingestellt, muss nur noch kurz n'paar Schräubchen festziehen.»

Ich seufzte und sah mich im Raum um. Ein lang gezogenes Piepen ertönte, «Kundschaft», sagte der Mechaniker und lief zum Verkaufsraum, während ich die Shimanoschaltung eines knallgelben Gefährts auf und ab schaltete. Es war ein Tandem, nagelneu und wirklich stattlich anzusehen. Wie es wohl war, eine längere Tour damit zu unternehmen? Wenn der Vordermann zu schnell ist, ob er den Hintermann dann mitzieht? Oder würde der Hintermann den vorderen bremsen? Ich hörte das Rascheln hinter mir im selben Moment, als sich eine Hand auf meinen Bauch legte, und zuckte zusammen. Ein warmer, kräftiger Körper presste sich an mich. Etwas sehr Warmes und sehr Nasses kitzelte mein Ohr. Es hätte die Luft sein können, aber sie gab ein saugendes Geräusch von sich, das tut sie sonst nicht. Die Luft hat auch keinen Arm, der einen festhält, und erst recht keinen, der Ölschlieren an seiner Unterseite aufweist. Darüber dachte ich ein bisschen nach. Meine Hand unklammerte die Lenkradschaltung des Tandems fester. Der Kunststoff fühlte sich heiß und feucht an. Ein paar Finger begannen sanfte Kreise um meinen Nabel zu drehen, bevor sie Richtung Hosenbund glitten.

Mein Blick fiel auf die quietschende Tür, die zum Flur hinaus führte; jemand hatte ihr soeben einen Stups gegeben. Wo ist der Mechaniker?, dachte ich: Wenn er nur nicht zurückkommt. Aber gleichzeitig sagte mir eine Stimme – oder waren es die Hände des Fremden, die bereits meine Schamhaare berührten, die sagten, dass es jetzt doch wirklich egal war.

Auch dieser Gedanke verlor sich, als die Hände sich in meinem Schoß vergruben, und ich schloss die Augen. Seine Hände waren überall. Sein Mund auch. Die Zunge war lang und schlank, eine, die in alle Ritzen passt. Ich dachte an seinen schnellen Gang, an die muskulösen Beine, den knackigen Hintern. Alles passte zusammen. Meine Hose war auf die Knöchel gefallen, das Tandem heftete sich kalt an meine Oberschenkel. Seine Beine klebten an meinen Innenseiten, als wollte er sich mit mir verzahnen, mir seinen Rhythmus zwischen die Beine schieben, und mir blieb nichts anderes übrig, als ihm nur so viel Widerstand wie nötig entgegenzuhalten, um das Getriebe am Laufen zu halten.

Weit weg hörte ich den Mechaniker in Fachsprache reden. Bei Abwärtsfahrt ließen wir die Pedale los, sie drehten sich einfach weiter und weiter, zu einer metallenen Melodie, die sich mit unseren Achs verdichtete, und dann kamen ein paar Ohs, und erst unmerklich, aber dann stetig wurden sie langsamer und kamen schließlich zum Stehen. Wir blieben so, atmeten aus, irgendwo tropfte etwas auf die Erde, und hinter der Tür hörte man den Mechaniker immer noch reden, und noch immer verstand man ihn nicht.

Ich versuchte mich umzudrehen. «Bleib», sagte der hinter mir. Ich ließ ihn. Er begann mich mit einem Tuch abzureiben, es fühlte sich rau an, bestimmt war es voller Öl, es war aber irgendwie rührend, von ihm so gesäubert zu werden, erst das eine Bein und dann das andere, das sich noch immer auf dem Tandem aufstützte. Er reinigte meinen Rücken, meine Brüste, meinen Bauch, bis nichts mehr klebte. «So», flüsterte er, und plötzlich packte er mich ein zweites Mal, krallte sich in meinen Pobacken fest und schlürfte und leckte mit Sorgfalt sauber, was sich inwendig schon wieder angesammelt hatte.

Erst ein Luftzug brachte mich auf den Boden der Fahrradwerkstatt zurück. Ich schaffte es gerade noch, meine Hose hochzuziehen und meine Bluse zuzuknöpfen, als sich mehrere Männerstimmen mischten und verblassten und ich erneut die Ladenglocke hörte. Gleich darauf Schritte.

«Entschuldigen Sie», sagte der Mechaniker noch einmal. «Manche Leute sind einfach unmöglich, wissen nicht, was sie wollen, und dann gehen sie einfach, ohne etwas zu kaufen.»

«Tja», erwiderte ich, und ehrlich, ich war überrascht, dass überhaupt noch was aus mir herauskam.

## Ulrike Draesner
# Mails

Sie fing an, ihn sich nackt vorzustellen, als er abends schrieb, er habe auf sie gewartet, müsse jetzt duschen und falle dann hundemüde ins Bett, aber sie kam zu spät zu ihrem Computer, um noch zu antworten, denn sie war mit Markus essen gewesen. Eine Stelle in ihrem Kopf brannte, eine Stelle, die direkt mit all ihren Nerven in Händen, Schenkeln, Brüsten verbunden war und überallhin ausstrahlte, sie hatte Angst, dass sie nach Sex roch, nach Lust, sie hatte Angst, dass Markus es spürte und auf sich bezog, doch er merkte nichts, war liebevoll, es tat ihr Leid, sie streichelte seine Hand, und kaum waren sie zu Hause, musste sie noch etwas schauen für die Firma, ein Stoffangebot für ICF, ich geh schon mal ins Bett, rief Markus, und sie zog die Tür zu ihrem Zimmer zu.

Ich will dich überall berühren. Halte deine Brüste, trage, presse sie. Tu ich dir weh? Gefällt es dir? Du machst ihn weit auf, deinen Mund. Mach ihn weit auf, jetzt, jetzt auch. Wie sind deine Haare? Bist du rasiert, DORT? Morgen um zehn bin ich wieder am Netz. Lösch all diese Mails.

Sie saß an ihrem Notebook, löschte nichts, hatte den schweren dunklen Vorhang aufgezogen, das T-Shirt hochgeschlagen, ihre nackten Brüste, die exakt so waren, wie sie sie ihm beschrieben hatte, geschwollen und hart, schwangen über der Tastatur, bis sie nach ihnen griff, sie zusammenpresste, die Augen schloss.

Ich sitze da und denke *was ist, was ist mit mir* – und dann auf einmal, aber langsam auf einmal, kommt mir das Gefühl, das alle anderen Gefühle verdrängt: dass ich nackt bin und hier bin – bei dir, vor dir knie, und du siehst mich von oben bis unten an. Mir ist heißkalt, das Bett steht quer im Raum, wir vergessen, wo unten oder oben ist, meine Lippen halten dich fest, ich bin feucht und warm, sauge an dir, auf deinem Bauch, fange jetzt an, im Takt mit deinen Bewegungen zu saugen, ich liege über dir und sehne mich, soll ich dir das wirklich sagen, du fehlst mir hier immer mehr.

Als sie unter die Decke kroch, schlief Markus schon, sie drückte sich in seinen Arm, zufrieden, glücklich, und dachte an den anderen, der also auf sie gewartet hatte. Natürlich stellte sie sich ihn nackt vor, wie er nach diesen Mails unter der Dusche stand, erregt, er musste erregt sein, seifte sich ein, rieb sich, das warme Wasser prasselte auf seine Haut. Sie sah ihn nicht nur, sie roch, sie fühlte ihn. Er war verheiratet, wie sie, jeder wusste es vom anderen, sie erwähnten es nicht.

Sie stöckelte die Treppen hoch ins Büro, es machte Spaß, hohe Schuhe anzuziehen, leichte Kleider bis zu den Knöcheln, und auf dem Bürostuhl darunter zu fassen, wenn sie ihm wieder schrieb.

International Car Fabrics vertrieb Stoffe für Autositze, strapazierfähiges Material, kein Kunstleder, edles Design. Gegenüber stand ein anderes Geschäftshaus, ob jemand dort sie beobachtete? Ach, sollte er sich denken, dass sie sonst was trieb. Schlimmschön war es, Spannung den ganzen Tag, ein Prickeln, das Gehen in den hohen Schuhen verstärkte es, sie fuhr mit dem Fahrrad zur Arbeit, das hatte sie immer getan, sie musste aufpassen, raste einen kleinen Hügel hinunter und wieder hinauf und stieg vom Fahrrad, völlig erschöpft, vollkommen erregt.

Sie wartete auf seine Antwort. Zehn Uhr hatte er angekündigt. Es war 10 Uhr 19. Sie hasste es, auf ihn warten zu müssen, wie schon in Frankfurt vor ein paar Wochen. Dabei war das Rendezvous nach all den Messepartys, um ein Uhr nachts in der Bar seines Hotels, seine Idee gewesen. Das Taxi holperte, als er ihr die Adresse per Handy durchgab, sie drückte ihr Gesicht ans Polster, um ihn überhaupt zu verstehen, und das Leder unter ihrer Wange wurde warm, während sie sprachen. Der Taxifahrer lächelte, scheint gut zu laufen, Ihr Geschäft! Das Kunstleder stank nach Rauch und Schweiß. Sie nickte benommen und bezahlte. Die Bar hatte bereits geschlossen, der Rezeptionsboy bot ihr einen Sessel in der Eingangslobby an: ja, er wohnt hier, er wird gewiss bald eintreffen. Sie konnte einen Whisky extra bekommen, schlug die Beine über Kreuz. Er hatte eine hübsche schwarzweiße Krawatte getragen, als sie sich am Morgen trafen, um das Sitzdesign für das neue Lancia-Modell zu besprechen. Zuvor hatten sie nur ein paar Mal miteinander telefoniert, am Ende umarmten sie sich auf dem Bürgersteig, seine Wange an ihrer, er stieg in ein Taxi, und jetzt wartete sie, dass er ausstieg aus einem, als wäre keine Zeit vergangen. Als er um zwei noch immer nicht in der Hotellobby stand, brach sie wütend auf, ohne ihm eine Nachricht zu hinterlassen. Als hätte er geahnt, dass die Bar schon geschlossen hatte, dass nichts übrig bliebe, als auf sein Zimmer zu gehen. Er hatte gekniffen, im letzten Augenblick.

Drei Tage nach der Messe rief er in ihrem Büro an und entschuldigte sich dafür, dass er sie versetzt hatte. Das war es wohl, so beendete man Affären, die gar nicht erst stattgefunden hatten. Sie plauderten noch etwas, um es weniger peinlich zu machen. Dabei erwähnte sie, dass sie sich ein Notebook für zu Hause gekauft hatte und nun auch eine private Mailadresse besaß. Ein paar Stunden später, in der ersten Mail, die er an diese neue Adresse schrieb, um sich noch einmal zu entschuldigen, küsste er sie am Ende. Zum Glück hatte sie schon herausgefunden, wie sie über den Server des Anbieters ihre privaten Mails auch von ihrem Geschäftscomputer aus öffnen konnte. Sie erinnerte sich kaum, wie er im Einzelnen aussah, aber etwas Merkwürdiges geschah an der Tastatur, ohne konkretes Bild wurde sein Mund für sie fühlbar, sie starrte auf die Tasten, sah aus dem Augenwinkel, wie der Cursor die Zeilen auf dem Bildschirm herstellte, und dabei spürte sie beim Tippen in den Fingerspitzen seine Lippen. Ich komme gleich, rief sie Harry zu, der den Kopf zur Tür hereinsteckte, Harry, du hast ja wieder die Schuhbänder offen!, sagte sie und lächelte blöde den Bildschirm an.

Wie hieß das Lied bloß, jetzt lief es wieder, der Gast über ihr schien Tori-Amos-süchtig zu sein. Sie drückte ihre Wange in das Hotelkissen, der Stoff war weich und roch nach frischer Wäsche. Wieder wartete sie auf ihn, seinen Anruf, sein Klopfen an der Tür. Amos, ein merkwürdiger Name. War das ein Pseudonym, ein «Ich-liebe» mit s, wie ein Plural? Heute endlich hatten sie sich am Nachmittag hier in Hamburg wiedergesehen – er hatte gezuckt, als er nackt vor ihr auf dem Bett lag und sie ihn berührte, mit ausgestreckter Hand erst, bis sie sich über ihn beugte, anfing, ihn mit ihren Brustwarzen zu streicheln, ihrem Mund, ihrem Kopf, und er die Augen schloss. Danach musste er zu einem Geschäftsessen, doch es war klar gewesen, nach all den Mails der letzten Wochen, dass sie auch die Nacht miteinander verbringen würden. Plötzlich wurde ihr bewusst, dass sie die ganze Zeit über den Kissenstoff strich, Merido Hotel war am Rand aufgeprägt. Sie hielt abrupt inne, streckte die Hand nach dem Wecker aus.

In ihren Mails fing sie an, sich für ihn auszuziehen, wie man sich in einem Schwimmbad vor anderen auszieht, weil man noch etwas darunter trägt, erst einmal so. Bei einem ihrer Bikinis konnte man den kleinen Schönheitsfleck auf ihrer rechten Brust außen sehen, ihre Haut war hell, aber sie wurde gut braun, es wäre schön, mit ihm im Wasser zu sein. Ihre Brüste mittelgroß, eher spitz als rund. Ich spüre, dass du darauf schaust und drehe mich zu dir, bis der Bikini ein bisschen aufgeht an den Rändern, und – vielleicht – lege ich mich so, dass du ein Stück zarte rosabraune Haut von ganz innen sehen kannst, während wir im Freibadgras liegen zwischen all den anderen, dort meine Brust im Gras, und da deine Hand.

Es war schon nach drei in der Früh. Das Fenster ihres Zimmers ging auf einen Garten, der Jasmin blühte, zumindest glaubte sie, dass es nach Jasmin roch. Die Silhouette eines großen Baumes hob sich gegen den orangen städtischen Nachthimmel ab. Links neben der Baumkrone öffnete sich ein Durchblick auf die hinter dem Hotelgarten vorbeiführende Straße. Auf einer der Hauswände dort blinkte eine altertümliche Werbung: ein aus Neonröhren zusammengesetzter, von der Seite zu sehender Mann hob ein Glas und trank, kaum hatte er geschluckt, begann er, sich in eine Frau – mit Rock und Locken – zu verwandeln, die ein Glas hob, es trank, sich zurückverwandelte in einen Mann, der ein Glas hob etc.

Nach Mann hatte er gerochen, sie hatte es gleich in der Nase gehabt, als sie ihn vor ein paar Stunden zur Begrüßung umarmte, doch ohne all die Mails dazwischen wäre es nie dazugekommen, ohne die Mails wäre sie nie in dieses Hotel nach Hamburg gefahren, ohne die Mails läge sie jetzt nicht hier. Sie schrieben immer gleich mehrere kleine Bündel von Mails, drei oder vier. Erzähl mir von dir, wie sieht es auf deinem Schreibtisch aus, und sie hatte von Harry berichtet mit den immer offenen Schnürsenkeln, von der kleinen schweren Vishnu-Bronze aus Puna auf ihrem Schreibtisch – einem nackten, auf allen vieren kriechenden Gott, der einen Ball, von dem sie annahm, dass es der Erdball sein sollte, lächelnd in der Hand hielt, und eine Mail war immer für sie selbst gewesen, für ihren Körper, für ihre Phantasien.

Das Summen einer körperlichen Unruhe ergriff sie, sobald sie nur das Klingelzeichen hörte, das den Eingang einer Mail ankündigte, und dazu seinen Namen sah. Wenn sie schrieb, hatte sie den Eindruck, er lausche ihr mit seinen Knochen, mit all seinen weichen Teilen, sie hörte ihn zuhören, sah seine Adern, Lymphe, sah ihn den Kopf neigen, dunkel und weich, ein großer Kopf dort, wo sein Magen sein musste, oder knapp daneben, ein weiches strahlendes Zentrum, direkt mit ihr verbunden, von der Tastatur aus lief es in ihre Finger zurück, die Arme hinauf, über die Schultern, die Brüste, den Hals, gerade so, als atmete sie mit den Mails Sexperlen ein.

Ihr Blut pochte. Markus, dachte sie, ich muss an Markus denken, ich liebe Markus doch, sie klappte den Computer zu, legte den Kopf auf den Tisch, die Hände darüber, und ihr Herz schlug. Die Wirklichkeit hatte eine Falte bekommen, wie ein großes, schlampig aufgehängtes Laken. In der

Falte steckte, geheim und verborgen, dieses Stück einer neuen Welt – ihrer Welt. Die Wörter sausten aus den Büros hinaus, einmal in den Weltraum, wieder zurück und ins Büro des anderen hinein. Vishnu kroch auf ihrem Schreibtisch. Sein Körper war bronzegold und rötlich von dem Farbpulver, das in die Rillen gerieben war, die ihn verzierten wie kleine Kabelstränge. Er lächelte verzückt. Sein Geschlecht war deutlich zu sehen.

Ich war in einer Konferenz, um zehn, konnte nicht früher. Es macht mich verrückt, wie ich dich fühle. Seh dich vor mir. Immer wieder. Kann kaum mehr stehen, sitzen, liegen. Du liegst auf dem Bett. Ich knie über dir. Bewege mich nach vorn. Mach du weiter, bitte!

Wir drehen uns um, du spürst meine Brüste an der Achsel, auf den Rippen, ich sage zu dir: streck dich aus, meine Hand wandert auf deinem Bauch. Vom Nabel kreisförmig nach oben erst, dann nach unten. Dir wird heiß. Ich trage eine Boxershort und setze mich auf deine Beine, du berührst die Öffnung zwischen meinem Schenkel und dem Stoff, ich halte dich umschlossen mit der ganzen Hand, streichle auf und ab, berühre die Spitze, den Ring, streiche deine Haut herunter, ein kleines Stück hinauf und dann wieder hinunter, rutsche nach vorn, führe dich an der Seide entlang, am Rand, und langsam hinein.

Harry fasste sie an der Schulter, na, das ist ja Stoff, den wir da im Angebot haben, sie fuhr auf ihrem Bürostuhl herum, nein, drehte sich sehr langsam um, benommen, es dauerte ein paar Sekunden, bis sie zurückfand in die Realität, er stand grinsend hinter ihr, seine lockigen schwarzen Haare ragten wie immer in allen Richtungen vom Kopf, aber seine Schuhbänder waren ordentlich gebunden. Sie sagte: ich übe für ein Schreibseminar, weißt du, dass ich angefangen habe zu schreiben?, er grinste, und ich habe einen Laden gefunden, in dem es Schuhbänder gibt, die perfekt halten! Na, dann geht es uns ja beiden gut, sagte sie lächelnd, stand auf und schaltete den Computer aus, ohne ihn herunterzufahren, nur ein quietschendes Japsen war zu hören, ein beleidigtes Schnappen der Maschine, ohoi, schmunzelte Harry, das möchte ich auch mal probieren.

Der Mann hob sein Glas und schluckte das Bier oder was es war und verwandelte sich in eine Frau, jede halbe Minute einmal, die ganze Nacht hindurch. Sie stand am geöffneten Fenster. Ein erster rötlicher Morgenschein zog in das Nachtorange des Hamburger Himmels, Vögel zwitscherten, ganz nah, und der Jasmingeruch verstärkte sich, als öffneten sich die Blüten bereits. Er würde nicht mehr kommen, es war unsinnig, weiter zu warten. Das Licht wirkte fahl, unwirklich, es war vielleicht fünf, und bis auf die Vögel ganz still. Der große Baum rechts vorm Fenster sah graugrün aus, allmählich bekam er einzelne Blätter, Schatten krochen an ihm hinunter, in langen, flammenähnlichen Zungen, als gäben sie auf, erschöpft. Auf dem Boden flossen sie wie Schlangen entlang – und waren doch nur Metaphern, Bilder.

Natürlich komme ich, hat sie geschrieben, er musste überraschend nach Hamburg, auch sie wird überraschend nach Hamburg müssen, in der Firma einen Tag Urlaub, Markus fuhr nächste Woche auf Geschäftsreise nach München, es fügte sich, nimm ihn in den Mund, hat er sie gebeten, so wirst du mich am meisten haben, natürlich komme ich, hat sie geschrieben, Lieber, Lieber und Küsse!, nichts zwischen uns jetzt als Geschwindigkeit und etwas Zeit.

Markus hat sie nicht anlügen müssen, er wird nichts wissen von Hamburg, ihre Gefühle für ihn haben sich nicht verändert, nur waren die Liebe und die Lust zur Achterbahn geworden, zwei Schienen, die sich weit auseinander spannten, und man – nein: sie! – machte einen Riesenspagat darüber, wie auf einer Kirmes, es roch nach Zuckerwatte und Abenteuer, war leicht und schwer.

Elina, rief Markus, als er seine Sachen packte, Elina!, als er vor ihr stand, sie zuckte zusammen und schaute ihn verständnislos an, wo träumst du dich nur hin?, lächelte er. Ihr eigener Name schien ihr so fremd, vielleicht weil sie in den Mails nie so hieß, sie schrieben sich nur noch Sex, ohne Anreden, ohne Enden, ununterbrochen, ein ununterbrochenes Schreiben im Kopf und Körper, sie stand auf und sagte: es tut mir Leid, ich fühle mich nicht wohl, dabei küsste sie Markus flüchtig, fahr gut, pass auf dich auf!, wieso?, antwortete er, ich fahr doch erst morgen früh!

Meine Finger werden zittern, mit fliegenden Händen tippe ich das hier in die Maske, ich zittere schon hier, wenn ich bloß daran denke. Ich ziehe ein Kleid an, ein paar Knöpfe nur, nichts darunter. Werde da sein für dich, dich bewegen in mir, dich kommen lassen, tiefer noch, bis du nicht mehr weißt, wo du aufhörst, ich beginne, ich ende, du anfängst, bis alles sich mischt um uns herum, über und unter und in.

Sie duschte, es war heiß gewesen all diese Tage hindurch, auch für alle anderen, ins Handtuch gewickelt stürzte sie zum Schreibtisch. Doch sie hatte nicht aufgepasst, die Tür zu ihrem Zimmer stand offen, und Markus kam vom Müllruntertragen zurück, die Nachbarin ließe fragen, ob Elina die Blumen bei ihr gießen könne in den nächsten Tagen. Natürlich, murmelte sie, ich bin ja da, und Markus stand im

Türrahmen, drei Meter hinter ihr, er konnte den Bildschirm erkennen, aber nichts lesen. Was arbeitest du denn noch?, fragte er, ach nichts, ich bin in einem Chat, so etwas machst du?, erstaunt sah er sie an, als wäre er der Beobachter einer seltsamen Spezies, ja, ich wollte es mal ausprobieren, kennst du das nicht?, doch, antwortete er gleich, und wie ist es?, eher mäßig, Markus, oder, du weißt es doch selbst.

Er hat geschrieben, dass er ihr Treffen kaum erwarten kann, aber auch Angst davor hat, niemand darf sie sehen, sie werden nervös sein, sie beide haben so etwas noch nie gemacht. Hast du auch wirklich all meine Mails gelöscht?, schrieb er, ich weiß gar nicht, was uns da geschieht. Seine Frau arbeitete in derselben Firma wie er.

Es ist vom Himmel gefallen, hat sie zurückgemailt, und es ernst gemeint, aber ein Emoticon dazugesetzt: ;-)

Bilder, Metaphern. Mit Papieren und Stoffmustern saß sie im Zug nach Hamburg, er würde schon angekommen sein, wenn sie eintraf, sie wusste die Adresse des Hotels auswendig, er würde dort auf sie warten, ich werde dich sehen und küssen, sonst platze ich, sonst falle ich um, tippte sie in ihr Notebook, obwohl sie nicht angeschlossen war, obwohl er nicht angeschlossen war, ihre *life line* unterbrochen, sie fuhr ja in die Wirklichkeit.

In Hamburg war es bedeckt, aber schwül, als sie durch den Hauptbahnhof ihren Weg suchte, schon zu normalen Zeiten brachte sie die beiden Seiten der Ankunftshalle durcheinander. Sie war so aufgeregt – und wenn er doch nicht kommt, wie damals auf der Messe? –, dass sie nicht Taxifahren konnte, also ging sie zu Fuß, fand die Straße gleich, das Hotel schien am Ende zu liegen, sie lief an einem der Hamburger Kanäle entlang, sah ihr Spiegelbild auf dem Wasser gehen, schwebte selbst, war betäubt, glasklar, hellwach, ihr Handy klingelte, und er war dran. Seine Stimme erschreckte sie, so real, wo bist du?, ich komme schon, bin schon fast bei dir, Zimmer 220, sagte er und hängte ein, sie hatte die Erregung in seiner Stimme gehört. Sie trug ein Kleid, ihre Strümpfe rieben am Saum.

Die Festigkeit seines Körpers hat sie überrascht. Wie groß sein Brustkasten war, wie viel stärker und stabiler er sich anfühlte, als er aussah unter dem taubblauen T-Shirt, in dem er ihr die Tür öffnete. Er roch gut, sehr unterschiedlich an verschiedenen Stellen, nach Duschgel am Bauch, etwas süßlich unter den Achseln – Hormone, Pheromone, ihre Nase reagierte immer und sie folgte ihr. Sanfte Haut, muskulöse Arme, alles eher kurz als lang (im Vergleich zu Markus zumindest), die Beine kräftig, seine Füße sah sie nicht, nicht wirklich, er war beinahe nur so groß wie sie, kaum größer, so ohne Schuhe, als er ihr die Zimmertür, 220, öffnete, sie empfing, sie spürte auch sein Herz pochen, sie sagten nichts, wie ausgemacht, sie küsste ihn sofort. Er war klein und fest, unglaublich fest, sie kam mit ihren Händen nicht durch, er war schwer, als sie aufs Bett fiel und er endlich über ihr lag, jetzt wirklich, ein Mensch aus Fleisch und Blut wie sie, der sich anders bewegte, als sie gedacht hatte, doch das stachelte sie an, es machte sie gierig, und wie ein Hund im Gebüsch lief sie weiter, die Nase am Grund, nämlich in seiner Haut, auf der Suche nach einem Zucken aus Fleisch, Haaren und Geruch, warm und nass auf einer Lichtung, in einem Gewitter, unter einem ersten Blitz, der in ihr stattfand, bis es raschelte und knackte, donnerte und rauschte, und die Musik lichtzuckte hinter den Augen, als er kam – da war sie es selbst.

Sein Magen knurrte, sie lagen noch nackt auf dem zerknüllten Laken, er müsse dringend etwas essen gehen, sagte er, sonst bekomme er Sodbrennen, das bekomme er immer, wenn er zu lange hungrig bleibe. Sie wäre nie aufgestanden, sie hätte im Bett liegen wollen, ihn einatmen, bei sich haben, mit ihm sein. Er produzierte Zuneigung wie einen Seidefaden – er spann ihn aus ihr heraus. Er war phantastisch lebendig und plötzlich unheimlich weit weg zugleich, als er abrupt aufstand, um sich anzuziehen. Das späte Nachmittagslicht flimmerte auf dem Minibalkon des Hotelzimmers, noch immer strömte heiße Luft zur Tür herein. Sie sagte, dein Körper ist wie ein warmer Handschuh, du trägst den Flaum nach außen, doch er konnte nichts damit anfangen und lachte nur, sie wusste nicht, ob er verstand, aber bis eben war es so gewesen: er hielt sie, sie lag an seinem Bauch, überall klebte noch sein Samen, auch an ihrer Stirn, es trocknete langsam, und er hielt sie mit seinen festen Armen. Sie lag auf seinem Bauch, sein Arm halb über ihrem Ohr, die Klimaanlage lief und es war ein Rauschen, das von innen und außen zugleich kam, und durch seinen Arm und aus seinem Bauch. So war es wirklich. So also war es wirklich.

Kaum war sie gegangen, rief er auf ihrem Handy an und sprach auf die Mailbox, denn sie steckte in der U-Bahn, in einem Funkloch, wie sie den ganzen Tag über in einem Funkloch sein wollte, für Markus, an den sie denken musste, natürlich, doch da war sie real in einem Funkloch und hörte ihn Minuten später nur auf ihrer Mailbox. Dass er ein schlechtes Gefühl habe jetzt, nicht wisse, wie es sagen, er bedankte sich, stotterte dann, es habe ihn überwältigt, umgehauen, er könne das nicht. Es überrasche ihn selbst, es bringe ihn in Schwierigkeiten, es mache ihn verzweifelt, sprach er ihr aufs Band, wunderschön sei es gewesen, die Mails schon und auch die Realität, und es ist … – er lachte, die Verbindung wurde schlecht, sie hörte nicht, was er als Nächstes sagte.

Sie nahm, wie ausgemacht, ein Zimmer im Merido Hotel. Er wollte nicht, dass sie in seinem Raum blieb oder auch nur in demselben Hotel wohnte wie er, denn er war mit einem Kollegen angereist, der sie bei einer zufälligen Begegnung im Flur noch von der Messe her hätte wiedererkennen können. Sie erhielt ein frisches breites Bett ganz für sich. Zum Bad führte eine Treppe hinauf. Er hatte kommen wollen, aber niemand hatte geklopft oder auch nur angerufen. Das Werbebild gegenüber war in einem undefinierbaren Zustand zwischen Mann und Frau stehen geblieben. Tag. Als sie ihr Gesicht unter den Wasserhahn hielt, hörte sie wieder die Musik aus dem Zimmer über sich, und weil sie nun näher daran war, verstand sie, dass Tori Amos *We'll see how brave you are* sang. Elina ging zu ihrem Bett zurück. Das Fenster stand offen; das Laken war kalt und etwas feucht von der Morgenluft. Sie legte sich nackt hinein, schlug die ebenfalls kalte Decke über sich, streckte sich und spürte, wie der Stoff sich auf ihrer Haut, auf ihrem Erschrecken, auf ihren Fragen rieb.

Vier Tage später mailte er wieder.

## Katrin Askan
# Eidechse

Das Projekt, mit dem ich mich vor einem halben Jahr um einen Aufenthalt in diesem Institut beworben hatte, war längst abgeschlossen. Jetzt kam ich hierher und hatte zwei Wochen Zeit.

Die anderen Gäste waren durchschnittlich zwanzig Jahre älter als ich. Sie kamen ebenfalls aus Deutschland und arbeiteten bei der gleichen Firma wie ich, aber in anderen Städten. Beim Abendbrot hörte ich sie von einer Bar reden, sie sei früher ein Kuhstall gewesen und befinde sich etwas außerhalb des Ortes. Deshalb liefen die meisten Touristen, wenn sie den Weg überhaupt fänden, daran vorbei. Abends träfen sich die Einheimischen dort, an den Wochenenden kämen Jugendliche aus der gesamten Umgebung, sogar aus der sechzig Kilometer entfernten Stadt.

Keine Stunde später stieg ich hinter zwei Herren und zwei Damen aus dem Institut die paar Stufen hinab. Wie ein Kuhstall sah die Bar nicht aus, eher wie ein Kellergewölbe. Musik und Stimmen drangen mit einer Wolke aus Bierdunst und Zigarettenrauch aus der geöffneten Tür.

Wir wählten einen Tisch, der nahe an der Theke stand, einer der Herren zog einen Stuhl für mich zurück. Von diesem Platz aus konnte ich ihn geradewegs anschauen. Den Mann am Tresen. Unsere Blicke trafen sich.

Ich trank den Wein, den die anderen bestellt hatten. Aber

ich beteiligte mich nicht an ihren Gesprächen. Ohnedies hatten sich die vier schon auf dem Weg hierher in Paare aufgeteilt. Mir war es recht. Ich betrachtete den Mann am Tresen. Er saß leicht gebeugt auf einem Hocker, einen Arm aufgestützt, in der Hand das Glas. Ich schlug meine Beine über, die Fußspitzen zeigten zu ihm. Immer wieder wanderte sein Blick zu mir, wir sahen uns in die Augen, dann schaute er zur Tür oder auf sein Glas oder zum Barkeeper.

Die vier anderen und ich waren die einzigen Touristen hier. Obwohl ich die fremde Sprache beherrsche, verstand ich kaum, worüber sich die Leute um uns herum unterhielten, sie redeten mit starkem Dialekt. In der Bar saßen fast ausschließlich Männer, die meisten trugen ausgebeulte Jeans, die Ärmel ihrer Hemden waren aufgekrempelt; die wenigen Frauen hatten sich schön gemacht. Der am Tresen war schwarz gekleidet, seine Schuhe reichten bis über die Knöchel. Er hatte kurzes dunkles Haar, in dem Gel glänzte, der Nacken war rasiert. Jetzt sah er nicht mehr weg, wenn ich seinem Blick begegnete, ihn aushielt, wir spielten ein Spiel. Die vier an meinem Tisch gehörten dazu, sie schienen es nicht zu bemerken.

Die Bar füllte sich, die Leute stellten sich in die Gänge, vor den Tresen, sie versperrten die Sicht. Ich ging aufs Klo und merkte, dass ich zu viel getrunken hatte. Zurück lief ich so dicht wie möglich an dem Mann vorbei, er unterhielt sich, doch ich sah, dass er mitten im Satz stockte und mich anblickte. Mir wurden die Knie weich.

Die vier hatten in der Zwischenzeit bezahlt und waren aufgestanden, einer der Herren half mir in meine Jacke. Auf dem Weg ins Institut zurück lief ich hinter den beiden Paaren, sie hielten sich jeweils eng umschlungen.

Am nächsten Morgen fiel mir sofort sein Blick ein und

wie er da gesessen hatte, einen Ellenbogen auf der Theke, in der Hand das Glas.

Ich ging nachmittags in die Bar, den Weg fand ich mühelos. Als ich eintrat, war er gerade auf dem Weg hinaus. Er zögerte einen Moment, wir lächelten einander zu. Dann saß ich allein über meinem Kaffee und blieb am Abend, aus Stolz, im Institut. Der Stolz verwandelte sich in schlechte Laune. Die verschwand auch am nächsten Tag nicht, da stand ich vor verschlossener Tür. Die Bar hatte montags zu. Ich lief durch den Ort, ich war mir sicher, dass er hier irgendwo wohnte, aber ich traf ihn nicht.

Dienstag ging ich spät in die Bar, gegen halb elf, er saß am Tresen und grüßte. Ich hatte ein Buch mitgebracht, in dem ich blätterte, und nippte vom Wein, eine Landmischung, die wässrig und süß schmeckte. Die Bar war relativ leer heute, einige junge Leute hatten sich in die Nischen zurückgezogen, die früher wahrscheinlich Kuhboxen gewesen waren. Ich fragte den Barkeeper nach Streichhölzern, und er fragte, woher ich komme. Das Gespräch war mühselig, er musste jeden Satz wiederholen, bevor ich ihn verstand. Der Mann am Tresen, der auch heute Schwarz trug, hörte eine Weile zu, schließlich nahm er sein Glas und setzte sich neben mich auf die Bank, aber er ließ mindestens zwei Meter Abstand zwischen uns. Er heiße Davide, sagte er. Seine Augen waren schwarz und klar. Leuchtendes Schwarz, das hatte ich bis dahin noch nie gesehen.

Wir trafen uns am nächsten Abend wieder, ich hatte gesagt, dass ich um zehn in die Bar käme, und um zehn, als ich in die Bar trat, war er schon da. Ich trank zwei Gläser Wein, er drei doppelte Grappa. Dann war es elf. Ich sagte, ich wolle gehen, er kam mit hinaus. Wir standen nebeneinander, verlegen, er war kleiner als ich, das war mir vorher gar nicht aufgefallen. Wo er wohne, fragte ich. Nicht weit von hier, sagte er und berührte meinen Arm.

Sein Apartment war kaum fünfzig Meter von der Bar entfernt. Ein großer Raum, dahinter das Bad, links neben der Spüle ein Kühlschrank und davor ein Tisch. Ich saß auf dem einzigen Stuhl, er lief herum, nervös. Ob ich seine Bilder sehen wolle. Ich nickte. Er zog sie aus einem Regal. Ein Stapel Zeichnungen. Er blätterte sie vor mir durch, viel zu schnell. Eidechsen. Auf jedem Blatt. Manchmal nur ein vergrößertes Detail, der Kopf, die Füße, manchmal waren sie vollständig abgebildet, einige hatte er koloriert. Von den Bildern ging etwas aus, das mich beeindruckte, aber ich hätte auf die Schnelle nicht sagen können, was es genau war. Davide packte schon wieder zusammen, eine Kippe im Mundwinkel. Er drückte sie in den Aschenbecher, bevor er nach meinen Händen griff und mich vom Stuhl zog. Ich knickte die Knie ein, als wir uns küssten, ich befürchtete, meine Länge könnte ihn abstoßen. Dann bemerkte ich eine Weile nur noch seine Lippen, seinen Atem, seine Hände, wie sich sein Haar anfühlte, sein Rücken. Als ich an seinen Hintern griff, spannte er die Muskeln an. Ich dachte an die Kondome in meiner Jackentasche, dabei blickte ich unwillkürlich zu der Liege, einer Art Campingbett, auf der ein Schlafsack lag. Davide schob mich plötzlich durch den Raum, ich stieß rückwärts an die Liege, sie rutschte ein Stück weg, und er fiel über mich, sehr gekonnt, wie er sich dabei abstützte, die Metallfedern quietschten. Unser Atem wurde flach und hastig, nur kurz standen wir noch einmal auf, um uns die Kleider herunterzureißen, jeder seine eigenen. Davide drückte mich an den Schultern auf die Liege zurück, mir gefiel das, wie bestimmt er war, er drehte mich auf die Seite, fasste mir in die Kniekehlen und schob meine angewinkelten Beine hoch, bis die Oberschenkel meine Brüste berührten.

Ich hob den Kopf; als er in mich hineinkam, sah er genau zu, und ich sah zu, wie er zusah. Doch unsere Blicke trafen sich nicht mehr, das war wie eine Abmachung, die wir getroffen hatten, und wir hielten uns beide daran.

Danach stand er auf und ging ins Bad. Ich hörte Wasser laufen, er schien sich zu waschen. Als er zurückkam, trug er eine Unterhose und ein T-Shirt. Er legte sich neben mich, auf den Rücken, die Liege war eng. Ich rollte mich an ihn. Keine Hand kam von ihm, kein Arm, kein Wort. Als er eingeschlafen war, stand ich auf. Ich suchte in der Dunkelheit meine Sachen und ging zurück ins Institut.

Am nächsten Abend lief ich an der Bar vorbei direkt zu dem Haus, in dem er wohnte, es brannte Licht. Ich klopfte. Davide öffnete, er schien nicht überrascht. Ob ich störe, fragte ich. Er sagte nichts, er bot mir mit einer Geste den Stuhl an, lief im Raum herum, hantierte am Waschbecken, suchte etwas im Schrank. Er wusch ein Glas ab und stellte es mir hin.

Wein?

Ich nickte, er goss mir Cannonau ein, diesen hervorragenden Roten aus Sardinien. Davide holte einen Schemel aus dem Bad und setzte sich zu mir. Das heißt, er setzte sich an die andere Seite des Tisches, er zog ein Blatt hervor und einen blauen Buntstift und begann zu zeichnen. Nach einer Weile erkannte ich die Umrisse einer Eidechse.

Was ist los, fragte ich.

Nichts, sagte er, ohne hochzusehen.

Ich stand auf und ging im Raum umher, zum Bücherregal. Ich versuchte, die fremd klingenden Titel in mir bekannte zu übersetzen, mir halfen die Namen dabei. Ein Hitler-Buch. Ich zog es heraus, Davide begann zu lächeln, immerhin.

So einen bräuchten wir hier auch, sagte er.

Ich dachte erst, ich hätte ihn falsch verstanden, aber Davide sprach ohne Dialekt mit mir, und er wiederholte Wort für Wort noch einmal, langsam und betont.

Schwachsinn, sagte ich auf Deutsch und setzte mich wieder hin.

Er warf den Buntstift von sich und lehnte sich zurück. Seine schwarzen Augen funkelten. Als er zu reden begann, sprühten winzige Speicheltropfen aus seinem Mund. Alles hier sei marode, verrottet, sagte er, die Moral, die Kultur, die Politik. Die Kirche auch, das aber war ihm egal. Er schimpfte vor allem auf die kleinen Leute, er war wohl einer von ihnen. Er sprach immer schneller, ich verstand immer weniger und widersprach trotzdem.

Ich hätte keine Ahnung, sagte er, sein Ton war scharf. Ich solle mich da nicht einmischen, was wisse ich denn schon von seinem Land. Von seinem Leben. Vom Leben überhaupt. Er hielt mir den ausgestreckten linken Arm hin.

Weißt du, was das ist, fragte er. Seine Augen glühten.

Was meinst du? Ich saß auf der Stuhlkante, bereit aufzuspringen, falls er zuschlagen sollte.

Das! Er tippte auf die blau-schwarze Linie an seinem Unterarm. Nein, ich wusste nicht, was das war.

Heroin, sagte er. Kokain, sagte er.

Der Stuhl kippte nach vorn, nur ein wenig. Meine Hand in der Jackentasche schloss sich um ein Kondom, das wir gestern nicht benutzt hatten.

Zehn Jahre lang, sagte er, habe er gefixt. Seit sieben Jahren sei er clean. Ich atmete auf. Auch Davide schien erleichtert zu sein. Er nahm sein Glas und setzte sich auf die Liege, ich lehnte mich auf dem Stuhl zurück, ganz entspannt. Es ließ sich ja doch nichts mehr ändern.

Er sei ein Nachkömmling gewesen, begann er zu erzählen, seine Stimme war jetzt ruhig, fast leise. Drei ältere Schwestern kümmerten sich um ihn, seine Eltern waren Lehrer und liberal. Sie hatten damals ein Familienhaus mit großem Garten, da gab es zwei Hunde, Katzen, Hühner, eine Ziege und Eidechsen. Sehr viele Eidechsen, sagte er.

Ob er die damals schon gezeichnet habe.

Er schüttelte den Kopf, stand auf. Er lief im Raum umher, ging dann zur Tür und schloss ab. Den Schlüssel ließ er stecken, ich wusste, was kommen würde, aber ich wusste nicht, ob ich das immer noch wollte. Er stellte sich neben mich, nahm meinen Kopf und drückte ihn an seine Hose. Ich streifte meine Schuhe ab und stand auf. Er umarmte mich nicht, er hielt meine Hüften und presste seine dagegen. Ich schob ihn an den Schultern ein Stück zurück.

Hätten wir gestern Nacht nicht besser ein Kondom benutzen sollen, fragte ich in seiner Sprache.

Was? Er schien den Satz nicht verstanden zu haben, aber er wirkte irgendwie alarmiert. Was hast du gesagt? Er sah sehr ernst, fast verärgert aus.

Ich wiederholte den Satz, verunsichert, weil ich nicht wusste, ob die Grammatik stimmte.

Du meinst, sagte er. Entsetzen in den Augen. Du meinst, begann er noch einmal, es war gefährlich?

Ich weiß nicht, sagte ich und blickte auf seinen Arm.

Ich sah ihm die Erleichterung an.

Da ist keine Gefahr, sagte er.

Am nächsten Abend, als ich zu Davide ging, hatte er Besuch. Ein junger Typ, den ich schon in der Bar gesehen hatte, die beiden rauchten und tranken Wein. Davide bot mir ein Glas an und seinen Hocker, ich nahm das Glas und setzte mich auf die Liege. Ich wollte die beiden nicht aus ihrem Gespräch reißen, das sie in ihrer Sprache und mit starkem Dialekt führten, ich verstand nicht viel. Der Junge saß mit dem Rücken zu mir. Davide warf mir ab und zu Blicke zu, so sehnsüchtig wie in der Bar, als wir uns das erste Mal gesehen hatten. Nach einer Stunde etwa stand der Junge auf. Die zweite Flasche Wein war inzwischen leer. Einen Moment lang hielt ich es für besser, mich auch zu verabschieden. Aber Davide schloss hinter dem Jungen die Tür ab.

Davide.

Noch eine Woche, dann fuhr ich nach Deutschland zurück. Vielleicht war es mir deshalb sogar recht, dass er mich relativ gleichgültig behandelte. Er war nicht unhöflich, aber auch nicht zuvorkommend. Er gab sich keine Mühe, mir zu gefallen, auch keine, mir etwas zu bieten. Ich klopfte jeden Abend an seine Tür und wenig später, jeden Abend, nahm Davide meine Hand und legte sie auf den Reißverschluss seiner Hose. Oder er drückte meinen Kopf an dieselbe Stelle. Er streichelte mich nicht, er küsste mich nicht mehr, aber er fragte manchmal, ob er mir auch wirklich nicht wehtue. Und wenn ich hochrutschte, schob er seine Hand zwischen die Wand und meinen Kopf, oder er zog mich sanft an den Hüften hinunter.

Es ist nicht gut, sich beim Sex zu etwas zu zwingen, sagte Davide einmal, als ich ihn darum bat, mich zu streicheln. Aber er legte dennoch seine Hand auf meinen Rücken, ein Finger nur begann mechanisch zu kreisen, ich spürte ihm vollkommen konzentriert nach, ich war ein Seismograph, der noch die geringste Linie registrierte, die sein Fingernagel auf meiner Haut zog, jede löste neue Schauer aus, die sich überlagerten und in Wellen nach innen strömten, immer dichter schmiegte ich mich an Davide an.

Die drittletzte Nacht vor meiner Abreise blieb ich im Institut. Es fiel mir schwer, aber ich wollte wissen, was passiert. Ich verließ mein Zimmer nicht, um das Telefon nicht zu überhören.

Davide rief nicht an, er kam auch nicht herüber, dabei hatte ich ihm erklärt, dass er an der Rezeption nur seinen Namen zu sagen bräuchte, dann würde man ihn hereinlassen, ich hatte die Angestellten eingeweiht. Erst gegen Morgen schlief ich ein.

Am nächsten Abend stand ich wieder vor seiner Tür. Er lächelte, fragte aber nicht, wo ich gestern gewesen sei.

Ich bin hungrig, sagte er und stellte zwei Teller auf den Tisch. Daneben Brot und Käse, den er in Stücke schnitt. Er zerteilte eine frische Fenchelknolle, kippte Salz und Olivenöl in eine Schale und tauchte ein Stück Gemüse hinein. Er hielt es mir hin. Rohen Fenchel hatte ich noch nie gegessen, ich biss vorsichtig zu, und als ich überrascht nickte, schob Davide die zerteilte Knolle näher an meinen Teller, er holte noch mehr Brot und schien sich zu freuen, dass ich zulangte. Tatsächlich hatte ich das Gefühl, seit langem nicht so gut gegessen zu haben. Nur der Rest Öl in der Schale blieb übrig, Davide räumte ab und spülte das Geschirr. Dann bot er an, meine Schultern zu massieren. Später küsste er meinen Körper, zum ersten Mal, und als er in mir war, zog er mich mit beiden Armen fest an sich.

In dieser Nacht ging ich nicht ins Institut zurück, ich schlief neben Davide auf der schmalen Liege ein. Am Morgen weckte mich die Kirchturmuhr mit sechs Schlägen. Draußen wurde es bereits hell. Er schlief noch, manchmal zuckte ein Arm, ein Bein. Ich betrachtete sein Gesicht, er sah angestrengt aus, selbst im Schlaf. Eine tiefe senkrechte Falte kerbte seine Nasenwurzel, zwei verliefen von den Nasenflügeln bis zu den Mundwinkeln. Seine Lippen waren rissig, seine Haut hellbraun. Davide schlug die Augen auf.

Guten Morgen, sagte er und lächelte fast. Ich wollte ihn

küssen, aber er stand auf, ging ins Bad. Ich hörte die Klospülung, Wasser lief in der Dusche.

Kaffee, fragte er, als er zurückkam. Er trug ein schwarzes Hemd und schwarze Jeans.

Ich streckte meinen Arm aus, in seine Richtung. Davide kam einen Schritt näher, zögernd.

Ich brauche einen Kaffee, sagte er.

Mit den Fingern winkte ich. Er blickte in meine geöffnete Hand, kam noch näher. Als er direkt vor der Liege stand, setzte ich mich auf. Er sah auf meine Brüste, ich hob die Arme, er beugte sich ein Stück hinunter, ich nahm seinen Kopf und hielt ihn fest. Ich wollte dieses Gesetz durchbrechen, an das wir uns bislang gehalten hatten, heute, an meinem letzten Tag hier, wollte ich in Davides Augen sehen. Sie waren wie schwarzes Glas; selbst aus der Nähe konnte ich nicht erkennen, wo die Pupille aufhörte und die Iris begann. Ich zog seinen Kopf noch näher, unser Blick löste sich auf. Meine Zunge fuhr in seinen Mund, glitt über seine Zähne, er begann, an meinen Lippen zu saugen, er hielt meine Brüste sehr fest. Ich zog Davide auf die Liege, öffnete seine Hose und setzte mich auf ihn. Ich fasste seine Handgelenke und drückte sie mit aller Kraft über seinem Kopf auf das Kissen, er versuchte, mir seine Arme zu entziehen, es gelang ihm nicht. Er presste die Lippen zusammen und drehte den Kopf zur Seite, er atmete, als stünden seine Lungen unter Druck.

Danach ging ich wortlos, wie sonst er, ins Bad. Unter der Dusche spülte ich mir die Tränen aus dem Gesicht.

Morgen früh fahre ich, sagte ich trotzig, als ich unter der Liege meine Sachen hervorzog, Davide lag noch. Er sah verwundert aus, zum ersten Mal entdeckte ich in seinem Blick so etwas wie Zuneigung. Ich zog mich an, ging zur Tür und ohne Gruß hinaus.

Drei Stunden später rief er im Institut an. Ich war beim Packen. Er schlug vor, am Nachmittag gemeinsam auf den Berg zu fahren, der hinter dem Ort lag und dessen Spitze noch immer schneebedeckt war. Ich versuchte zu verbergen, wie glücklich ich war.

Er holte mich im Institut ab, auf die Minute pünktlich. Der Beifahrersitz seines Autos war voller Krümel, auf dem Boden lagen zerknülltes Papier und Plastikbesteck, leere Zigarettenschachteln, Kippen und Asche, ich glaubte sogar so etwas wie verfaulte Erdbeeren zu erkennen, auf der Konsole in der Armatur stand eine Aluminiumschale mit einem eingetrockneten Rest, Lasagne vielleicht, ich schaute schnell weg. Der Rücksitz war voll gepackt mit Jacken, Pullovern, Papier- und Plastiktüten. In seiner Wohnung hatte ich niemals auch nur eine Socke herumliegen sehen, wurde der Aschenbecher nach jeder dritten Zigarette geleert, ausgespült und wieder abgetrocknet. Dort herrschte klinische Reinheit.

Davide hatte meine Blicke offensichtlich bemerkt, wir waren schon ein Stück gefahren, da begann er plötzlich zu lachen. Erst war ich überrascht, dann musste ich mitlachen, er fuhr ein bisschen Zickzack, das machte alles noch komischer.

Ich bin pervers, sagte er und schlug sich mit einer Hand aufs Bein. Er fuhr dicht auf unseren Vordermann auf, wir konnten uns kaum einkriegen.

Der einzige Weg zum Gipfel hinauf begann auf der anderen Seite des Berges, er zweigte aus einer kleinen Ortschaft ab. Die Straße war schmal, anfangs noch geteert, dann gepflastert, schließlich nur noch eine staubige Rinne. In der Mitte wucherte Gras, im fest gefahrenen Sand lauerten kantige Steine. Davide fuhr zügig und vorsichtig zugleich. Er hatte eine seiner Kassetten eingelegt, die überall herumlagen, die Musik gefiel mir, ich drehte lauter, er sang mit. Die

Bäume am Wegrand wurden lichter, sie gingen allmählich in Büsche und Sträucher über, schließlich sahen wir über sie hinweg das Land weit unter uns liegen.

Davide hielt an einem Refugium, aus dem Schornstein stieg Rauch. Vor dem Haus standen Ziegen, weiter hinten, am Hang, verlor sich die Wiese im Geröll herabgestürzter Steine, sie waren mit gelben Flechten und Moos überzogen.

Davide stieg aus, er verschwand hinter dem Gebäude. Nach wenigen Minuten kam er wieder und legte mir eine gekühlte Dose Cola und ein Eis in den Schoß. Er wickelte seines aus und startete den Motor, ich sah, wie geübt er darin war, beim Fahren zu essen. Einmal blickte er kurz zu mir, als wollte er sich vergewissern, ob mir mein Eis schmeckte. Ich fühlte mich wie seine kleine Schwester: glücklich, dass er mich mitgenommen, sich endlich mit mir verbündet hatte.

Irgendwann mussten wir das Auto stehen lassen. Der Unterboden hatte mehrmals hintereinander in Schlaglöchern aufgesetzt. Bis zum Gipfel ging es steil aufwärts. Davide lief voran, ich blieb einige Schritte hinter ihm, so sehr ich mich auch bemühte, ich schaffte es nicht aufzuholen, er schien immer schneller zu werden, der Schweiß rann mir den Rücken hinunter. Es gab keine Gelegenheit, uns gegenseitig zu versichern, wie toll die Aussicht war, die Luft, das zu sagen, was Touristen gewöhnlich sagen in so einer Situation.

Harscher Schnee, sehr weiß und glitzernd auf kurzen Gräsern, von den Steinen war er schon getaut, sie glänzten nass, hier und da stieg feiner Dampf auf, Rinnsale, dünn wie Ameisenstraßen, quer über den Weg. Auf dem Gipfel ein riesiges Kreuz. Bei klarem Wetter konnte man es von unten, von Davides Dorf aus, sehen. Wir blieben stehen. In der Ferne eine Gebirgskette, Schnee bedeckte nur die Gipfel, und keine einzige Wolke, kein Schleier in der Luft. Davide glaubte einen Berg zu erkennen, von dem er wusste, dass er genau fünfzig Kilometer von hier entfernt war. Als er ihn mir zeigte, achtete ich jedoch nur auf seine Hand, die er auf meine Schulter legte. Wir gingen weiter, wieder bergab, zu einem Vorsprung, von dem aus wir ins Tal sehen wollten. Mit jedem Schritt abwärts wurde der See unten länger, er glich einem schmalen Stück Silberfolie mit weißen Punkten, eine Fähre durchschnitt sie quer. Die Fähre entfernte sich von dem Ort, wo Davide wohnte und ich zwei Wochen verbracht hatte. Morgen würde ich ihn verlassen; ich wusste jetzt schon, dass es ein Abschied auf immer war. Selbst dann, wenn ich einmal zurückkehrte.

Wir setzten uns auf einen grasbewachsenen Fels, keinen Meter vor uns fiel die Wand steil ab. Wir knackten unsere Cola-Dosen, und erst als sie leer waren, bemerkten wir die Stille. Kein Motorengeräusch, kein Blätterrauschen, kein Vogel, kein Mensch, kein Hund. Der Wind schwieg, wir saßen wohl in seinem Schatten, ich hörte nur Davides Atem, er strömte ein und aus. Ich hörte Davides Atem, nicht meinen, ein Rätsel, das ich nicht mehr lösen konnte, denn er nahm meine Hand und legte sie auf seine Hose. Ich nahm seine Hand und legte sie in meine Taille. Er fasste zu, mit beiden Händen, und hob mich auf sich. Der Abgrund war hinter mir, diese herrliche Aussicht, das ferne Gebirge, der See. Nur ein Fuß hatte Halt, der andere rutschte immer wieder über ein Grasbüschel, das bald gefährlich glatt war. Mit einer Hand griff ich nach meinen Schuhen, ich zog mir erst den einen, dann den anderen aus und stellte sie oberhalb von Davides Kopf ab. Dann kippte der strahlend blaue Himmel unter mich, an meiner Wange wuchsen Kräuter, ich biss in ein Blatt, das wie Davides Lippe war, er schrie auf, sein Haar in meinem Mund zerteilte ich mit der Zunge, ich spürte seine Haut auf meiner, und wie er mich mit tausend Händen hielt, immer enger und fester. Die Tiefe, aus der ich langsam aufstieg, endete im See, der tiefste der Gegend, zweitausend Meter vom Gipfel bis zum Grund. Ich war ein Stück abwärts gerutscht, aber Davide hielt mich, er streichelte mein Haar. Wir lagen erschöpft auf dem Felsen. Das Erste, was er sagte, war: Das ist wie Heroin, weißt du.

Nach einer Weile wollte er gehen. Wegen der Sonne. Hier gab es nirgendwo Schatten, und wir hatten uns nicht eingecremt.

Ich hätte jetzt gern nach Davides Hand gegriffen. Aber er lief wieder zügig voran, erst als wir fast am Auto waren, blieb er stehen und drehte sich um. Seine Augen funkelten. Um der Schönheit willen, sagte er, müsse alles Dumpfe und Hässliche ausgerottet werden, die vielen Menschen vor allem, die keinen Sinn hätten und keinen Sinn kannten, sie seien Parasiten, die das Wertvollste aus der Kultur saugten, sie fielen nur zur Last und …

Ich stieß Davide in den Schnee, der unter ihm wie eine Glasscheibe zerplatzte. Er war hintenübergekippt, die Arme zur Seite gestreckt, so blieb er liegen. Ich lief weiter. Kehrte nach einigen Metern um, griff seinen Arm, zog ihn hoch. Dann stieß ich ihn noch einmal hinein. Ich trat sogar mit dem Fuß nach, aber er rollte schnell zur Seite, sprang auf. Einen Moment lang glaubte ich, er würde sich auf mich stürzen, doch er drehte sich nur in der Hüfte und klopfte sich den Schnee von der Hose.

Wir liefen schweigend weiter, nun war ich ihm zwei Schritt voraus. Er hätte leicht aufschließen können, blieb aber hinter mir. Ich versuchte, die Aussicht zu genießen. Der See wurde immer kleiner und verschwand schließlich hinter Felsen.

Wir setzten uns ins Auto, aber Davide fuhr nicht los. Er zündete sich eine Zigarette an, kurbelte das Fenster herunter, kurbelte es wieder hoch, bis nur noch ein schmaler Spalt offen war. Mir brach der Schweiß aus.

Einmal habe ich eine Frau geliebt, sagte er. Sie hat mich verlassen, es hat ewig gedauert, bis ich darüber hinweg war. Das passiert mir nicht nochmal. Ich habe ohnedies viel zu viel Zeit vergeudet, die Jahre, in denen ich an der Nadel hing, sind weggeworfen. Es stünde ihm zu, meinte Davide, jetzt alles aufzuholen, dabei würden Gefühle nur stören. Er wolle Frauen, sagte er und sah mich an. Nicht nur eine.

Ich versuchte, seinen Blick auszuhalten.

In der Zeit, wo andere ihre Mädchen wöchentlich wechselten, habe er nur an Drogen gedacht. In der Zeit, wo andere sich ausbildeten, war er hinter dem Geld her, das er für den nächsten Schuss benötigte.

Und wovon lebst du jetzt, rutschte mir heraus.

Davide zog heftig an der Zigarette.

Meine Schwester, sagte er und räusperte sich. Sie ist Professorin und hat keine Kinder. Ich will es im Grunde nicht, aber sie gibt mir das Geld gern. Und ich habe keine andere Wahl. Solange ich nicht genügend Aufträge bekomme, ich bekomme selten Aufträge, der Markt für Illustratoren ist dicht, die Agenturen vergeben Angebote nur gegen Bestechung, das mache ich nicht mit, dieses gesamte System ist infiziert von Korruption und …

Ich hob meine Hand, ich weiß nicht, warum. Davide brach mitten im Satz ab, ich strich mir durchs Haar.

Wenn du es geschafft hast, sagte ich, wenn du einmal genügend Aufträge bekommst, auch ohne Bestechung, dann bist du ein Teil des Systems, dann wirst du es auch nicht mehr hassen.

Ich weiß nicht, sagte er, kurbelte das Fenster wieder herunter und schnippte die Kippe aus dem Fenster.

Und denk nicht daran, sagte ich, was du alles versäumt hast. Sei doch stolz auf deine Erfahrungen. Du hast es geschafft, von der Nadel wegzukommen. Du bist stark, sagte ich. Glaub an dich. Hollywood, dachte ich.

Davide startete den Motor.

Auf dem Rückweg schwiegen wir.

Wieder im Ort, setzte er mich nicht vor dem Institut ab, wie ich es erwartet hatte, sondern hielt vor seiner Wohnung.

Mein Flugzeug geht morgen früh um acht, sagte ich in die Stille, ich werde um sechs abgeholt.

Er sah so konzentriert vor uns auf die Straße, als würden wir noch fahren. Seine rechte Hand strich mehrmals über das Lenkrad. Er wolle mir etwas geben, sagte er schließlich und stieg aus. Er ging ins Haus, ich wartete vor dem Auto. Ich war fest entschlossen, heute Nacht nicht bei Davide zu verbringen. Innerlich war ich schon abgereist. Er kehrte mit einer Papierrolle wieder. Eine seiner Zeichnungen.

Sind das die Eidechsen deiner Kindheit, fragte ich und betrachtete das Bild.

Damals habe ich sie gejagt, sagte er, gemeinsam mit einem Freund. Wir haben mit Steinschleudern auf die Tiere geschossen, sie dann zerschnitten. Die Köpfe haben wir uns auf die Finger gespießt. Du kannst dir nicht vorstellen, sagte er, wie traurig ihre Augen aussahen. Es war schrecklich, aber wir konnten nicht aufhören, sie zu töten, alle. Davide schüttelte bekümmert den Kopf und wendete seinen Blick ab.

Ich habe ihn nie wiedergesehen. Seine Zeichnung hängt über meinem Schreibtisch. Manchmal beuge ich mich vor und betrachte die Augen der Eidechse.

Martina Hefter
# Das neue Zimmer

Es war das erste Mal, dass Falk mit einer Frau zusammenwohnte. Als er später darüber nachdachte, wunderte er sich, wie einfach der Anfang gewesen war. Im Sommer hatte er eine Anzeige in der Zeitung gesehen, Zimmer in Zweier-WG, es war sehr billig, er wollte nicht viel Geld ausgeben. Falk rief von einer Telefonzelle aus an, und als sich eine weibliche Stimme mit «Simone, guten Tag» meldete, stammelte er ein erschrockenes Hallo? in den Hörer, weil er aus irgendeinem Grund einen Mann, einen Studenten vielleicht, am anderen Ende der Leitung erwartet hatte. Seine Überraschung verflog im Lauf des Gesprächs, Simone klang nüchtern, beinahe harmlos; und als sie ihm später die Tür öffnete, schmal, blass und mit einem Mund, der nicht geschwungen, sondern ganz gerade war, und Falk hereinbat, war das eine so sachliche Angelegenheit, als betrete er das Büro einer Steuerberaterin. Während der folgenden halben Stunde sah er Simone fast nur von hinten, sie lief mit abgezirkelten Schritten vor ihm her, blieb in jedem Raum kurz stehen, sie deutete mit knappen Handbewegungen auf die Wände und sagte: Das Zimmer, das Bad, die Küche; Falk bemerkte das glänzende Haar, das über die Schultern fiel, es sah aus, als bestehe es aus feinen Nylonfäden. Die Wohnung hatte große Fenster, von der Küche aus blickte man, trotz einer hochaufragenden Birke, die etwas entfernt vom Haus wuchs, auf einen überraschend lichten Hinterhof.

Falk nahm das Zimmer. Mit einem Bleistiftstummel aus seiner Jackentasche unterschrieb er den selbst formulierten Vertrag, den Simone auf den Küchentisch gelegt hatte. Er blickte sie nur flüchtig an, als er das Blatt Papier über die Tischplatte schob, und für eine Sekunde erschrak er, weil er glaubte, ihr Gesicht überhaupt nicht wahrgenommen zu haben. Er stand auf, ging zum Fenster und blickte runter auf den Hof, und er stellte sich vor, unter einem klaren, harten Himmel die Birke zu fotografieren. Das wird gut hier, sagte er, den Mund nah an der Scheibe, und er hörte Simone im Flur: Wie bitte? rufen.

Er war aus Frankfurt hergezogen. Sein Fotografiestudium hatte er beendet, das letzte Jahr dort als Paketausfahrer gearbeitet; Tag um Tag war er aus einem gelben Mercedes-Bus gestiegen und hatte auf abgewetzte Klingelknöpfe gedrückt, Pakete in fremde, nach Blumenkohl und altem Teppich riechende Flure gewuchtet. Nur ein paar Wochen zuvor hatte ihn Elinor verlassen. Während eines Spaziergangs am Mainufer waren sie in Streit geraten, weil Falk lieber eine Radtour gemacht hätte, und mitten auf der Friedensbrücke streifte Elinor plötzlich die hübschen, schmalen Ledersandaletten, die Falk ihr im Frühling gekauft hatte, von den Füßen, warf sie über das Geländer in den Main und rief gegen den Lärm einer vorbeifahrenden Straßenbahn, es gebe schon länger jemand anderen, dann drehte sie sich um und schritt barfuß, in dem wehenden roten Rock, den sie so gerne trug, die Brücke zurück. Falk blickte ihr lange hinterher, bis das Rot in der Ferne, zwischen Passanten und Autos, verschwunden war, bevor er mit der S-Bahn zu seinen Eltern fuhr und das Gulasch aß, das seine Mutter ihm gekocht hatte. Ich will wieder anfangen zu fotografieren, ich geh nach Leipzig, sagte Falk mit vollem Mund. Seine Mutter schüttelte den Kopf und sagte leise, eher zu sich selbst: Beinahe dreißig und nochmal fortgehen.

Der Tag des Umzugs kam, ein paar Freunde aus Frankfurt schleppten sein Bett, seinen Schrank und vier Kisten die Treppen zur Wohnung hoch, später setzten sie sich mit Bier und kalten Würstchen in Falks Zimmer und rauchten eine letzte Zigarette, bevor sie ihn umarmten, ihm auf die Schulter klopften und lachend die Stufen zum Treppenhaus hinabstiegen. Falk blieb in der Mitte des Raums sitzen, den kalten Fußboden unter seinem Hintern, und erst da fiel ihm auf, dass Simone den ganzen Tag nicht in der Wohnung gewesen war.

Während der nächsten Wochen begegnete er ihr kaum. Fürs erste hatte Falk wieder einen Arbeitsvertrag mit der Post abgeschlossen und fuhr als Beifahrer im Mercedes-Bus durch Leipzig, er merkte sich Straßennamen, Routen, stand schüchtern vor den Türen prächtiger Gründerzeitbauten, manchmal legte er seine Polaroid auf die Ablage hinter der Windschutzscheibe, doch er benutzte sie nie. Simone, die Semesterferien hatte, schien hinter ihrer geschlossenen Zimmertür noch zu schlafen, wenn er morgens die Wohnung verließ, und nachmittags, nachdem er verschwitzt, nach Abgasen riechend, von seinen Fahrten zurück war, fand er die Küche aufgeräumt, kühl, machmal kreischten Kinder hinter der Wand zum Nachbarhaus. Oft hörte er spät abends, wie ein Schlüssel jäh ins Schloss gesteckt wurde und Simone wenig später über den knarrenden Dielenboden im Flur lief; am nächsten Morgen hing dann im Bad der Hauch eines Parfums in der Luft: ein sauberer, klarer Geruch, wie die gestärkte Wäsche seiner Eltern. Nichts, was er Elinor jemals geschenkt hätte. Jedes Mal musste Falk vor dem Waschbecken grinsen, spritzte sich mit der Hand kaltes Wasser ins Gesicht.

Es wurde August, ein trockener, staubiger Sommer, Falks Schuhe waren von einer feinen, lehmfarbenen Schicht überzogen. Längst war er kein Beifahrer mehr, sondern steuerte den Postbus selbst. Später erinnerte Falk sich daran, dass es ein Freitag gewesen war, jener Tag, an dem er wenige Pakete auszufahren gehabt hatte. Er kam früher nach Hause, stieg durstig die durchgetretenen Stufen im Treppenhaus hoch, und schon im Flur spürte er, dass etwas anders war; eine gespannte, künstlich wirkende Ruhe lag über allem. Als er zu seinem Zimmer blickte, sah er, dass die Tür, die er am Morgen hinter sich zugezogen hatte, halb offen stand. Vorsichtig drückte Falk sie auf. In der Mitte des Raums hing ein feiner Schweißgeruch, unter den sich, kaum wahrnehmbar, Simones Parfum gemischt hatte, und an der Stereoanlage leuchtete das kleine Lämpchen, das den Standby-Betrieb anzeigte. Falk glotzte eine Weile auf den roten Punkt, bevor er sich mit einer vorsichtigen Bewegung, als könne er etwas zerstören, auf sein Bett setzte. Das Fenster, in der Früh noch geschlossen, war einen Spalt geöffnet, man hörte übers Kopfsteinpflaster rollende Autoreifen. Falk schüttelte den Kopf, als habe er die Ohren voll Wasser, er erhob sich wieder, warf seine Jacke mit einer betont harten Bewegung aufs Bett und ging in die Küche. Simone stand, in einem knielangen Rock, ihm den Rücken zugewandt, vor dem geöffneten Küchenschrank und räumte Nudelpakete zur Seite. Der Saum des verwaschenen, ärmellosen T-Shirts, das sie trug, war in den Rockbund gestopft und am Rücken wieder herausgerutscht; ihre nackten Füße steckten in Badeschlappen aus Gummi, das Haar war zu einem unordentlichen Zopf gebunden, aus dem sich einzelne Strähnen lösten. Zum ersten Mal fielen Falk Simones Arme auf; sie hatte lange, sehr schlanke Arme mit spitzen Ellbogen und eckigen Handgelenken.

Schon da?, fragte Simone in den Schrank hinein.

Früher Schluss heute, sagte Falk und hielt sich mit einer Hand am Küchentisch fest.

Willst du Popcorn?, fragte Simone, ich mach's mit Butter und Salz. Falk nickte. Simone hatte eine halb volle Tüte mit Maiskörnern gefunden, und während sie in einer Pfanne Öl erhitzte und den Mais hineinschüttete, glitt sie mit einem Fuß aus der Badeschlappe und kratzte sich mit dem großen Zeh an der Wade. Die ersten, puffenden Körner prallten mit einem scharfen Schnalzen gegen den Pfannendeckel, und Falk wollte etwas über sein Zimmer und über das Lämpchen an der Stereoanlage sagen, aber schließlich fragte er bloß: Und, was hast du so gemacht, den ganzen Tag?

Ohne sich umzudrehen, sagte Simone: Dies und das. Was man eben so macht. Bisschen Gymnastik.

Falk horchte auf das stärker werdende Prasseln, beobachtete Simone, die seine alte gläserne Salatschüssel auf den Küchentisch gestellt hatte, das Popcorn hineinschüttete und, noch während sie sich an den Tisch setzte, eine Hand voll davon aus der Schüssel nahm, um es sich mit einer schnellen, kindlichen Bewegung in den Mund zu stopfen. Mein Zimmer ist wohl ein guter Ort für die Gymnastik, wollte Falk sagen, aber er sah auf Simones Handgelenke und schwieg. Wie Simone sich ungeniert das Popcorn einverleibte, wie sie ihren langen Arm von der Schüssel zurückzog, diese Bilder versuchte er noch einmal in seinem Kopf entstehen zu lassen, sie aufmerksam, mit einem genauen Blick auf jede Einzelheit hin abzutasten. Er schloss die Augen und riss sie wieder auf, erst jetzt merkte er, dass er schwitzte. Er hörte Simone kauen und hätte am liebsten gerufen: Hör auf damit. Ohne das Popcorn angerührt zu haben, ging er rüber zum Spülbecken und ließ sich ein Glas mit Wasser voll laufen, das er in einem einzigen, wütenden Zug austrank. Dann stellte er es ins Becken und verließ wortlos die Küche.

Während der nächsten Tage bemerkte er ärgerlich, wie unkonzentriert er seine Routen fuhr, er vergaß das Blinken, und einmal streifte er den Kotflügel eines alten Saab, der am Straßenrand parkte. Wenn er scharfe Kurven fuhr, rutschte die Polaroid auf der Ablage hin und her. Immer wieder versuchte Falk, sich vorzustellen, was Simone in seinem Zimmer machte, und warum gerade dort. Nur wenig größer als ihr eigenes, bot es kaum mehr Platz, aber das Fenster ging nach Süden raus, bei ihm war es heller. Falk überlegte, ob Simone sich mit ihren langen Armen auf dem Boden abstützte und Handstände machte oder im Stehen die Beine hochwarf und dabei mitzählte, und jedes Mal musste er irgendwann lachen, sagte zu sich selbst: Idiot.

Am Montag der darauf folgenden Woche rief er von einer Telefonzelle aus im Paketzentrum an, um sich krank zu melden. Nachdem er sich bei einem Arzt in der Stadt ein Attest besorgt hatte und mit schweren, langsamen Schritten von der Straßenbahn nach Hause lief, betrachtete er die Schatten seiner Beine: sie waren krumm und o-förmig, wie bei einem Cowboy. Im Flur gab Falk sich keinerlei Mühe, leise zu sein; Radiogedudel drang aus seinem Zimmer, und in dem antiken, golden gerahmten Garderobenspiegel streckte er sich die Zunge raus, bevor er auf die halb geöffnete Tür zuschritt, und wieder dachte er: Idiot, während er ihr einen sachten Schubs gab.

Simone lag seitwärts, ihm den Rücken zugewandt, auf

einer Art Gummimatte auf dem Boden, den Kopf stützte sie mit einer Hand. Sie war vollkommen nackt. Falk erschrak, glaubte einen Moment lang, sich zu täuschen und suchte hilflos nach den Säumen eines hautfarbenen Trikots, nach Nähten oder Druckknöpfen. Wie durch eine feine, ölige Schicht auf seiner Netzhaut sah er Simone im Rhythmus der Musik ihr oben liegendes Bein heben, es hochspreizen und wieder senken. Sie machte das ein paar Mal, bevor sie das Bein ruhen ließ und einfach liegen blieb, reglos, und obwohl die Haut am Hintern eine hellere Färbung besaß als am restlichen Körper, kam sie Falk vor wie eine umgefallene Schaufensterpuppe. Er zog die Tür wieder zu, das Radio war so laut gestellt, das Simone ihn nicht hörte, und mit angehaltenem Atem verließ er die Wohnung; ohne Ziel die Straße hinunterlaufend, dachte er an Simones weiße Kniekehlen und versuchte sich zu erinnern, ob er Schamhaar zwischen den sich spreizenden Beinen gesehen hatte. Er blinzelte ein wenig.

Der Herbst kam, die Straßen wurden schattig, und die Birke im Hof verlor ihre schrumpeligen, gelben Blätter. Die Semesterferien waren zu Ende, Simone stand morgens früher auf und rief Falk manchmal «tschüs» hinterher, wenn er die Wohnung verließ. Der Dunst aus Schweiß und Parfum hing weiterhin in seinem Zimmer, auch das Lämpchen der Stereoanlage leuchtete, wenn er nach Hause kam, und jedes Mal setzte sich Falk aufs Bett und schloss die Augen, dann glühte der Punkt in der Schwärze grün nach. Gelegentlich raste er in seinem Bus wie kopflos durch die Straßen und hastete wenig später die Stufen zur Wohnung hoch, weil er hoffte, Simone ein weiteres Mal bei der Gymnastik zu erwischen, aber er schaffte es nie; kühle Oktoberluft schlug ihm aus dem geöffneten Fenster entgegen, einmal gab er dem Rollwagen mit der eingeschalteten Stereoanlage einen kurzen, bösen Tritt.

Sie sprachen kaum etwas, wenn sie in der Wohnung aufeinander trafen. Schweigsame, aufgeräumte Tage vergingen, bis zu jenem Morgen nach der Umstellung zur Winterzeit. Simone hatte Kaffee gekocht, als er gegen zehn in die Küche kam, und sie sagte: Lass uns doch zusammen frühstücken. Während er sich setzte, bemerkte Falk Brötchen in der erleuchteten Backröhre, die Simone wenig später in einem Korb auf den Tisch stellte. Sie trug einen dicken, ockerfarbenen Wollpullover, der sie füllig erscheinen ließ und der Falk aus irgendeinem Grund gereizt machte; krachend biss er in sein Brötchen, erzählte Simone von Elinor, ihren Beinen, die über einen Meter lang waren, und erwähnte mit lauter Stimme, wie sehr er Elinor vermisste. Als Simone nickte und zerstreut «hmm» machte, wünschte Falk sich plötzlich, sie zum Lachen bringen zu können. Er wollte ihren aufrechten, hölzernen Körper schlaff werden und kichernd in dem Wollpulli zusammensinken sehen; er war charmant, holte pfeifend die nächsten fünf aufgebackenen Brötchen aus dem Ofen und riss einen Witz nach dem anderen, aber Simone blickte ihn unbeteiligt aus ihren grauen Augen an und sagte: Du bist aber gut gelaunt heute, kommt das von der Zeitumstellung?

Sie sperrte den Mund auf und steckte ein Brötchenstück hinein. In diesem Augenblick sprang Falk auf, lief in sein Zimmer, schnappte die Polaroid von seinem Schreibtisch und rannte damit zurück in die Küche, wo Simone mit dicken Backen saß; erst als er auf den Auslöser drückte und das Blitzlicht für eine Sekunde den Raum erhellte, blickte sie zu ihm herüber, direkt in das Objektiv der Kamera, ihre Augen einen Moment lang weit aufgerissen. Falk musste kichern wie ein Dreizehnjähriger, als der Apparat leise surrend das noch unentwickelte Foto ausspuckte. Etwas kribbelte unter seiner Kopfhaut, während er das weiße, glänzende Bild auf den Tisch legte.

Spinnst du, sagte Simone. Es klang ein wenig heiser und sehr ernst. Sie griff nach dem Abzug, aber Falk kam ihr zuvor.

Gleich fertig, sagte er, während er, neben dem Tisch stehend, das Foto über dem Kopf hielt und damit herumwedelte. Das wird ein lustiges Bild, wirst schon sehen.

Simone sprang vom Stuhl auf, machte einen Schritt auf ihn zu und griff ihm mit einer schnellen Bewegung an die Hoden. Sie drückte einmal kurz zu, und während ein kleiner, schneidender Schmerz in Falk aufzuckte, zog sie ihm das Bild aus der Hand und riss es in Fetzen, die sie in den Mülleimer warf.

So, das wär's, sagte sie und ging zurück zum Tisch, wo sie, ohne sich nochmal zu setzen, mit langen, durstigen Zügen ihren Kaffee austrank. Bewegungslos stand Falk da, noch immer mit erhobener Hand. He, begann er langsam, jetzt hör mal zu, aber Simone stellte ihre Tasse so geschäftsmäßig auf den Tisch, dass Falk nichts weiter herausbrachte. Er blieb allein in der Küche zurück, und während er, zwischen seinen Beinen alles taub, heftig mit dem Löffel in seinem Kaffee rührte, dachte er an Simones Gymnastik, an Simones Sachlichkeit, ihr sauberes, klares Parfum, er überlegte, jemanden anzurufen, irgendjemand, um das alles zu erzählen, aber dann ging er in sein Zimmer zurück und legte sich ins Bett, wo er mit einem Summen in den Ohren einschlief und erst gegen Abend wieder aufwachte.

Als er wenige Tage später mit ein paar Kollegen vom Paketdienst durch die Kneipen zog und sie nach Mitternacht in die ölige, nach Kohle riechende Luft hinaustraten, nahm er Rolf, dessen Beifahrer er während der ersten Wochen im Postbus gewesen war, beiseite, legte einen Arm um ihn und sagte: Stell dir vor, meine Mitbewohnerin macht in meinem Zimmer Gymnastik. Nackt.

Rolf hatte mehr getrunken als er selbst, sein Gang war schwankend, immer wieder knickte er in den Knien ein, und er wandte ihm sein rotes, schlecht rasiertes Gesicht zu und brüllte: Was? Was macht deine Alte?

Nicht so laut, sagte Falk und zog die Schultern nach vorn.

Gymnastik, ich glaub's nicht, brüllte Rolf. Er fing zu lachen an, die anderen, die hinter ihnen hertrotteten, fielen ein, und schließlich lachte auch Falk, Arm in Arm mit Rolf die Straße hinuntertorkelnd, hinten in seinem Hals fühlte er etwas kratzen.

Beinahe war er wieder nüchtern, als er zum Haus zurückkam, das dunkel, wie schlafend, vor ihm lag, Das Treppenhaus erschien ihm viel größer als sonst, und zum ersten Mal fielen ihm die taubenblau gestrichenen Wände auf, die schneckenförmig gedrechselten Enden des Handlaufs. Alles Dinge, die du hättest fotografieren können, ging es ihm durch den Kopf, und er blieb auf einer Stufe stehen und formte mit den Fingern eine Kamera vor seinem Gesicht. Lange spähte er durch das Rechteck, das sich vor seinem Auge auftat, und endlich drückte er auf einen imaginären Auslöser und sagte: Klick.

In einer kalten Nacht Ende November wachte Falk davon auf, dass jemand im Flur laut lachte. Er hatte das Fenster offen stehen lassen und in der kühlen Luft tief geschlafen, und als er erschrocken den Kopf hob und in das dunkle Zimmer blinzelte, glaubte er zuerst, sich das Lachen nur eingebildet zu haben. Aber gleich darauf ertönte es wieder, dröhnend, ziemlich tief, zweifellos eine Männerstimme, und Falk hörte Simone ein schnelles Schscht! sagen. Das Lachen ebbte ab, mündete in ein unterdrücktes Gickeln, dann stolperte jemand über die leeren Pfandflaschen, die sich in einer Ecke neben der Tür angesammelt hatten. Falk wartete darauf, dass sich die Tür zu Simones Zimmer quietschend schloss, aber es blieb eine Zeit lang still, bevor er direkt vor seiner Tür etwas zu Boden poltern hörte. Lass das Hemd an, sagte Simone draußen, mit einer Stimme wie auf einem Anrufbeantworter, staubig, von sehr weit her, und der Mann sagte: Okay.

Sie begannen, vor seinem Zimmer zu vögeln. Sie waren nicht laut, trotzdem hörte Falk alles, das angestrengte Keuchen des Mannes, dazwischen Simone, hell, aufgekratzt, und als sie kam, glaubte Falk, eine Erektion zu spüren, doch als er an seinen Schwanz griff, lag der schon wieder schneckenhaft zurückgezogen zwischen seinen Beinen. Falk fühlte die Fersen auf dem Laken scheuern und traute sich nicht, sich zu bewegen. Gern hätte er jetzt ein kaltes Getränk, eine Cola vielleicht, hinuntergestürzt. Erst als es zu dämmern begann, schlief er ein, starr auf dem Rücken liegend, eine umgekippte Schildkröte.

Am nächsten Morgen schmerzte sein Nacken, und Falk saß mit brennenden Augen am Küchentisch, durch die geöffnete Tür in den leeren Flur starrend. Es war ruhig in der Wohnung. Kein Laut, bis auf den Lärm der Straße, der sachte durchs Fenster drang. Falk atmete flach, horchte, sie schienen zu schlafen. Er musste lange Zeit so gesessen haben, manchmal mit den Fingern auf die Tischplatte trommelnd, dann wieder reglos, es wurde Zeit, zur Arbeit zu gehen. Später schlurfte er mit gesenktem Kopf durch das Paketzentrum, ging an Rolf, der ihm eine Zigarette hinhielt, grußlos vorbei, kletterte stumm in den Bus und brauste mit geöffnetem Seitenfenster davon, durch die Straßen seines Zustellbezirks, das Autoradio so laut gestellt, dass die Fahrer der Pkw an den Kreuzungen vedutzt zu ihm hochsahen. An einer Ampel glotzte er auf das H&M-Plakat an dem Unterstand einer Bushaltestelle; das Model trug einen grauen Mantel und sah streng und geradlining drein, und Falk musste an Simone denken, die Gymnastik, an den Mann, der wohl noch in ihrem Zimmer lag und schlief, auch der Nachmittag mit dem Popcorn fiel ihm ein. Er trat aufs Gaspedal und schoss an den langsameren Autos vorbei, grölte das Lied, das sie gerade im Radio spielten, mit, und irgendwann, daran erinnerte er sich später, als er längst ausgezogen war, weinte er sogar.

Christian Ruzicska

# Onan, der Letzte

Ich kann nicht schlafen. Mein Körper. Ein Körper, wie jeder, dichter an mir, als mein Träumen bei Nacht. Was singt mir die Nacht. Noch kommt wer heut Nacht. Die Gewichtung der Stimmen, ihr Rufen in mir. Komm! Komm nur, und. Ja. Und du wirst sehen. Im Schlaf gelten andere Zeiten, mein Auge ist leer. Leer war es auch damals, ein Kommen und Gehen. Als die vielen den einen nicht fanden, in mir. Gesetz vor den Toren der Stadt. Wer darf da hinein. Ich will da hinaus, macht auf die Tore, die Wüste, sie lebt. Und sie machten die Tore auf. Und sie blickten mir nach. Es verstummte der Mund, die große Gebärde. Die Ebbe. Und ihr Blick war wie bitter, geronnenes Glück, aufgehängt an den Seilen der Nacht. Die Nacht, das bin ich. Wer ist der, der geht. Was weiß der davon. Von dem Verbot, der Vorschrift, der Frage des Fremden. Wohin treibt ihn der Traum, der Alb seines Fleisches. Und ihr Blick war wie bitter, verdorbene Regung, wunschloses Schließen der Balken zum Schluss. Geh nur, verschwinde, wir verwinden dich schon, wir haben noch viele, dein Lächeln, es zählt nicht, dein Leben, verleb es, es dauert nicht lang. Fluch dem Flüchtling. Der hat kein Zuhause, nicht vorher, nicht nachher. Nachher nur weiß er es besser, mein Herz. Wenn die Tore sich schließen, der Blick sich senkt, wenn die Münder verstummen, der Nacken sich beugt, wenn die Flüche beendet, die Schwelle gereinigt, wenn der Kreis erneut seinen Knoten gebunden. Ausschuss und Schluss. Die Menge die Ware. Ich kann nicht schlafen, der Körper, sein Körper, der Körper des andern, er schläft. Schläft und die Hand, die große Gebärde, gut maniküllt, streicht den Schlaf in die Haut. Der Schlaf ist gut, dein Bravsein besser, dein Leben ein Blühen, die Wiese sind wir. Und es rauscht. Das Dröhnen der U-Bahn, da fährt man so schnell. Das Schellen am Abend, da bist du ja schon. Die Wälder, die Sonne, am Abend der Woche, ich spring in den See und schenke ein Lächeln, Geliebter, Geliebte, ich schenke es dir. Vorsicht Geliebte und Vorsicht Geliebter der See ist tief und weit seine Mitte, kaum seh ich hinüber, bleib ganz in der Nähe, die Ferne Geliebter, die Ferne Geliebte?, die Ferne Geliebter ist doch so nah. Ja. Ja. Schön. Gut. Schön. Wie du Geliebte am Abend. Da legt man sich nieder, da schläft man sanft ein. Das Dröhnen der Züge, die fahren zur Nacht. Da wird keiner mehr kommen, in dieser Nacht der großen Gebärde. Schlaf. Nacht. Ich kann nicht. Schlafen mein Körper sein Körper liegt weit. Neben mir, weit in der Ferne der meine der seine ebenso weit. Zurück, kein Ort, kein Weg, kein Zuhause, geschlossen die Balken, die Lieder geschlossen, sein Körper mein Körper berühren einander. Nicht. Wahr war die Lüge. Das große Versprechen kein Lächeln nur Mitte im See. Die Hand meine Hand streicht den Wunsch in die Haut, die Regung, Geliebter, wach auf aus dem Schlaf, der lullt sein Lied, das Dröhnen, die U-Bahn, das Kommen und Gehen, die Vielen der Vielen. Die Meisten. Der Eine, wer ist der, die Nacht das bin ich, meine Haut, meine Hand, mein einsames Streichen, die Regung, mein Beben, ich kann nicht schlafen mein Körper du fehlst dir im andern, der schläft. Auch du Onan, Brutus der Väter?, *on* das heißt *an*, Anfang von allem. Von allem und nichts. Fang an, deine Geste, dein Streichen, dein Regen, der andre ist fern, dein Heim nur ein Weh, dein Schmerz nur ein Beben, fang an, lass fahren die Hoffnung, die schläft ohnehin, lass fahren das Sehnen, das Land der Zitronen, das findest du nicht. Du kennst das seit Gestern dein ewiger Morgen. Gestern da warst du noch da. Der Duft der Zitronen, im Schatten der weißen Gestalt. Jenseits der Tore der Stadt. Das war dein Gestern. Dein Blick, zurück. Zurück, kein Ort. Kein Weg. Und geh. Versprechen von Drinnen im Draußen verloren, lügt der See seine Mitte? Und geh. Geh, fang an, Onan, Brutus der Väter, verloren dein Tun. Umsonst deine Geste, es schläft der Körper, die große Gebärde, in deinem nicht mehr. Du ruhst allein im Grab deines Bebens, Fluch dem Flüchtling. Flieh Geliebter, die Nacht geht vorbei, die Nacht das bin ich, ich bleibe, Geliebter, zurück, hier in dir. Geh. Mein Schlaf ist ein Wachen. Mein Träumen ein Tun. Den Vielen der Vielen entrissen. Der Riss. Meine Stätte. Geh. Mein Grab ist zu eng. Geh. Geh.

# Anhang

Alle Texte sind Originalbeiträge, wofür ich mich bei den Autorinnen und Autoren und bei Domina D. herzlich bedanke. Gedruckt waren als Anzeigen *Mit Domina D. durchs Jahr*. *Eidechse* von Katrin Askan stammt aus ihrem Erzählungsband *Wiederholungstäter*, Berlin Verlag 2002.

**Katrin Askan**, geb. 1966 in Ostberlin. Nach ihrer Flucht in den Westen studierte sie Philosophie und Germanistik an der FU Berlin. 1996 erschien *A-Dur* bei mdv Mitteldeutscher Verlag und 1998 *Eisenengel*. 1998 erhielt sie den Friedrich-Hölderlin-Förderpreis der Stadt Bad Homburg, 1999 das Rolf-Dieter-Brinkmann-Stipendium der Stadt Köln, wo sie lebt. Zuletzt erschienen *Aus dem Schneider* sowie die Erzählungen *Wiederholungstäter*, 2002 beide im Berlin Verlag. *Eidechse* ist diesem Band entnommen.

**Raphael Benning**, geb. 1962, Schriftsteller und Blumenhändler, lebt in Wien. *Der rote Mondlichtregen* ist zweiter Teil einer «Trilogie des Verzehrens», deren erster Teil *Puppen* erschien in *Von Sinnen*, ein erotisches Lesebuch, hg. von Bettina Hesse, Rowohlt 2001.

**Nika Bertram**, geb. 1970, alternativ-pop & genre-fucking, *der kahuna modus,* debüt-roman, eichborn, berlin, 2001, kahuna mode fiction game & kahuna MUD (www.kahunamodus.de), rolf-dieter-brinkmann-stipendium 2000, mitglied im vs und ccc.

**Barbara Bongartz**, geb. in Köln, Studium der Theater-, Film- & Fernsehwissenschaft, Germanistik, Philosophie in Paris, München, Köln; seit 1996 freie Schriftstellerin, zahlreiche Förderpreise und

Arbeitsstipendien. Zuletzt erschienen *Von Liebhabern & Kandidaten – Briefe aus dem intimen Leben einer Schriftstellerin* (Auszug), Schreibheft No. 55/2000 und 2001 der Roman *Die amerikanische Katze* bei Klett-Cotta.

**Traian Danciu**, geb. 1972 in Rumänien, Lyrikveröffentlichungen in rumänischen Literturzeitschriften. 1993 erschien *Eisblumen*, Gedichte München/Bukarest. Lebt seit 1991 in Deutschland in Heidelberg und Köln.

**Greta von der Donau**, geb. 1968 in Regensburg, lebt in Köln und arbeitet als PR-Beraterin.

**Katrin Dorn**, geb. 1963 in Thüringen, studierte in Leipzig. Mitarbeit an Theaterprojekten und literarischen Veranstaltungsreihen. 1993 rief sie die Literturzeitschrift «edit – Papier für neue Texte» ins Leben. 1997 erschien *Der Hunger der Kellnerin*, Erzählungen, und 2000 ihr Roman *Lügen und Schweigen*, beide im Aufbau-Verlag.

**Ulrike Draesner**, geb. 1962, lebt als Autorin und Übersetzerin in Berlin. Unter anderem erschienen 1998 *Lichtpause*, Roman, Aufbau-Verlag, *Reisen unter den Augenlidern*, Erzählungen, 1999 und 2001 *für die nacht geheuerte zellen*, Gedichte, beide im Luchterhand Literatur Verlag. 2002 erschien ihr neuester Roman *Wiederholungstäter*, im Berlin Verlag.

**Christiane Enkeler**, geb. 1976 in Wuppertal, Studium an der Kölner Uni, Germanistik, Pädagogik, Chemie, Ethnologie. Auslandssemester in Prag im WS 2001/2002, Theaterhospitanzen in Remscheid, Bochum und Köln, wo sie Mitglied des Literatur Ateliers ist.

**Herbert Genzmer**, geb. 1952 in Krefeld, lebt als Schriftsteller und Übersetzer in Taragona und Krefeld. Zahlreiche Veröffentlichungen, u.a. *Die Einsamkeit des Zauberers* 1991 bei Suhrkamp und *Letzte Blicke, flüchtige Details* 1995 im Insel Verlag. In der Reihe Paare erschien *Dalí und Gala* bei Rowohlt Berlin. Zuletzt erschien 1999 *Samstagabend* bei Sassafras.

**Sabine Göttel**, geb. 1961 in Homburg/Saar. Promotion über Marieluise Fleißer. Mitglied im VS. Lyrik, Prosa und Essays in Einzelveröffentlichungen und Anthologien. Seit 1997 Schauspieldramaturgin. 2002 wird ihr erstes Theaterstück «Bad Baby's Bed» am Jungen Theater Göttingen uraufgeführt.

**Nele Grün**, geb. 1960, Studium der Germanistik, Kunst, Ev. Theologie, Veröffentlichungen von Erzählungen in Anthologien und Zeitschriften. Ihr erster Roman *Fast nur ein Spiel* erschien 2002 bei Goldmann.

**Martina Hefter**, geb. 1965 in Pfronten/Ostallgäu, lebt seit 1997 in Leipzig. Ihr Debüt-Roman *Junge Hunde* erschien 2001 im Alexander Fest Verlag.

**Carsten Sebastian Henn**, geb. 1973 in Köln, lebt in Hürth. Lyrik und Erzählungen in Zeitschriften und Anthologien. 2000 erschien sein Debüt *Julia angeklickt – Ein erotischer Internet-Roman* im Wunderlich Verlag. 2002 folgte der Krimi *In Vino Veritas* im Emons Verlag.

**Alban Nikolai Herbst**, geb. 1955 in Refrath. Studierte Philosophie, arbeitete als Broker, lebt in Berlin. Für seinen Roman *Wolpertinger oder Das Blau* im Verlag axel dielmann wurde er 1995 mit dem Grimmelshausen-Preis ausgezeichnet, 2000 Taschenbuchausgabe bei dtv. 1998 erschien der Fantastische Roman *Thetis. Anderswelt* im Rowohlt Verlag. Zuletzt erschienen 2000 *New York*, Schöffling & Co, sowie *Buenes Airos. Anderswelt*, 2001 im Berlin Verlag.

**Katja Meyer zu Heringdorf**, geb. 1964 in Osnabrück, schreibt Prosa und Lyrik, Veröffentlichungen in Anthologien, lebt in Berlin.

**Gaby Hift**, geb. 1958 in Wien, studierte Schauspiel, Medizin, beides 1983 abgeschlossen, und Psychologie. Seitdem Schauspielerin und Theaterregisseurin u.a. am Mecklenburgischen Staatstheater Schwerin. 1998/99 Stipendiatin der Bertelsmannstiftung, 2000 erhielt sie den Gratwanderpreis. Derzeit arbeitet sie an einem Roman.

**Charly Kaiser**, geb. 1964, lebt in Köln.

**Eva Kaiser**, geb. 1953 in Frankfurt a.M., Redaktionsassistentin, Autorin. Prosa-Veröffentlichungen in Zeitschriften und im Hessischen Rundfunk. Texte für Tanztheater. Lebt und arbeitet in Frankfurt a.M.

**Georg Klein**, geb. 1953 in Augsburg, lebt mit seiner Familie in Berlin und Ostfriesland. 1998 erschien *Libidissi*, das in mehrere Sprachen übersetzt wurde. 1999 erschien im Alexander Fest Verlag *Anrufung des blinden Fisches* und wurde ihm der Brüder-Grimm-Preis verliehen. Ebenfalls im Alexander Fest Verlag erschien 2001 *Barbar Rosa*, für einen Ausschnitt daraus erhielt er 2000 den Ingeborg-Bachmann-Preis.

**Roland Koch**, geb. 1959, lebt mit Frau und Tochter als freier Schriftsteller in Köln. 1992 Rolf-Dieter-Brinkmann-Stipendium der Stadt Köln und Förderpreis des Landes NRW. 1995 Bettina-von-Arnim-Preis, 2000 erhielt er den Gratwanderpreis der Zeitschrift Playboy. Zuletzt erschienen *Das braune Mädchen* (1998) und der Roman *Paare* (2000) bei Kiepenheuer & Witsch.

**Thorsten Krämer**, geb. 1971, lebt in Köln. NRW-Förderpreis für Literatur, Rolf-Dieter-Brinkmann-Stipendium. Veröffentlichungen *Ich heiße Hal Hartley*, Film in Worten, 1998 Tropen Verlag, *Fast schon ein Glück*, Erzählungen 1998, Emons Verlag, zuletzt 1999 der Roman *Neue Musik aus Japan* bei Kiepenheuer & Witsch.

**Jo Lendle**, geb. 1968, arbeitet nach dem Studium am Deutschen Literaturinstitut Leipzig und als Lektor in Köln. Im Suhrkamp Verlag erschien 1999 *Unter Mardern*.

**Isa Lux** lebt als freie Schriftstellerin in Düsseldorf. Bei Kiepenheuer & Witsch erschienen 1997 *Das Schweigen der Männer* und 1999 *Luna pennt*.

**Bärbel Nolden**, geb. 1951, Autorin und Kabarettistin, lebt in Köln.

**Arne Rautenberg**, geb. 1967, lebt als Autor und Künstler in Kiel. Im Frühjahr 2002 erschien sein erster Roman *Der Sperrmüllkönig* bei Hoffmann & Campe.

**Antje Rávic Strubel**, geb. 1974 in Potsdam, Ausbildung als Buchhändlerin, Studium der Amerikanistik, Psychologie und Literaturwissenschaften an der Universität Potsdam und der New York University, danach freischaffend als Journalistin und Autorin, Kolumnistin für die Wochenzeitung «Die Zeit». Veröffentlichungen: *Offene Blende*, Roman, dtv-Premium 2001, *Unter Schnee*, Episodenroman, dtv-Premium 2001. Ernst-Willner-Preis auf den 25. Tagen der deutschsprachigen Literatur in Klagenfurt 2001.

**Sonja Ruf**, geb. 1967, lebt als freie Autorin in Darmstadt. Erotische Kurzprosa in «Mein heimliches Auge», Tübingen. 1996 erschien *Evas ungewaschene Kinder* bei Nagel und Kimche, Taschenbuchausgabe bei dtv, und 2001 *Sprungturm* im Konkursbuchverlag Claudia Gerke. Zurzeit arbeitet sie an einer Novelle über Jähzorn und Masochismus.

**Christian Ruzicska**, geb. 1970, Verleger vom Tropen Verlag Köln, arbeitet als literarischer Übersetzer und freier Theaterdramaturg.

**Krischan Schöninger** lebt in Berlin und veranstaltet dort gemeinsam mit Stephan Schlage die Vorleseshow «Erotisches zur Nacht». Beide geben darüber hinaus das gleichnamige Internet-Magazin www.erotisches-zur-nacht.de heraus, für das Krischan Schöninger regelmäßig seine Sex-Kolumnen schreibt.

**Hermann-Josef Schüren**, geb. 1954 in Kerken, seit 1988 freier Schriftsteller mit Lehrauftrag an der RWTH Aachen. Schreibt Lyrik, Kurzgeschichten und Krimis. Förderpreis für Literatur der Stadt Aachen, Literaturstipendiat des Landes NRW. Zuletzt erschienen *Auf dem Heimweg* (1995) und *Tod eines Sofamelkers* (1999) im Emons Verlag. Zurzeit Arbeit an einem historischen Roman.

**Achim Wagner**, geb. 1967 in Coburg, lebt in Köln. Aktueller Einzeltitel: *Kubanische Tage – ein Roman aus/in Havanna*, AARACHNE Verlag Wien.

## Wonnestunden

Gisela Krahl / Andrea Riepe
**Wonnestunden** *Betörende Düfte, schlüpfrige Öle und berüchtigte Salben*
Mit Illustrationen von Brian Grimwood
192 Seiten. Gebunden.
Wunderlich

«Schon die Aufmachung des Buches ist eine Wonne. Wir werden optisch verführt, den Verführungen nachzugeben, die die Autorinnen vor uns ausbreiten ... Folgen wir dem Buch, wird es unserem Wohlbefinden – und dem unseres Partners – an nichts mehr fehlen.»
*Journal für die Frau*

Andro
**Mehr Spaß am Sex** *Wie Männer bessere Liebhaber werden*
Mit Abbildungen
(rororo sachbuch 60647)

Lonnie Barbach
**Mehr Lust** *Gemeinsame Freude an der Liebe*
(rororo sachbuch 60397)

Andrea Baldauf / Stefan Biele (Hg.)
**Was uns Anmacht** *Die sexuellen Phantasien der Deutschen*
(rororo sachbuch 60331)
**Pure Lust** *Sexuelle Phantasien der Deutschen*
(rororo sachbuch 60635)

Jolan Chang
**Das Tao für liebende Paare** *Leben und Lieben im Einklang mit der Natur*
(rororo sachbuch 60715)

Bettina Hesse (Hg.)
**Feuer und Flamme**
(rororo 22823)
**Heiß und innig**
(rororo 22557)
**Von Sinnen**
(rororo 23037)

**Lust**
... träumen
... erleben
... genießen
(rororo sachbuch 60466)

Kathrin Passig / Ira Strübel
**Die Wahl der Qual** *Handbuch für Sadomasochisten und solche, die es werden wollen*
(rororo sachbuch 60944)

Weitere Informationen in der **Rowohlt Revue**, kostenlos im Buchhandel, und im **Internet: www.rororo.de**